Kleine Schwestern

Antje Fries

Kleine Schwestern

Kommissarin Mettenheimers vierter Fall

LEINPFAD
VERLAG

Die Handlung und alle Personen sind völlig frei erfunden; Ähnlichkeiten wären rein zufällig.

Umschlag: kosa-design, Ingelheim
Layout: Leinpfad Verlag, Ingelheim
Lektorat: Ursula Niggemeyer, Rebecca Niesen
Druck: TZ-Verlags & Print-GmbH, Roßdorf

Leinpfad Verlag, Leinpfad 5, 55218 Ingelheim,
Tel. 06132/8369, Fax: 896951
E-Mail: info@leinpfadverlag.de
www.leinpfad-verlag.de

ISBN 978-3-937782-81-2

Personen:

Anne Mettenheimer	Kriminaloberkommissarin, diesmal dienstlich wie privat von Kindern umgeben
Norbert Olmer	besonnener Chef des K1 in Worms, dem der Fall diesmal doch sehr zu Herzen geht
Rolf Iben	Kriminalkommissar mit PC-Begabung und einem besonders guten Blick
Dieter Wiesen	für kurze und präzise Aussagen bekannter Kriminalkommissar
Matthes Horrweiler	beim K1 für die Spurensicherung zuständig, schießt auch mal übers Ziel hinaus
Martin Sommer	der neue Leitende der Kriminalinspektion Worms
Dr. Wolfram Kippenberg	Rechtsmediziner mit heimlicher Zuneigung zu
Sonja Drais	Psychologin mit guten Ideen zum Hintergrund und ohne heimliche Zuneigung
Paul, Emma, Lukas	Annes Familie
Käthe Mettenheimer	Annes Mutter, endlich am Ziel
Hermann Mettenheimer	Annes Vater, gelassen wie immer
Dr. Julia Weißbach	Annes Freundin, die dem K1 immer gern auf die Sprünge hilft
Gisbert	Julias Mann
Lea, Joelle, Jana, Vanessa	Mädchen mit braunen Haaren und braunen Augen

Prolog

„Pass gut auf sie auf, hörst du!“, sagte die Mutter wie jeden Morgen, wenn sie mit dem Vater ins Feld fuhr. Der Junge nickte und schloss die Haustür. Durch das fahle Licht des Flurs, das durch eine Milchglasscheibe in der Tür hereinfiel, ging er zurück in die Küche, wo zwei Schüsseln mit Milch und eine Cornflakes-Packung auf dem Tisch standen. Bedächtig legte er ganz gerade jeweils einen Esslöffel dazu und angelte die blauweiße Zuckerdose von der hohen Anrichte herunter, um sie in der Mitte des Holztisches zu platzieren. Dann ging er nach oben, um seine Schwester zu wecken.

Die Sommerferien zogen sich diesmal, denn alle anderen Kinder aus der Klasse schienen weggefahren zu sein. Niemand war zu Hause und wollte sich mit ihm treffen. Immerhin hatte er seine kleine Schwester. Während der Schulzeit konnte er das nicht so einfach zugeben, dass er sie so liebte, denn ein Elfjähriger, der seine Schwester tatsächlich mochte, das wäre bei den anderen niemals auf Verständnis gestoßen. Dabei war sie so hübsch, dass die Jungen ihr in vier, fünf Jahren allesamt hinterherschauen würden. Sie würden ihren Bruder fragen, wo sie sie ganz zufällig treffen könnten und ob er ein gutes Wort für sie einlegen würde. Dass sie sich mit ihrem Blick in den dunklen Augen der Schwester verlieren wollten, das käme erst noch. Dass sie ihre langen, braunen Haare streicheln wollten, das stand noch aus. Dass sie, sich gegenseitig mit den Ellbogen rempelnd, von ihren langen Beinen und ihrem schlanken Körper fasziniert waren, das war die Zukunft. Dass ihr ganzes Wesen zu Gedichten inspirieren würde, wusste noch keiner von ihnen. Einstweilen waren Mädchen noch verpönt. Da durfte auch der eigene Bruder keine Ausnahme machen, wollte er nicht als Weichling gehänselt werden. Dabei liebte er seine Schwester wahrscheinlich mehr, als seine Eltern es taten. Ihr vertraute er alles an, obwohl sie drei Jahre jünger war. Ihr half er klaglos bei Hausaufgaben und Hausarbeiten, mit ihr verschwor er sich so manches Mal gegen die Eltern.

Nach dem Frühstück spülten die Geschwister das Geschirr: die Teller und Tassen der Eltern und auch die eigenen Schüsseln und

Löffel. Der Junge spülte, das Mädchen trocknete ab. Ordentlich räumten sie das Geschirr wieder in den Schrank. Danach spielten sie in der Morgensonne auf dem Hof mit den kleinen Katzen, die erst vor wenigen Tagen die Augen geöffnet hatten. Der Vater hatte sie alle ertränken wollen, aber die Kinder hatten so lange gebettelt und zudem versprochen, für jedes Kätzchen eine neue Bleibe zu finden, dass er die vier Kleinen am Leben ließ. Sie turnten munter herum und wälzten sich immer wieder im wolligen Knäuel auf dem Boden. Ihre strahlend hellen Augen ließen sie frech aussehen, ganz anders als die Schwester, die mit ihren rehbraunen Augen so sanft wirkte. Der Junge betrachtete das Mädchen nachdenklich. Dann schlug er vor: „Komm, wir packen uns Essen und Trinken in den großen Rucksack und machen heute irgendwo ein Picknick. Hast du Lust?“ Seine Schwester nickte, und so zogen die beiden kurz darauf zu Fuß los. Nicht in Richtung Westen, denn dort, das wusste der Junge, würden sie irgendwo auf die Eltern treffen, die heute das Weizenfeld mähen wollten. Stattdessen gingen sie hoch in die Weinberge, wo die Sonne den Boden schon aufgeheizt hatte und die Sommerhitze von der Erde zurückzustrahlen schien. An der höchsten Stelle im Gelände machten die Kinder eine Rast. Dort lag auf einem Plateau eine Trockenwiese, in der die verschiedensten Kräuter und Blumen gediehen und in der hunderte Schmetterlinge flatterten. Der Junge wollte die eingepackte Decke ausbreiten, aber das Mädchen hatte sich schon so auf die Wiese gelegt, lachte und blickte in den wolkenlosen sommerblauen Himmel. Später krochen sie auf allen Vieren auf der Wiese herum, rochen an den Blumen und versuchten, nahe an die Schmetterlinge zu kommen. Im Liegen schmeckten die Wurstbrote nochmal so gut, und die Schwester kicherte, als ihr der Apfelsaft am Mund vorbei ins Genick tropfte.

„Glaubst du, die Oma kann uns sehen von da oben?“, fragte sie, ohne den Blick vom Himmelsblau abzuwenden.

„Keine Ahnung“, gestand ihr Bruder.

„Ich fänd’ das aber schön!“

„Hmm.“ Träge rollte der Junge sich auf die Seite und pflückte einen langen Grashalm.

„Manchmal würde ich gern wissen, wie es der Oma da oben geht."

„Die ist halt tot, die kannst du nicht mehr fragen."

„Aber ich würd's gern. Und wenn ich jetzt winke, meinst du, das sieht sie?"

„Ich glaube nicht. Denkst du über so was eigentlich öfter nach?"

„Manchmal. Weil ich mir das nicht so vorstellen kann, tot sein und so. Du etwa?"

„Nein. Und die meisten Erwachsenen auch nicht."

„Wirklich nicht?"

„Bestimmt nicht."

„Aber warum erzählen sie uns dann diese Sachen vom In-den-Himmel-Kommen und so?"

„Vermutlich, weil sie auch keine bessere Erklärung haben." Der Junge kitzelte seine Schwester mit dem Grashalm am Kinn. Sie kicherte und sprang auf.

„Ha, ich krieg' dich!", rief er und rannte hinter ihr her.

„Nicht kitzeln, du Fieser!", lachte das Mädchen und rannte in Schlangenlinien vor ihm weg, diesmal ungeachtet der zertretenen Wildblumen.

„Warte, jetzt hab' ich dich!"

„Hast du nicht. Du bist eh viel zu langsam!"

„Gar nicht! Ich bin nur ...!", und entsetzt brach er ab. Seine Schwester hatte sich im Laufen umgedreht, um sich zu vergewissern, dass noch genügend Abstand zwischen ihr und ihrem Verfolger bestand. Lachend lief sie rückwärts und trat plötzlich einfach so ins Leere, als sie an die Abbruchkante gekommen war. Der erstaunte Blick aus ihren braunen Augen und die wehenden Haare waren das Letzte, was er von ihr sah, aber dieser Anblick prägte sich in sein Gehirn wie mit einem Brandeisen.

Teil 1

Die Sonne hatte noch genügend Kraft, um zu wärmen, aber die Schatten wurden schon deutlich länger. Die Traubenlese in Rheinhessen war in vollem Gange, und auf allen Feldwegen und Landstraßen war mehr los als jemals sonst im Jahr. Traktoren mit oftmals gleich zwei Anhängern hielten den Verkehr auf. Haushohe Vollernter ließen in den Ortsdurchfahrten die Anlieger die Luft anhalten, ob die Spanndrähte für die Reben von rechts nach links wohl hoch genug hingen. Schmale Wingertstraktoren knatterten eilig um die Ecken. Sämtliche Hoftore standen offen und ein deutlicher Maische-Duft hing nicht nur in den Gehöften, sondern auch auf den Äckern, wo bereits die ersten Haufen völlig blutleer gepresster Trauben lagen.
Ein Mann saß in einem Auto, das nicht seines war, am Ortsrand von Gundersheim und blickte auf das Wohngebiet direkt unterhalb seines Parkplatzes. Die Abendsonne bestrahlte nur das Heck des Wagens, aber ihm war warm genug in seiner wattierten Weste. Aus einem der Häuser kam das Mädchen, das er schon kannte. Es trug eine Schüssel zum Nachbarhaus, wo es klingelte und sie der Frau, die die Tür öffnete, übergab. Dann lehnte sich das Mädchen für einen Moment an den Pfosten der Mauer vor dem eigenen Haus und hielt das Gesicht in die Sonne. So lange das Mädchen die Augen geschlossen hatte, studierte er seine Gesichtszüge und die Körperhaltung genau. Die langen, braunen Haare waren ihm zuerst aufgefallen. Später, bei näherer Betrachtung, waren es auch die dunklen Augen gewesen. Sie war schlank und grazil und bewegte sich genauso wie damals, noch ein wenig ungelenk in den sich streckenden Knochen. Nicht mehr ganz Kind, aber noch lange nicht Frau. Als das Mädchen die Augen öffnete, wurde der Mann unsicher: Ob sie ihn genauso deutlich wahrnehmen konnte wie er sie? Aber er hatte ja ein genaues Ziel, während sie nur die Sonne genießen wollte. Plötzlich schlug sein Herz bis zum Hals. Zu früh sollte sie ihn auch nicht bemerken! Mit zitternden Fingern ließ er den Motor an und fuhr über den angrenzenden Feldweg zurück auf die Landstraße und nach Hause. Das war sie! Er hatte sie nur so lange nicht gesehen. Über zwanzig Jahre lang nicht.

„Mettenheimer."

„Anne, du musst uns helfen, hörst du?"

„Hallo, wer ist denn da?"

„Anne, hier ist die Maria. Wir brauchen deine Hilfe!"

„Maria! Wer ist wir? Und worum geht's?"

„Die Lea ist verschwunden, schon seit gestern."

„Maria, nun hol mal tief Luft und erklär mir, was eigentlich los ist!"

„Ja, ja. Gut. Also", und die Anruferin atmete hörbar, „die Lea ist das Kind von meinen Nachbarn, den Zeyers. Und die ist ein ganz, ganz liebes Kind und absolut zuverlässig, aber nun ist sie seit gestern verschwunden. Einfach weg. Du musst mit deinen Kollegen kommen, Anne!"

Anne Mettenheimer holte ihrerseits tief Luft und versuchte zu ordnen, was ihre Kusine aus Gundersheim berichtet hatte: „Es geht also um ein Kind. Wie alt?"

„Neun."

„Und wieso wenden sich die Eltern nicht direkt an die Polizei?"

„Ach, Anne, ich hab' doch schon versprochen, dass du uns bestimmt hilfst, weil wir doch alle kein Aufsehen wollen."

„Aufsehen? Wieso? Was vermutet ihr denn?"

„Na, eine Entführung natürlich!"

„Hatte Lea vielleicht Streit mit den Eltern?"

„Aber nein! So ein liebes Kind, die Lea! Weißt du, meine drei Buben sind ja ganz furchtbar anstrengend, aber immer, wenn die Lea bei ihnen war, waren sie wie ausgewechselt, ganz verträglich. Die hat's einfach im Griff gehabt, ganz freundlich und umgänglich. Nein, Streit hatte die sicher keinen."

„Wieso redest du in der Vergangenheit über das Mädchen?"

„Anne! Wir haben alle entsetzliche Angst, dass ihr was passiert ist, und du fragst nach so einem Blödsinn!"

„Entschuldigung!" Anne Mettenheimer ärgerte sich über sich selbst. Natürlich war das Tempus völlig nebensächlich.

„Hilfst du uns denn nun?"

„Ich bin doch noch ausgeschaltet, Maria. Bis April, wenn die Kinder ihren ersten Geburtstag haben. Und wenn ich dann eine Tagesmutter finde. Aber du kannst problemlos bei den Wormser Kollegen anrufen und dich von mir aus auch auf unser Gespräch beziehen. Die helfen dir weiter und kümmern sich um den Fall."

„O Gott, um den Fall? Meinst du, es ist schon einer?"

„Das weiß ich nicht. Aber möglicherweise kann euch geholfen werden, bevor es ein Fall wird, Maria. Hältst du mich auf dem Laufenden?"

Maria versprach das und ließ sich die Durchwahl geben. Anne Mettenheimer legte nachdenklich den Hörer auf und ging wieder in die Küche, wo sie vor dem offenen Fenster Wäsche zusammengelegt hatte. Tonnenweise Wäsche. Noch vor einem halben Jahr hätte sie sich unmöglich vorstellen können, wie viele Strampelanzüge, Hemdchen und Socken sie tagtäglich zu waschen haben würde. Aber nun waren die Zwillinge seit fünf Monaten da, und seitdem kreiste ihr Alltag um Stillzeiten, Milch abpumpen, Windeln wechseln und stundenlanges Wandern durch die ganze Wohnung, um wenigstens eins der Kinder endlich in Schlaf zu schaukeln. Und kaum hatte das zweite Baby die Augen zugetan, schlug das erste sie bereits wieder energisch brüllend auf. Anne seufzte: Sie hatte nicht mal ein einziges Kind gewollt, und nun saß sie da mit zweien auf einmal. Obwohl Lukas und Emma die absolut süßesten Kinder waren, die sie je gesehen hatte. Nein, nein, ganz objektiv! Wenn Emma lachte, ging die Sonne auf. Und Emma lachte fast den ganzen Tag lang. Lukas war nicht ganz so gut gelaunt wie seine um siebenundzwanzig Minuten ältere Schwester, dafür hatte er ein allerliebstes Grübchen auf der rechten Wange und Augen so blau wie eine Wegwarte in der Abendsonne.

„Blöde Kuh!", schimpfte Anne Mettenheimer mit sich selbst, während sie ihre eigenen gewaschenen T-Shirts und Unterhosen zusammenlegte. Sie trug die Wäschestapel ins Schlafzimmer und legte sie auf dem Boden vor dem Kleiderschrank ab. Ganz vorsichtig, damit nur ja keins der Kinder aufwachte. Eigentlich hatte sie sich vorgenommen, die kostbare Zeit des kurzen Mittagsschläfchens, das die beiden tatsächlich gleichzeitig zu halten pflegten, für sich zu nutzen. In der Realität fiel aber so viel Hausarbeit an, dass die Kurzzeit-Selbstverwirklichung meist ausfiel.

Was sich alles geändert hatte innerhalb eines Jahres! Müde ließ Anne sich auf ihr Bett fallen, verschränkte die Arme hinter dem Kopf und grübelte: War es erst etwas mehr als ein Jahr her, dass sie angesichts allmorgendlicher Magenprobleme schließlich auch auf den Gedanken gekommen war, dass sie möglicherweise schwanger sein könnte? Unglaublich! Und wenn sie sich noch an das Donnerwetter erinnerte, als sie ihrem Chef erst im fünften Monat, als der Bauch einfach nicht mehr zu verheimlichen war, davon erzählt hatte! Norbert Olmer, der Leiter des K1 in Worms, war kurz vor dem Herzinfarkt gewesen: „Und du glaubst, das ist in Ordnung so? Du weißt doch ganz genau, dass eine Beamtin vom ersten Tag der Schwangerschaft an keinen Außendienst mehr machen darf!"

Anne hatte genickt und das wütende Gebrüll weiter über sich ergehen lassen. Natürlich, sie hatte das alles gewusst. Aber sie hatte auch gewusst, dass sie durchdrehen würde, monatelang hinter einem Schreibtisch, rechts ein Aktenberg und links ein Aktenberg. Also hatte sie ihr Geständnis extrem lange hinausgezögert. „Norbert, sieh mal, das war ja nun *mein* Risiko", hatte sie damals geantwortet. „Schließlich ist mir ja nichts passiert, und über meine Arbeit kannst du dich auch nicht beklagen, oder?"

„Aber wenn was passiert wäre, ja, dann wäre ich meinen Job gleich mit los! Und denk doch bloß mal an die Verantwortung, die du jetzt trägst! Aber so was siehst du ja garantiert nicht ein, du ja nicht!"

Wutschnaubend war Olmer aus dem gemeinsamen Büro gestürmt, hatte die Tür zugeknallt und ward nicht mehr gesehen. Erst eine Stunde später war er wieder aufgetaucht und hatte leise gefragt, ob es denn ein Junge oder ein Mädchen würde.

„Wahrscheinlich beides."

„Hm?"

„Zwillinge."

„Ach."

„Ja, doppelt angeschmiert."

„Anne, wieso denn? Und überhaupt – herzlichen Glückwunsch! Was sagt Paul dazu?"

„Ach, mit dem habe ich seit Wochen Streit."

„Um Gottes Willen! Jetzt sag nicht, dass du ..."

„Nein", hatte Anne gelacht, „aber er will nicht nur mit mir zusammenziehen, sondern seit Monaten unbedingt verhindern, dass ich weiter arbeiten gehe."

„Verständlich, Anne. Der Mann liebt dich und sorgt sich einfach um dich. Und, heiratet ihr denn nun demnächst?"

„Norbert!"

„Und?"

„Wirklich nicht! Ich doch nicht!"

„Stimmt. Hätte mich auch gewundert. Obwohl ich ja immer für geregelte Verhältnisse bin. Aber bei dir kann ich's mir nicht recht vorstellen."

„Danke, Norbert, das baut mich jetzt wieder ein bisschen auf!"

Und so war das Geplänkel seinerzeit weitergegangen.

Anne Mettenheimer, Oberkommissarin kurz vor dem vierzigsten Geburtstag, war zum Leidwesen ihrer Mutter nie an den Richtigen geraten. Mit einem Motorradfahrer in Lederklamotten konnte man doch keine Familie gründen! Und mit einem Pathologen, völlig verlottert, kettenrauchend und obendrein viel, viel zu alt, sicher auch nicht. Da war dann Paul schon die beste der möglichen Alternativen, musste auch Mama Mettenheimer sich eingestehen: ein großer, dunkelhaariger Chemie-Ingenieur, sportlich und aus gutem Hause. Dass er früher einmal mit einem Freund statt einer Freundin zusammengelebt hatte, verdrängte Mama Mettenheimer einfach in der Hoffnung, es möge jetzt alles gut gehen. Hatte sie nicht Jahre ihres Lebens darauf verwandt, ihre einzige Tochter mit netten jungen Männern zusammenzubringen? Es war ja auch nicht leicht, dieses dickköpfige Kind, das mit Ende Dreißig noch konsequent in Jeans und Turnschuhen herumlief und sich bestenfalls morgens einmal durch die struppigen blonden Haare fuhr, an den Mann zu bringen. Nun gut, Anne war Beamtin bei der Kriminalpolizei, das war schon etwas wert, aber was sollte sie mit dem Beruf noch, wenn erst Kinder kämen? Als sie von der nahenden Ankunft der Zwillinge hörte, hatte Mama Mettenheimer sowohl ihre Tochter als auch den Kindsvater wieder ohne Wenn und Aber in ihr Herz geschlossen und alle vergangenen Wirrungen aus ihrer Erinnerung gelöscht. Seitdem war sie stolze Oma, obwohl sie sich immer noch ein wenig wunderte, dass Anne nach der Geburt zu Hause geblieben war. Auch ihr Mann hatte einmal vermutet, dass sich sicher Paul um die Kinder zu kümmern habe. Aber da hatte ihr Hermann falsch getippt: Das Mutterherz schlug in Anne, da war sich Käthe Mettenheimer sicher.

Und wie es schlug! Als Lukas zu jammern begann, fuhr Anne schlaftrunken vom Bett hoch. Sie war tatsächlich eingenickt. Was war das nur für ein Leben, zwischen Kindergebrüll und Waschmaschine! Draußen spielte sich derweil das richtige Leben ab, an dem Paul weiter teilnahm und das ihr so fehlte. Ein Kind wurde vermisst, und sie hatte nichts Besseres zu tun als sich gemütlich aufs Bett zu legen und am helllichten Tage zu schlafen!

Lukas fand seinen Daumen und schlief zum Glück wieder ein. Anne grübelte: Den Namen Zeyer kannte sie irgendwoher. Als sie googelte, war plötzlich alles klar: Alfred Zeyer, der frischgebackene Vorstandsvorsitzende der Lufthansa, war Leas Vater! Die regionale Presse hatte seinerzeit sogar eine Homestory über den liebenden Familienvater im beschaulichen Weindorf gebracht. Meine Güte, dann konnte ja tatsächlich was dran sein an der Vermutung ihrer Kusine, das Kind könne entführt worden sein. Bei dem Vater, bei dem zu erwartenden Lösegeld!

Aufgeregt rief Anne im K1 an, wo Norbert Olmer sich auch sofort meldete: „Na, hast du Sehnsucht nach dem Job?“, fragte er.

„Klar, jeden Tag. Und deshalb rufe ich auch an. Hat sich meine Kusine Maria schon bei euch gemeldet? Oder aber eine Familie Zeyer?“

„Ja, eine Frau Zeyer hatte ich vorhin am Apparat. Es ginge um ein entlaufenes Kind. Wieso fragst du?“

„Hat sie dazu gesagt, wer sie ist?“

„Nein, aber wieso denn?“

„Ich hab' ja meine völlig hysterische Kusine auch erst beruhigt und abgewiegelt, dass Neunjährige manchmal einfach so für ein, zwei Tage zu Hause ausziehen, weil sie Ärger hatten, aber bei der Lea würde ich die Sache doch ernst nehmen. Ich sage nur: Lufthansa!“

„Ach, du lieber Gott, ist das etwa *der* Zeyer?“

„Der ist es.“

„Danke für den Tipp, Anne. Dann werden wir doch mal nach Gundersheim fahren und uns mit den Eltern unterhalten. Und wie geht's dir sonst so? Was machen die Kinder?“

Anne seufzte: „Siehst du, Norbert, das ist alles, was an mir noch zu zählen scheint, die Kinder. Jeder fragt ganz kurz nach mir, und bevor ich antworten kann, wird lieber gleich nach den Kindern gefragt. Bleibt das jetzt so, bis sie ausziehen?“

Norbert Olmer musste lachen: „Du Ärmste! Aber so habe ich das wirklich noch nie gesehen.“

„Ich habe das Gefühl, als existierte ich für meine Umwelt gar nicht mehr als Anne, sondern nur noch als Mama von Emma und Lukas. Ich hab‘ doch nur zwei Kinder aus mir rausgepresst, nicht mein Hirn!“

„O je, ist das der berühmte Baby-Blues?“

„Quatsch nicht, Norbert. Es geht mir nicht gut, mir fehlt geistige Nahrung. Und Selbstbestätigung außerhalb der Reinigung einer scheinbar fünfstelligen Anzahl an Wäschestücken pro Tag. Aber du solltest dich jetzt um die Zeyers kümmern. Lass mal was von dir hören, ja? Tschüs, Norbert!“

Verwundert registrierte Olmer, dass seine Oberkommissarin in Elternzeit schon aufgelegt hatte, als er ihr noch einen Gruß an Paul bestellen wollte.

Sie rieb sich müde die Augen. Hatte sie verschlafen? Und vor allem: Wo war sie hier? Das war doch nicht ihr Zimmer! Diese Couch kannte sie nicht, auch nicht den kleinen Tisch daneben. Ein Regal hing an der Wand, aber es war komplett leer. Sonst gab es keine Möbelstücke im Zimmer. Das Aufstehen von den braun melierten Polstern des alten, muffig riechenden Sofas fiel ihr schwer. Eigentlich könnte sie einfach so weiterschlafen. Sie wankte zur Tür. Irgendwo musste ja eine Toilette sein. Aber die Tür war abgeschlossen. Als sie klopfte, damit ihr jemand öffnete, fiel ihr auf, dass sie solche Türen kannte. Es war eine Kellertür aus kaltem Metall. Da erst bemerkte sie, dass der Raum kein Fenster hatte. Nur ein Nachtlicht in der Steckdose warf etwas Licht ins Zimmer, doch das genügte, um den Nachttopf zu entdecken, der neben dem Sofa stand. Plötzlich überkam sie Panik. Es konnte sich nicht um einen Scherz handeln, wenn die Tür verschlossen war und jemand für einen Nachttopf gesorgt hatte! Aufgelöst trommelte sie minutenlang mit den Fäusten gegen die Metalltür. Aber natürlich hörte sie niemand. Schluchzend rutschte sie mit dem Rücken die Tür hinunter, bis sie auf dem Boden saß. Ihre Blase drückte immer mehr, und so nutzte sie den Topf und die bereitgestellte Papierrolle. Dann bemerkte sie ihren Durst. Der Raum war auch völlig überheizt. Wer heizte sonst schon einen Kellerraum? Sie griff nach der Flasche auf dem Beistelltisch, öffnete sie und roch am Inhalt. Zitronensprudel, wie auf dem Etikett angegeben. Gierig trank sie gleich aus der Flasche, ohne das saubere Glas auf dem Tisch zu benutzen. Dann schwappte eine neue Panikwelle heran. Sie trommelte wieder gegen die Tür, schrie und weinte, aber nichts tat sich. Erst einige Zeit später beruhigte sie sich. Richtig schläfrig fühlte sie sich nun wieder. Mit schweren Gliedern schlurfte sie zum Sofa und ließ sich einfach fallen. Der muffige Geruch war das Letzte, das sie wahrnahm, bevor sie wieder einschlief.

Ein schlankes Mädchen mit einem riesigen Wanderrucksack saß auf der Bank unter der alten Eiche auf dem Westhofener Marktplatz. Träge schlürfte es etwas Cola aus der Dose, die es eben gekauft hatte, als sich ein Mann näherte. „Darf ich?“, fragte er und wies auf die Bank. Das Mädchen zuckte mit den Schultern. Er setzte sich hin und legte eine Zeitschrift zwischen sich und das Mädchen. Darauf stellte er die Tasse einer metallenen Thermoskanne. Ungeschickt goss er den heißen Kaffee ein. Die Zeitschrift war über und über voll brauner Brühe. „Oh nein!“, jammerte der Mann. „So was Blödes! Ausgerechnet das Pferdemagazin! Halt mal schnell!“, forderte er das Kind auf, das auch sofort zugriff und die Tropfen vom Papier zu schütteln versuchte, während der Mann den Becher auskippte und wieder auf die Kanne schraubte. „Das schöne Heft! Ich hatte es noch gar nicht gelesen!“

„Interessieren Sie sich für Pferde?“, fragte das Mädchen.

„Na klar! Du etwa auch?“

„Hmm. Ich hätte gern selbst eins, aber das kostet halt ziemlich viel.“

„Ich hab’ ein eigenes. Willst du’s mal reiten?“

„Echt?“

„Natürlich, warum würde ich’s dir sonst anbieten. Komm, ich bring’ dich hin!“

„Nein, das geht nicht. Ich muss zur Schule, wir gehen gleich auf Klassenfahrt.“

„Ach so. Na, dann später mal. Mach’s gut!“

Der Mann stand auf, nahm seine Thermoskanne, lief über den Marktplatz und die kurze Straße dahinter hoch zu dem Auto, das nicht seines war. Das Mädchen trank wieder aus seiner Coladose und bemerkte dann erst, dass die Pferdezeitung noch auf der Bank lag. Doch der Mann war schon zu weit entfernt, als dass man ihn noch hätte rufen können. Also ließ das Mädchen den Rucksack einfach stehen, den würde hier in Westhofen schon niemand klauen, und rannte mit dem Heft dem Mann hinterher. Er saß schon im Wagen, und es musste ans Fenster klopfen. „Ihre Pferdezeitung!“, keuchte es.

„Ach, das ist aber nett, die habe ich ja ganz vergessen! Würdest du sie mir schnell auf den Rücksitz auf den Stapel von den anderen Zeitungen legen?“

Das Mädchen nickte und öffnete die hintere Tür. Es beugte sich weit über die Rückbank, um an den Stapel zu gelangen. Die Kleine spürte noch, dass der Mann urplötzlich ihren Kopf nach unten und von dort ein übel riechendes Tuch gegen ihren Mund und ihre Nase drückte, dann sank sie leise und ohne es zu merken mitten auf die alten Pferdemagazine.

So, mein Mäuschen, nun ist alles in Ordnung. Es ist gut, dass ich dich jetzt schon wieder getroffen habe. Nun schläfst du schön ruhig und wirst mir nicht mehr weggenommen. Ich passe gut auf dich auf. Schlaf schön, du bist in Sicherheit. So ist es gut. So ist es gut. Nichts wird dir passieren, gar nichts. Morgen früh schaue ich wieder nach dir, aber es wird dir gut gehen bis dahin. Gute Nacht!

Schon früh um acht trafen sich fünf unentwegte Mitstreiter von WoNat, der „Wonnegauer Naturschutzgruppe“, zum samstäglichen Arbeitseinsatz. In Osthofen hatten sie ihre Geräte in einer alten Scheune stehen, die sie nun zum Teil auf einen Anhänger luden, um mit dem vereinseigenen Traktor bis nach Gundersheim zu tuckern und sich dort um die Landschaftspflege im alten Steinbruch, dem sogenannten Rosengarten, zu kümmern. Mehrere wilde Rosenbüsche sollten ausgerissen werden, um der Verbuschung der Trockenwiese entgegenzuwirken. Dies hatte einen strengen und naturfreundlichen Hintergrund, denn auf der Trockenwiese wuchsen so seltene Pflanzen wie die Küchenschelle, die es zu erhalten galt.

Nur zögernd sprang der alte Traktor an, nicht ohne mehrere große und pechschwarze Rauchwolken auszustoßen. Dann aber konnte die Fahrt beginnen. Mit dem alten Lanz würden sie von Osthofen bis Gundersheim zwar eine gute halbe Stunde brauchen, aber was wollte man machen, das Gerät musste ja irgendwie mit. Außerdem begeisterten sich gerade die drei jüngeren Teilnehmer der Aktion dermaßen für den Traktor, dass der Zeitfaktor keine

Rolle mehr spielte. In Gundersheim ging es zunächst steil bergab, dann zum Ortsausgang wieder bergauf und quer zum Hang zwischen Weinbergen und Kornfeldern in Richtung Ober-Flörsheim. Etwa auf der Mitte zwischen den beiden Ortschaften lenkte der Fahrer den Traktor nach links wieder steil bergauf, um nach wenigen hundert Metern noch kurz einen Feldweg nach rechts zu befahren, bis er stehen blieb. „Da wären wir!", meinte er und sprang auf den Weg. Von der Rolle, wie der Anhänger in Rheinhessen hieß, griffen er und seine Helfer sich vorerst jeder einen Spaten und wanderten über die Wiese zum oberen Ende des Steinbruchs, wo ein mächtiger Wildrosenstrauch seine letzten Minuten haben sollte. „Mann, da waren ja schon wieder Leute, die ihren Müll hier gelassen haben!", schimpfte der Traktorfahrer, ein ernster Mann in den Fünfzigern, der auch unter der Woche als Gärtnermeister für eine grüne Umwelt sorgte. Ihm war etwas Buntes aufgefallen, das um den kräftigen Stamm der Rose herum lag. Er bückte sich und zog daran, verspürte aber starken Widerstand. „Komisch", brummte er, „wer lässt denn hier ein Bergsteigerseil liegen? So ein Blödsinn!"

Einer seiner Kollegen verfolgte den Verlauf des Seils weiter, sah über die Kante der Klippe und schrie auf: „Hochziehen, schnell! Los, nun macht doch!"

Aber statt zu ziehen, kamen die anderen nun auch eilig an die Abbruchkante. „Da hängt ja was dran", stellte einer überflüssigerweise fest.

Es war kein Bündel oder eine starre Last, sondern da hing ein Mensch schlaff in einem Klettergurt, die Füße nach unten zeigend, den Oberkörper leicht geneigt, den Kopf hängend, als wäre er eingeschlafen.

„Packt ihr dann endlich mal mit an?", forderte der Traktorfahrer die anderen jetzt nochmals auf. Gemeinsam war es kein Problem, das Seil hochzuziehen. Es war aber dann ein Problem, die Last anzufassen und abzulegen. Nur einer, der jüngste aus der Gruppe und als Rettungssanitäter solcherlei zwar nicht gewohnt, aber einigermaßen darauf vorbereitet, traute sich und trug die Fundsache vorsichtig bis auf die ebene Wiesenfläche, wo er sie ablegte. „Du armes Kind!“, flüsterte er und wusste, dass er nach dem Puls erst gar nicht mehr tasten musste. Es war nicht mehr zu retten.

Still versammelten sich die Umweltschützer um die kleine Leiche. „Ist es tot?“, fragte einer dann doch.

„Natürlich, das sieht man doch!“, rügte ihn ein anderer.

„Und was machen wir jetzt?“

Der junge Sanitäter hatte schon sein Handy gezückt und die Nummer der Polizei gewählt. „Nein, einen Rettungswagen brauchen Sie nicht mehr anzufordern. Das Kind ist tot, und zwar schon seit einiger Zeit. Die Totenstarre hat sich schon wieder gelöst.“

„Woher weißt du denn so was?“, fragte der Traktorist.

„Lernt man auf Lehrgängen. Sieht man aber zum Glück nicht so oft in natura. So' ne Scheiße, das hier!“

Bleich erhob er sich und zündete sich eine Zigarette an. Und niemand wies ihn, wie sonst üblich, darauf hin, dass das Rauchen hier bitteschön zu unterbleiben hätte.

Gute zwanzig Minuten später raste ein Polizeiauto mit halsbrecherischem Tempo den Hügel bis zum Steinbruch hinauf. „Hoffentlich denkt der auch an seine Stoßdämpfer bei den Schlaglöchern“, ging es dem jungen Sanitäter durch den Kopf, worüber er beinahe grinsen musste – woran man in außergewöhnlichen Situationen noch denken konnte!

Die beiden Beamten besahen sich die Leiche und sperrten das Gelände ab. Die fünf Naturschützer wurden gebeten, am Rande des Hauptweges zu warten, um keine der eventuell noch vorhandenen Spuren zu zertreten. Wenige Minuten danach rumpelte ein weißer Kombi den Berg hoch, diesmal mit deutlich angepassterem Tempo. Ein schnauzbärtiger Mann entstieg dem Wagen. Er trug eine Jeans mit Bügelfalte zum blassblauen Hemd und eine rosa, türkis und braun gestreifte Krawatte, die auf seinem Bauch lag. Der Mann stellte sich als Hauptkommissar Olmer vor. Er leite die Ermittlungen für das Wormser K1. Kurz nach ihm traf noch ein Wagen ein, ein völlig klappriger alter Opel, dessen Farbe sich kaum von der erdbraunen Umgebung abhob. Der Sanitäter musste nun doch lächeln: So eine Karre hatte er als erstes Auto nach dem Führerschein gehabt. Dass die Baureihe noch fuhr, und dann auch noch ausgerechnet bei den Bullen, erstaunlich! Dem braunen Opel entstiegen gleich drei Männer: Vom Rücksitz kletterte ein sportlich-drahtiger blonder Mann um die vierzig, der nicht nur wegen der dunklen Ringe unter den Augen extrem müde wirkte. Vor ihm hatte ein dunkelhaariger Mann von etwa dreißig Jahren gesessen, klapperdürr und recht nervös. Der Fahrer des Wagens schien das genaue Gegenteil zu sein: rund, klein und mit rotblonden Locken versehen.

„Siggschde, Dieder, hammers doch gfunne!“, lachte der kleine Rothaarige seinen dürren Kollegen an. Der brummte nur: „Solange ich die Karte lese und nicht du!“

Kommissar Olmer rief zu den Männern hinüber: „Matthes, wie sieht's aus, sind die Mainzer unterwegs?“

„Alles klar!“, brüllte der sportliche Blondschopf zurück. „Die sitzen schon im Auto, kann also nicht mehr lange dauern.“

„Gut“, nickte der Hauptkommissar, bückte sich unter der Absperrung hindurch und beugte sich zu dem toten Kind hinunter. „Mein Gott!“

In der Hocke besah er sich die kleine Leiche, ohne sie jedoch zu berühren. Auch die Umgebung streifte er kurz mit seinen Blicken, bevor er sich blass erhob und zu den wartenden Naturschützern am Wegesrand lief.

„Bitte geben Sie möglichst genau zu Protokoll, wie Sie das Kind gefunden haben“, bat er. „Jede Kleinigkeit kann wichtig sein. Die Kollegen werden Sie zunächst einzeln befragen, um die individuellen Beobachtungen ungetrübt aufzuzeichnen, und danach würde ich gern nochmal mit Ihnen allen in einer Runde besprechen, wie Sie die Situation erlebt haben, denn dann könnten Sie sich eventuell gegenseitig ergänzen. Ich frage mich nur, wo der Bus bleibt!“

Aber da tauchte auch schon ein VW-Bus in Polizei-Lackierung zwischen den Rebzeilen am Hang auf und nahm Kurs auf den Steinbruch.

„Prima, da ist er ja!“, sagte Olmer. „Im Bus können Sie gleich in aller Ruhe Ihre Aussagen machen. Wir sehen uns dann später noch."

Hauptkommissar Olmer ging ein paar Schritte abseits und zückte sein Handy. „Kippe, was ist, können wir noch mit dir rechnen?"

Er lauschte, nickte kurz und sagte dann: „Okay, gut", bevor er den Kontakt unterbrach und das Handy wieder in die Hülle am Gürtel schob.

Hinter dem VW-Bus war ein Transporter den Berg herauf gefahren, aus dem nun die Gerätschaften für das Team der Spurensicherung geladen wurden.

Ein babyblauer Mercedes röhrte durch Gundersheim und fiel nicht nur den Liebhabern von Oldtimern auf, denn er durchquerte die Ortschaft gleich mehrfach.

Schließlich hielt der Wagen am Brunnen mitten im Dorf, und der Fahrer stieg aus. Er streckte seine zwei Meter Körperlänge genüsslich und zog seine ausgebeulte Cordhose hoch, die am mageren Hinterteil einfach keinen Halt fand. Anschließend fuhr sich der Mann durch seine silbergraue Lockenmähne, die bis auf die Schultern reichte, und lehnte sich in aller Ruhe an eine der Heckflossen des alten Autos, um sich eine Zigarette zu drehen. Nachdem er sie angezündet hatte, beugte er sich durch das offene Fenster zum Beifahrersitz hinunter und kramte in allerlei Durcheinander, das den Sitz füllte. Er fand sein Handy und tippte eine Kurzwahl ein. Dann lehnte er sich wieder an die Heckflosse und inhalierte diesen wie alle weiteren Züge aus seiner Zigarette bis ganz tief unten.

„Ja, ich bin's. Wie komm' ich da nochmal hin? Ah, ach so. Ja, klar, kein Problem. Bis gleich dann."

Der Raucher warf sein Handy wieder auf den Beifahrersitz, als er in den Mercedes stieg und sein Gefährt knatternd und qualmend startete.

Er fand nun den Weg aus dem Ortskern bis zur Otto-Hahn-Straße, an deren Ende er den asphaltierten Feldweg Richtung

Mönchbischheimer Hof nahm. Vorher bog er jedoch ab, querte die einspurige Bahnlinie und fuhr bergauf. Und da passierte es dann in einer der tiefen, vom letzten hangabwärts schießenden Regenwasser gezogenen Furchen: Der babyblaue Mercedes setzte auf einem Feldstein auf, sprühte einen ganzen Schwarm Funken und röhrte danach schlimmer als der ungepflegteste rheinhessische Traktor. Im Rückspiegel konnte der Fahrer erkennen, dass der Auspuff, seit Jahren immer wieder notdürftig mit eigenwilligen Drahtkonstruktionen befestigt, weit hinter dem Wagen lag und nun wohl endgültig ausgetauscht werden musste. „Verdammt!", fluchte der Mann und schlug einmal heftig auf sein Lenkrad.

Endlich war er bis an die anderen Autos herangekommen, die oben am Steinbruch parkten. Er rumpelte mit dem Benz über die äußerste Furche eines Kartoffelackers und befand, so könne er getrost stehen bleiben, ohne andere zu behindern. Er kletterte umständlich aus dem Auto und besah sich den Schaden gar nicht erst, sondern öffnete den Kofferraum und langte nach seinem Gepäck: einem Arztkoffer. Diesen stellte er neben sich ab und drehte erst noch eine neue Zigarette, bevor er den Kofferraumdeckel zuschlug und nach dem Koffer griff.

Norbert Olmer kam ihm schon entgegen. „Hallo Kippe, gut, dass du kommst. Aber sag mal, bräuchte dein Wagen nicht mal einen neuen Auspuff?"

„Keine schlechte Idee, glaube ich", griente Dr. Wolfram Kippenberg schief. Dann fragte er: „Was wisst ihr schon?"

Olmer bedeutete dem Rechtsmediziner, ihm zu folgen. Unterwegs berichtete er: „Heute wollten hier ein paar Naturschützer irgendwas auf dem Gelände erledigen, irgendwelche alljährlichen Arbeiten. Die haben dann an einem kräftigen Rosenbusch eines dieser bunten Bergsteigerseile gefunden, das über die Abbruchkante hing. Am Ende vom Seil hing die Kinderleiche, die du dir angucken sollst."

„Ein Kind? Ach, Scheiße!"

„Es kommt noch schlimmer: Anne hat mich gestern erst angerufen und gebeten, dass wir uns einen Fall genauer angucken. Da ist ein Kind nicht nach Hause gekommen. Nichts Besonderes, ich weiß, aber der Vater ist neuerdings Vorstandsvorsitzender der Lufthansa. Verstehst du?"

„O Mann! Nicht so was!" Kippe zog am letzten halben Zentimeter seiner Zigarette und ließ den Stummel danach in einer flachen Blechdose, die er aus der Hosentasche zog, verschwinden.

Dann standen die Männer vor dem Kind, das jemand mit einer Decke zugedeckt hatte. Kippe zog sich Latexhandschuhe über, ging in die Knie und schlug die Decke zurück bis auf Hüfthöhe der kleinen Leiche. Er schnaufte tief und sagte: „Also, die Leichenstarre hat sich schon wieder gelöst, das Kind ist daher schon länger tot. Zwei, drei Tage vielleicht. Auf den ersten Blick kann ich keine Gewalteinwirkung erkennen. Nee, auch am Hals nicht. Kampfspuren an Kleidung und Fingern fallen auch nicht auf. Ich kann dir absolut nichts sagen, befürchte ich, bevor ich das arme Kind nicht geöffnet habe."

In diesem Moment piepste Olmers Handy. Er stellte die Verbindung her, studierte ausgiebig das Display und japste dann: „Ach du lieber Gott!"

Ohne eine Erklärung rannte er zu seinen Kollegen vom K1: „Matthes, Dieter, Rolf, kommt mal schnell!"

Als seine drei Kommissare vor ihm standen, zeigte Olmer ihnen ein Bild auf dem Display seines Handys: „Ich habe mir ein Foto der vermissten Lea schicken lassen."

„Die ist es mal nicht", sagte Rolf Iben und kratzte sich zwischen den rotblonden Locken am Kopf.

„Sagen wir mal so: Das ist das Gute daran. Das Schlechte ist, dass wir es jetzt mit zwei Kindern zu tun haben, die abgängig sind."

„Du meinst, du hoffst, es werden nicht noch mehr?", fragte Matthes Horrweiler.

Olmer nickte ernst: „Man kann ja nie wissen. Ich frage jetzt erstmal nach, ob es noch mehr vermisste Kinder gibt. Irgendjemand muss dieses Kind hier doch auch schon seit Tagen suchen! Macht weiter mit der Arbeit, aber redet nicht über das hier, ja! Danke!"

Die drei nickten stumm und gingen wieder ihrer Wege. Norbert Olmer erfragte beim LKA die vermissten Personen, aber niemandem außer Zeyers schien ein Mädchen zwischen acht und zwölf zu fehlen, ein schlankes Kind mit dunkelbraunen, langen Haaren und braunen Augen. Der Chef des K1 seufzte. Dann hustete er, denn Dr. Kippenberg war herangekommen und blies gerade eine Rauchwolke in seine Richtung. „Norbert, was ich fragen wollte, kommst du gleich mit nach Mainz? Dann mach' ich mich sofort an das Kind."

„Ja, ist gut. Fahr du ruhig schon los, ich komme dann nach, sobald ich kann."

„Okay. Ach ja, und lass doch bitte meinen Auspuff von einem von den Kollegen von der Streife einsammeln. Ich brauche ihn auch nicht mehr."

„Kippe, ist das dein Ernst? Wenn Anne jetzt hier wäre, würde sie dir sagen, dass du deinen Müll gefälligst selbst vom Boden kratzen und mit nach Hause nehmen sollst."

„Da habe ich ja nochmal Glück gehabt, was?!", lachte Kippenberg und ging zu seinem Wagen.

Olmer schüttelte den Kopf und nahm sich vor, den abgerissenen Topf später selbst einzupacken. Es wäre ihm zu peinlich, eine Streife damit zu beauftragen.

Norbert Olmer hatte seinen Dienstwagen in Mainz vor dem Institut für Rechtsmedizin geparkt und stieg in Kippes Keller hinab. Dort sah er ein altbekanntes Bild: Der Doktor stand an einem der Lichtschächte im Flur, hatte das Fenster geöffnet und rauchte. Dem Gestank nach zu urteilen, nicht die erste Zigarette. Als Kippenberg den Kommissar bemerkte, drückte er seinen Glimmstängel aus und wedelte mit den Armen, um den Qualm zu vertreiben, was nur mäßigen Erfolg hatte. „Dann lass uns mal!", meinte er und hielt Olmer die Tür zum Sektionssaal auf. Dort lag das mit einem Laken bedeckte Kind schon auf dem Edelstahltisch. Norbert Olmer bekam den Auftrag, das Diktiergerät einzuschalten, damit Kippe sich später bei seinem schriftlichen Bericht besser an alle Details erinnern konnte. Zuerst nahm der Arzt sich das Äußere vor: „Eins vierundvierzig groß, sechsunddreißig Kilo schwer. Die Totenflecken sind gut ausgeprägt, und es sieht aus, als sei das Mädchen so gestorben, wie es jetzt hier liegt, im Liegen. Wir haben keinerlei Verletzungen vorliegen, keinerlei Hämatome, die auf Gewalt schließen lassen, nichts."

Nun griff der Mediziner zum Skalpell und öffnete vorsichtig die Bauchhöhle. Als er bereits mit der Organentnahme begonnen hatte, öffnete sich die Tür: „Was höre ich, ein Kind? Wie furchtbar!"

Ernst begrüßte der sonst immer zu einem Scherz aufgelegte Professor Orbis Norbert Olmer. Er leitete seit einiger Zeit das Institut, was Kippenberg zunächst sehr gestört hatte: ein Mann aus Bayern, der immer in Anzug und Fliege herumlief und dauernd Witze machte. Sogar die spröde Anne Mettenheimer hatte er seinerzeit in Nullkommanichts um den Finger gewickelt. Dann aber war Orbis ein Schachzug gelungen, der Kippe uneingeschränkt für ihn einnahm: Er hatte Kippe zum stellvertretenden Institutsleiter ernennen lassen. An Orbis' Kompetenz gab es ohnehin keine Zweifel: Der Mann wusste, was er tat.

„Sagen Sie, Herr Kommissar, wollen Sie nicht bald mal wieder Ihre charmante Kollegin mitbringen?", fragte Orbis. „Für die letzten Leichen aus Ihrer Gegend, da waren Sie immer allein oder mit einem – mit Verlaub gesagt – für mich weit weniger ansehnlichen Herrn hier."

Olmer lachte: „Nein, die Kollegin Mettenheimer hat vorerst Erziehungsurlaub, äh, Elternzeit. Sie wissen schon, diese Babypause halt."

„Nein, die forsche Kommissarin ist Mama geworden?"

„Ja, und gleich zweifach."

„Ich gratuliere, das dürfen Sie gern ausrichten. Ach ja, es ist ein Kreuz mit den Damen. Selbst die richtig Guten steigen für so ein Windelpaketchen aus!"

„Ich glaube, da tun Sie Anne Unrecht", schaltete sich Kippe ein. „Sie würde wahrscheinlich lieber heute als morgen wieder arbeiten, wie ich sie kenne. Aber irgendwer muss sich halt um die zwei Minis kümmern. Und Tagesmütter sind ja schier unbezahlbar, zumal bei den unplanbaren Arbeitszeiten einer Kriminalkommissarin."

Der Professor reichte seinem Stellvertreter wortlos eine Schale für die Gewebeprobe aus der Milz, eine für die aus der Leber und so weiter. Die gefüllten Schalen stellte er sorgsam auf dem Rolltisch ab, mit dem alle Entnahmen später ins Labor befördert würden. Norbert Olmer hielt sich plötzlich am Fensterbrett zum Lichtschacht fest. „Alles klar?", fragte Dr. Kippenberg, der die Bewegung aus dem Augenwinkel registriert hatte.

„Der Geruch! Ich kann nicht mehr, tut mir leid. Ich geh' mal für ein paar Minuten raus."

Verständnisvoll nickten beide Pathologen. „Wenigstens war es in den letzten Tagen nicht mehr so heiß wie die letzten drei Wochen, sonst hätten wir noch mehr mit der Fäulnis zu tun", brummte Kippe.

„Eigentlich könnten wir hier auch mal eine neue Belüftungsanlage gebrauchen, finden Sie nicht?", fragte Professor Orbis.

Kippe lachte bitter: „Das glauben Sie jetzt aber alleine, dass wir eine kriegen. Wo nicht mal unsere Personalstellen gesichert sind, was brauchen wir da noch bessere Ausstattung!"

Orbis zuckte mit den Schultern und half mit, die Brusthöhle weiter zu öffnen, später den Kopf. Norbert Olmer tauchte erst viel später wieder auf, als die Mediziner sich schon daranmachten, die kleine Leiche wieder zu schließen und die Spuren ihres Eingriffs möglichst gut zu verwischen.

„Wir sind völlig ratlos", berichtete Orbis dem blassen Kommissar. „Im Magen haben wir noch einen Brei aus Brot oder Müsli gefunden, und insgesamt wirkt das Kind auch nicht ausgehungert oder ausgetrocknet. Eher recht ordentlich versorgt. Wir hoffen also auf Ergebnisse aus dem Labor. Tut mir leid, mehr kann ich jetzt nicht sagen."

„Danke. Und wie sieht's mit sexuellem Missbrauch aus?"

„Nein, da war nichts. Eindeutig."

„Warten wir's also ab. Und Entschuldigung nochmal, aber so einen üblen Geruch habe ich hier noch nie mitbekommen."

„Nicht?", fragten die Ärzte wie aus einem Mund, und Orbis ergänzte noch: „Erinnern Sie sich an den Toten, der letzten Sommer mit aufgeschnittenem Bauch tagelang im Gebüsch am Bahndamm lag? Der hat gerochen, aber das hier ging doch noch!"

„Wenn Sie meinen ... Ich fahr' dann mal wieder ins Büro. Wiedersehen!"

Erst abends wusste man im K1, wer das tote Mädchen aus dem Steinbruch war. Im Fundbüro der Verbandsgemeinde Westhofen, zu der Gundersheim gehörte, war ein Rucksack abgegeben worden, in dem ein Brustbeutel mit einem mit Foto versehenen Schüler-Fahrschein für den Überlandbus steckte. Außerdem enthielt der Rucksack Kleidung für mehrere Tage, einen Schreibblock und ein mit Namen versehenes Mäppchen sowie eine Tüte Gummibärchen und einen Kulturbeutel. Joelle Sophie Wittlinger war nur zehn Jahre alt geworden und hatte gerade eben mit dem fünften Schuljahr an der Regionalen Schule in Westhofen begonnen.

„Warum vermisst sie denn keiner?", fragte Rolf Iben, als das K1 zur abendlichen Besprechung beisammen saß.

„Das weiß ich auch noch nicht", sagte Olmer.

„Also ich finde das komisch!", meinte Iben. „Ich hab' zwar keine Kinder, aber wenn ich welche hätte und eins davon drei, vier Tage lang nicht nach Hause käme, hätte ich doch schon am ersten Abend die ganze Gegend auf den Kopf gestellt!"

Dieter Wiesen als erfahrener Familienvater nickte zustimmend.

„Ich denke auch, dass wir noch herausfinden müssen, was da nicht ganz stimmt in Joelles Familie. Sonst sind Eltern ja eher zu früh als zu spät mit Vermisstenmeldungen. Ich werde heute Abend noch zu den Eltern fahren und möchte ganz gern eine Kollegin mitnehmen. Nicht, dass ich mich vor der Nachricht drücken will, aber eine Frau kann gerade der Mutter so was doch besser beibringen. Ihr könnt dann für heute Schluss machen. Schönen Feierabend!"

Erleichtert standen die Kommissare auf. Keiner riss sich darum, den Eltern die Todesnachricht zu überbringen. Zumal Joelle das einzige Kind ihrer Eltern gewesen war, wie man mittlerweile wusste.

Kurz darauf machte sich Norbert Olmer auf, um eine der Kolleginnen vom Bereitschaftsdienst zu bitten, in Zivil mit ihm nach Gundersheim zu fahren.

In den letzten Jahren waren jede Menge junger Frauen zur Polizei gegangen, sodass in allen Gruppen immer auch Frauen arbeiteten. Eine von ihnen würde sich sicher bereit erklären, die Eltern von Joelle zu informieren. Doch er hatte Pech: „Die Christine hat Urlaub, die Gabi die Grippe und die Heidrun hat sich gestern den Knöchel verstaucht. Nichts zu machen!", grinste der Chef der Truppe. „Willst du vielleicht die Putzfrau mitnehmen? Die kommt aber erst in einer halben Stunde." Olmer lehnte dankend ab und stieg in den Dienstwagen. Noch bevor sich das riesige Rolltor im Hof der Polizeidirektion geöffnet hatte, wusste er plötzlich, wohin er fahren würde. Über die B 9 steuerte er gen Norden, bog aber auf der Höhe von Rheindürkheim nach Osthofen ab. Dort fuhr er in die Stadtmitte, musste etwas suchen und fand dann die Adresse. In einer Gasse mit lauter älteren Häusern klingelte er an einem frisch renovierten Fachwerkhaus.

Anne Mettenheimer schimpfte leise vor sich hin. So sehr sie die rheinhessische Wärme, die Farben und den neuen Wein jeden Herbst genoss, so sehr nervten sie auch die allgegenwärtigen Traktoren, Anhänger und Vollernter. Als Paul nach Hause gekommen war, hatte sie eilig die Chance genutzt und war auf ihr Fahrrad gesprungen, denn im Gewerbegebiet hatten die Discounter noch geöffnet und würden auch Windeln für ihre Zwillinge haben. Sie verstand immer noch nicht, wie Windeltüten so urplötzlich leer sein konnten, aber nun hatte sie ja Nachschub auf den Gepäckträger geklemmt und wollte schnell nach Hause, als wenige Meter vor ihr ein Wingertstraktor vom Hof auf die Straße schoss. Anne bremste wild. Überholen war nicht möglich: Auf der anderen Straßenseite war ein Traktor mit gleich zwei Anhängern voller dunkelblauer Trauben geparkt, der eine Fahrbahnseite komplett blockierte. Das musste man sich mal vorstellen, mitten auf der Hauptstraße! Schimpfend rollte sie im Schneckentempo hinter dem knatternden Gefährt her, bevor sie nach rechts ins Tempelgässchen abbog. An seinem Ende fuhr Anne rechts ab in die Tempelgasse. Dort wohnte sie seit genau acht Wochen mit Paul und den Kindern im Haus ihrer Großtante Elisabeth. Die war vor einem halben Jahr ins betreute Wohnen gewechselt und hatte, als sie von Annes Schwangerschaft erfuhr, mangels eigener Kinder beschlossen, „die Kinnerscher" müssten in einem ordentlichen Hause aufwachsen. So konnten Paul und Anne das Gehöft zwischen zwei Weingütern per Mietkauf übernehmen, und Paul und sein Schwiegervater hatten das Haus nicht nur völlig entkernt, sondern auch sämtliche Leitungen, Böden und Fenster renoviert. Neben dem Wohnhaus lag ein kleiner Hofplatz, und in den Garten kam man durch die alte Scheune, die quer über die gesamte Breite des Anwesens stand. Der Garten war groß genug für einige prächtige alte Obstbäume und ein Gemüsebeet, aber auch einen eingegrünten Sitzplatz unter einer weinbewachsenen Pergola. In der mannshohen Bruchsteinmauer am Ende des Gartens war eine verwitterte, ehemals braun gestrichene Holztür. Wenn man sie mit dem riesigen verrosteten Schlüssel öffnete, der am Nagel im Rahmen hing, gab sie den idyllischen Blick auf die Altbachanlage und den Seebach frei. Aber an all das dachte Anne Mettenheimer natürlich nicht, als sie mit dem Rad vor dem leuchtend weißen Haus mit den tief-dunkelroten Balken ankam. Schon wieder parkte irgendsoein Blödmann direkt vor ihrem Hoftor! Dann verstand sie: Das Auto kannte sie doch bestens! Mit Schwung riss sie die Tür im imposanten Holztor auf und schrie: „Paul, wo steckt er?"

Paul kam gerade mit zwei Flaschen Mineralwasser aus dem Gewölbekeller in der Scheune gestiegen. „Er ist gerade erst angekommen. Sitzt hinten im Garten. Ich wusste ja nicht, wie lange du wegbleiben würdest. Komm mit!"

Anne lehnte ihr Rad einfach an die Hauswand und nahm Paul die Flaschen ab, damit der im Haus Gläser holen konnte. Sie ging durch die Scheune, die noch voll war mit Werkzeugen, Bauschutt und Möbeln, für die noch kein Standort gefunden war.

„Norbert, hast du Sehnsucht nach mir?“, rief Anne, stellte die Flaschen ab und umarmte ihren Chef kurzerhand. Der war recht verwundert, fand die Situation aber gar nicht so unangenehm. „Ja, ich wollte einfach mal vorbeigucken, wenn ihr schon keine Einweihungsparty feiert!“, meinte er.

„Das kannst du deiner Oma erzählen!“, grinste Anne. „Du willst doch irgendwas, sonst wärst du nämlich schon viel früher vorbeigekommen, oder?“

Zerknirscht nickte Norbert Olmer. „Ich habe ein echtes Problem. Ich weiß auch, dass das rechtlich nicht in Ordnung ist, was mir eingefallen ist, aber ich sehe gerade keine andere Möglichkeit.“

Und dann bat er Anne Mettenheimer, mitzukommen zu den Eltern der tot aufgefundenen Joelle.

„Sie ist nicht im Dienst!“, sagte Paul sofort.

Anne guckte grimmig: „Das hätte ich auch selbst sagen können. Außerdem ist das ja jetzt echt ein Notfall!“

„Und die Kinder? Lukas muss um acht gestillt werden!“

Paul und seine sklavisch festgelegten Stillzeiten!, dachte Anne und sagte: „Prima, dann machst du um acht eben nicht nur eine Flasche, sondern zwei.“

„Und du?“

„Mann, dann pump’ ich eben ab, wenn ich zurück bin. Wir werden’s alle überleben!“

Plötzlich bemerkte sie ihre Wortwahl: „Ach, Mist! Wirklich, Paul: Uns geht’s so gut, und irgendwer muss doch den armen Eltern erklären, dass ihr Kind tot ist. Ihr einziges übrigens, wie Norbert sagt.“

Paul zuckte mit den Schultern und seufzte: „Du und dein Job! Na ja, es war sowieso nur eine Frage der Zeit, bis du wieder rückfällig wirst. Hau schon ab!“

Anne grinste, schlang Paul einen Arm um den Nacken und zog ihn zu sich herunter, um ihm einen Kuss auf die Backe zu drücken. Dann sagte sie: „Fünf Minuten, Norbert!“, und lief durch Scheune und Hof ins Haus, wo sie sich Turnschuhe anzog, eine Jacke griff und nochmal schnell einen Blick ins Zimmer der selig schlummernden Kinder warf.

Als der Kriminalhauptkommissar und seine Oberkommissarin im Auto saßen und auf der Landstraße erst nach Westhofen und dort am Kreisel Richtung Gundersheim mitten hinein in ein sich eben auflösendes Abendrot fuhren, fragte Anne: „Und Lea?“

Olmer schüttelte den Kopf: „Die Fahndung läuft, das LKA hat den Fall wegen der Brisanz übernommen, aber es gibt absolut nichts. Wie vom Erdboden verschluckt, meinen die Kollegen.“

„Das ist schon ein seltsamer Zufall, dass ein totes Mädchen gefunden wird und ein zweites verschwunden ist“, grübelte Anne.

„Klar, auch im K1 ist das Wort Serientäter schon gefallen“, berichtete ihr Chef. „Wann fehlt hier schon mal tatsächlich jemand, und dann noch ein Kind, und dann noch ein Mädchen im Alter zwischen acht und zwölf, und dann plötzlich noch in zwei benachbarten Orten!“

Vor einem Zweifamilienhaus im neueren Teil Gundersheims parkte Olmer den Wagen. Beide Kommissare blieben noch sitzen und besahen sich das Haus der Wittlingers. Es stammte aus den Siebzigern, schien aber relativ frisch gestrichen zu sein. Hinter pflegeleichten Alu-Fensterrahmen hingen im Erdgeschoss weiße Halbgardinen, in der ersten Etage modische Stores mit bunten Mustern. Im Garten neben dem Haus stand eines der üblichen grünen Schaukelgeräte mit roten Querstangen, von dem Anne fast sicher wusste, dass es bei Benutzung erbärmlich quietschte. An der Wand neben der Haustür aus Aluminium und geriffeltem Plexiglas hing ein schlichtes Messingschild mit der Aufschrift „R. Wittlinger“, darüber ein getöpfertes Schild mit den eingeritzten Worten „Hier hausen Bernd, Gabi und Joelle Sophie“.

Im Erdgeschoss bewegte sich ein Vorhang.

„Wir sind aufgefallen“, sagte Anne leise. „Außerdem hilft es ja nichts. Komm, lass uns gehen!" Sie klopfte Olmer kurz von der Seite auf den Arm und öffnete danach ihre Tür. Olmers Mappe drückte sie auf dem Weg zum Haus wie einen Schutzschild an ihre Brust. Vor dem Klingeln atmete sie tief durch und hörte, dass Norbert Olmer auch gerade schnaufte.

„Ja?", kam es aus der Sprechanlage.

„Frau Wittlinger? Mein Name ist Anne Mettenheimer. Könnte ich Sie kurz sprechen?"

„Wieso?"

„Das möchte ich Ihnen gern in aller Ruhe erklären. Ich bin von der Polizei."

Das musste sie einfach sagen, denn sonst hätte sie hier eine längere Debatte über befürchtete Bekehrungsversuche, unerwünschte Zeitschriftenabonnements oder lästige Sammelaktionen vor sich gehabt.

Kaum hatten Anne und Olmer die Haustür aufgedrückt, hörten sie aus dem ersten Stock Frau Wittlinger: „Hier oben!"

Doch auch die untere Wohnungstür öffnete sich und eine ältere Frau schaute hinaus: „Was ist denn los?", wollte sie wissen.

„Sag' ich dir später!", rief die jüngere Frau von oben.

Unzufrieden sah die Ältere den beiden Besuchern nach. Oben reichte Anne Frau Wittlinger die Hand: „Mettenheimer, guten Tag. Dies ist mein Kollege Olmer. Dürfen wir?"

Gabi Wittlinger nickte und wies den Kommissaren den Weg ins Wohnzimmer, eines dieser Art, die Anne aus den wöchentlich den Briefkasten verstopfenden Werbeprospekten kannte. Wenig eigener Stil, aber ordentlich eingerichtet, so musste das wohl sein. Als sie auf einem blau, orange, schwarz und rot gemusterten Sofa Platz genommen hatten, fragte Frau Wittlinger: „Ist was mit meinem Mann?"

Olmer sagte: „Nicht, dass ich wüsste. Nein, wir sind wegen Ihrer Tochter hier."

„Joelle? O Gott, was hat sie angestellt?"

Anne atmete noch einmal tief durch: „Frau Wittlinger, sie hat nichts angestellt. Leider nicht. Wir haben Ihre Tochter heute

Morgen gefunden. Leider kam jede Hilfe zu spät. Joelle ist schon seit mehreren Tagen tot. Es tut mir sehr leid."

Gabi Wittlinger runzelte erst die Stirn, dann lächelte sie: „Meine Güte, da bin ich aber froh! Nein, nein, das kann gar nicht sein, die Joelle ist nämlich seit Montag auf Klassenfahrt im Hunsrück und kommt erst morgen Abend zurück. Die Kennenlernfahrt der neuen fünften Schuljahre, wissen Sie. Sie hat da den netten Lehrer Wissmann, so einen ganz jungen, die schwärmen alle total für den."

„Frau Wittlinger", unterbrach Anne Mettenheimer, „wir können jeden Zweifel ausschließen, leider. Joelles Rucksack wurde nämlich schon gestern gefunden und bei der VG-Verwaltung in Westhofen abgegeben."

„Nein!" Gabi Wittlinger starrte Anne an, als wolle sie eine Lügnerin entlarven. „Nein!"

Danach sagte sie nichts mehr und vergrub ihr Gesicht in den Händen.

Die Stille wurde bedrückend.

„Wann kommt Ihr Mann nach Hause?", fragte Norbert Olmer schließlich.

„In einer Stunde vielleicht. Der schafft bis um acht."

„Wenn Sie möchten, bleiben wir so lange bei Ihnen. Oder sollen wir jemanden rufen, der sich zu Ihnen setzt, bis Ihr Mann da ist?"

„Ach was. Außerdem irren Sie sich. Die Joelle kommt erst morgen heim."

Das kannten die Kommissare ja, dass Angehörige sich einfach weigerten, die Realität zu akzeptieren. Als ob sich die Polizei in solchen Angelegenheiten einen Scherz mit irgendjemandem erlauben würde!

„Dürfen wir vielleicht einen Blick in das Zimmer Ihrer Tochter werfen?", fragte Norbert Olmer vorsichtig. „Wissen Sie, jede Kleinigkeit kann uns bei den Ermittlungen weiterhelfen, und zudem wüssten wir auch gern, was für ein Kind Ihre Joelle war, damit wir besser einschätzen können, wie alles abgelaufen ist."

Gabi Wittlinger nickte und zeigte auf eine Tür, die gegenüber dem Wohnzimmer vom Flur abging. Die Kommissare betraten den Raum beinahe ehrfürchtig, wie immer, wenn es um einen Todesfall ging.

Joelle Sophie Wittlinger war eindeutig absoluter Fan von Tokio Hotel gewesen. Außer zwei kleineren Pferdepostern zierten nur Bilder der vier pubertierenden Ost-Rocker das Mädchenzimmer. Vom Starschnitt in Lebensgröße bis zum postkartengroßen Foto von einem der Jungen mit Joelle im Arm war so ungefähr alles an den Wänden zu finden, was man sich an Devotionalien denken konnte. Die rosa-weiß gemusterten Tapeten waren kaum noch zu erkennen. Unter dem Bett wurde Anne Mettenheimer fündig: Ein Schuhkarton mit verschiedenen Briefen und einem Tagebuch kam zum Vorschein, das, soviel sah Anne gleich beim ersten Durchblättern, leider zwei Wochen vor Joelles Tod seinen letzten Eintrag bekommen hatte. Aber möglicherweise hatte sie ihren Mörder ja länger gekannt. Lesen würde Anne das Buch auf jeden Fall. Derweil waren Norbert Olmer die Fotoalben des Mädchens in die Finger gefallen. Da sie keinen Computer im Zimmer stehen hatte, archivierte sie ihre Aufnahmen offensichtlich noch auf die konventionelle Art und schob Abzüge und Ausdrucke in dünne Klarsichthüllen, die schuppig übereinander geheftet ein Fotoalbum ergaben. Gemeinsam blätterten sie durch die Fotos, als plötzlich ein Rumpeln im Flur zu hören war. Anne sah hinüber und fand Gabi Wittlinger röchelnd am Boden. Sie war offensichtlich gestürzt und japste nun keuchend nach Luft.

„Bleiben Sie liegen!“, sagte Olmer und schob ihr eine Jacke von der Garderobe, unter der sie lag, unter den Kopf.

Frau Wittlinger schien zu protestieren, denn sie stöhnte laut und zeigte aufgeregt zu ihrer Handtasche, die ebenfalls an der Garderobe hing.

„Norbert, setz die Frau hin, ich glaub', die ist Asthmatikerin. Die kriegt im Liegen keine Luft. Ihr Spray ist da in der Tasche, oder?“

Anne wühlte in der Handtasche und fand tatsächlich ein Asthmaspray. Olmer stützte Frau Wittlinger und Anne half ihr beim Benutzen des Fläschchens. Nach zwei Sprühstößen wurde Gabi Wittlinger ruhiger und griff selbst nach dem Spray. Dann inhalierte sie noch zweimal und sagte schließlich relativ ruhig: „Danke!“

„Sie sollten trotzdem in eine Klinik“, befand Olmer.

Matt stimmte die Patientin zu, und sie hatte Glück, schon nach zwanzig Minuten stand der Rettungswagen vor der Tür.

„Soll ich mitfahren?“, fragte Anne, als Frau Wittlinger bereits im Wagen lag.

„Nein, ich komme zurecht! Sagen Sie meinem Mann Bescheid?“

„Natürlich! Alles Gute, Frau Wittlinger! Wir kommen dann morgen nochmal bei Ihnen vorbei.“

Anne schlug die Flügeltüren des Wagens zu und merkte, dass sie gerade den leichteren Job erwischt hatte: Norbert Olmer stand zwischen den für seinen Geschmack allzu derb schimpfenden alten Wittlingers, die ihm vor allen Nachbarn den Vorwurf machten, ihre Schwiegertochter fast umgebracht zu haben. Dabei wussten sie ja noch nicht einmal, worum es ging, dachte sich Anne. Also nochmal das Ganze! Zu ihrem Glück kam Joelles Vater gerade nach Hause und sah dem mit Blaulicht losbrausenden Rettungswagen verwundert nach.

„Was ist denn hier los?“, wollte er wissen.

„Hier die zwei, die sind von der Polizei, die haben deine Gabi beinahe umgebracht!“, keifte Oma Wittlinger.

„Jetzt reicht's aber!“, fuhr Anne Mettenheimer dazwischen. „Sie wissen ja noch nicht mal, warum wir überhaupt hier sind. Sie sind Bernd Wittlinger?“

Der Mann nickte. „Gut, dann bitte ich Sie, mit uns in Ihre Wohnung zu kommen, und Ihre Eltern können, wenn Sie dem zustimmen, gleich mitkommen.“

Olmer nickte ihr dankbar für diesen Befehlston zu, und dann stapften alle drei Wittlingers hinter den Kommissaren die Treppe in den ersten Stock hoch.

Auch sie wollten zuerst nicht glauben, dass Joelle nicht auf ihrer Klassenfahrt gewesen war, und sprachen von einer Verwechslung. Dann aber saßen alle bedrückt schweigend im Wohnzimmer. Irgendwann zischte Bernd Wittlinger: „Wenn ich das Schwein kriege, den bring' ich um!"

Norbert Olmer fragte: „Haben Sie etwa einen Verdacht?"

„Nein, aber ich schwör's Ihnen, ich kriege den!"

„Das sollten Sie uns überlassen", sagte Anne Mettenheimer bestimmt.

„Klar, euch Beamten! Das nehmen wir doch lieber selbst in die Hand, was, Vadder?", höhnte er. Sein Vater nickte stumm.

„Bitte, Herr Wittlinger, wir verstehen Ihren Schmerz, aber machen Sie jetzt keine Dummheiten. Immerhin geht es um einen Menschen, der möglicherweise gemordet hat und nicht ungefährlich ist", beschwichtigte ihn Olmer.

„Ach, echt? Und genau deshalb will ich den kriegen! Wer mir was tut, kriegt's heimgezahlt, klare Sache!" Diesmal nickten beide alten Wittlingers.

Auf dem Heimweg war es beiden Kommissaren mulmig. „Der wird ganz schön Druck machen!", befürchtete Anne.

„Oder gar seine eigene Bürgerwehr aufstellen", mutmaßte ihr Chef.

„Dem hätte eigentlich eine dicke Beruhigungsspritze gehört!"

„Ach, du weißt doch, wenn der sie nicht will, haben wir kaum Chancen. Dabei wäre es mir auch lieber, der verschliefe die nächsten zwei, drei Tage einfach, um danach sachlicher mit dem Tod seiner Tochter umgehen zu können."

„Sag mal", fragte Anne, „die Frau Wittlinger junior, die hatte so einen ulkigen Akzent, aus Gundersheim ist die auch nicht, oder?"

„Ich tippe auf Thüringen, Sachsen, irgendsowas."

„Stimmt! Genau das ist es!"

Norbert Olmer bremste den Wagen ab. „So, da wären wir. Ich danke dir für deine Mithilfe."

„Wie, und das war's jetzt?", fragte Anne ungläubig.

„Was hast du erwartet? Ich bin dir wirklich sehr dankbar für deinen Einsatz. Ich könnte dich ja bei Gelegenheit mal zum Essen einladen."

Anne verzog das Gesicht: „Ach, Norbert, ich will doch nicht so was! Aber jetzt bin ich schon mitten im neuen Fall, da könnte ich doch auch weiter dran arbeiten, findest du nicht?"

„Und deine Kinder?"

„Da wäre eben der Paul mal dran."

„Und du glaubst, das macht der so einfach?"

„Warum nicht?"

„Anne, ich hätte dich wirklich lieber heute als morgen wieder dabei, und die anderen würden sich natürlich auch freuen, aber bist du sicher, dass du schon so weit bist?"

Anne verstand nicht: „Wie – so weit bist?"

„Willst du ausgerechnet bei einem Fall mit einer Kinderleiche wieder einsteigen? Kannst du dann abends ganz locker deine beiden schaukeln und dich an ihnen freuen?"

„Keine Ahnung. Aber ich weiß genau, dass ich nicht mehr lange brauche, bis ich zu Hause völlig am Rad drehe. Ich bin froh, dass ich Emma und Lukas habe, aber ich halte das langsam nicht mehr aus in dem ganzen Babykram. Es gibt Nachbarn, die haben, seit wir in der Tempelgasse wohnen, noch nicht anders als in Babysprache mit mir Kontakt aufgenommen, weil ich immer mindestens eins der Kinder dabei hatte. Eiteitei, sag der Mama mal, der nette Onkel von der Post hätte ein Pi-Pa-Päckchen für euch gebracht."

„Du übertreibst!" Olmer musste lachen.

„Kein bisschen!", beharrte Anne.

„Überleg dir das in aller Ruhe. Sprich das mit deinem Paul durch. Und vor allem: Schlaf erst mal ein paar Nächte über die Idee. Danach darfst du dich bei mir melden. Gerne sogar! Und jetzt raus mit dir, ich will nach Hause!"

Lachend warf Anne Mettenheimer die Autotür zu und schloss das Hoftor auf. Erst jetzt merkte sie, dass sie ganz dringend eins der Kinder stillen musste. Aber absolut dringend!

Im Haus war alles still. Im Wohnzimmer saß kein Paul und im

Kinderzimmer lagen keine Kinder. Aber aus der Scheune hörte Anne es klappern. Als sie nachsah, fand sie Paul, im schummrigen Licht einer Funzel hingebungsvoll eine alte Tischplatte schmirgelnd.

„Wo sind sie?", war ihre erste Frage.

„N' Abend auch!", brummte Paul. Seine schlechte Laune war unübersehbar.

„Tut mir leid, aber es ist nicht alles so glatt gelaufen."

„Klar, wie immer. Nur, dass es dich eigentlich gar nichts angeht."

„Norbert hat mich gebraucht, okay?"

„Klar."

„Wie, und jetzt kommt kein Satz von wegen, deine Kinder hätten dich auch gebraucht?"

„Da hättest du doch bloß drauf gewartet! Außerdem geht's denen auch so ganz gut."

„Wo sind sie denn nun?"

Mit dem Daumen wies Paul lässig seitwärts zum Hinterausgang der Scheune, wo zwischen einem dicken Balken und dem nächsten Apfelbaum eine Hängematte baumelte. Sie beulte sich an zwei Stellen ganz leicht nach unten aus.

„Ist nicht wahr!"

Jetzt grinste Paul wider allen Ärger: „Doch. Erst haben sie eine Stunde lang gebrüllt, dann habe ich sie gefüttert und in die Hängematte gepackt. Hier, das Seil hatte ich in der Hand, das reicht genau bis zur Bank an der Wand, da habe ich dann tatsächlich gemütlich meine Zeitung gelesen, die Babys geschaukelt und meine Ruhe gehabt. Gut, was?"

Mit einem Blick überzeugte sich Anne, dass es Emma und Lukas weder zu kalt noch zu unbequem war. Im Gegenteil: Sie schliefen offensichtlich ganz zufrieden. Paul hatte derweil zwei Gläser und eine Flasche Dornfelder geholt. „Setz dich", sagte er. „Ich muss mal mit dir reden. So geht's nämlich nicht weiter."

Das traf sich ja gut, fand Anne. Schließlich wollte auch sie mit ihm reden. Paul zündete die schon weitgehend zerflossene Kerze auf dem verwitterten Gartentisch noch einmal an und reichte Anne ihr Glas.

Nachdem sie angestoßen und den ersten Schluck des samtigen Roten genossen hatten, der mit seinem feinen Brombeerton perfekt in den Herbst passte, sagte Anne: „Also, ich muss auch mal mit dir reden."

„Okay, aber ich war zuerst!", meinte Paul.

„Dann los!"

„Findest du nicht, dass wir ein ziemlich gutes Team sind?", fragte Paul.

„Doch, klar", bestätigte Anne.

„Na ja, und gerade jetzt, wo die Kinder da sind und wir das Haus haben und so, da wäre es doch nicht schlecht ... Ach nein, Blödsinn. Das wollte ich anders sagen. Also, obwohl ich früher ... Nee, auch nicht. Ich mein', wir bleiben doch zusammen, oder?"

„Äh, klar, wieso denn auch nicht?" Anne verstand kein bisschen.

„Himmel nochmal, ist das aber auch schwierig! Also, ich wollte dich fragen, ob du dir vorstellen könntest, dass wir vielleicht ... also, wenn wir dann ... oh, Mann!"

Nun kapierte Anne Mettenheimer: „Soll ich einfach mal Ja sagen?"

„Genau!", schnaufte Paul erleichtert.

Ein Weinglas ging zu Bruch, als Anne ihm um den Hals fiel. „Dass ich mal dermaßen spießig würde!", kicherte sie albern. „Aber du nimmst meinen Namen an! Und ich geh' wieder arbeiten! Und, verdammt, ich wollte schon vor' ner halben Stunde endlich Milch abpumpen. Ich platz' gleich!" Sie sprang auf und rannte zum Haus.

Da hatte Paul nun sein Ja, wenngleich er sich das irgendwie romantischer vorgestellt hatte. Jetzt begann auch noch Lukas zu quengeln. Also packte er sich beide Bündel aus der Hängematte und trug sie hinter seiner Zukünftigen her. „Anne, nicht abpumpen, die Kundschaft ist wach!", rief er noch vom Hof aus.

Als Emma wieder schlafend im Bett lag und Lukas sein Abendessen bekam, setzte sich Paul neben seine Frau.

„Wieso gehst du eigentlich wieder arbeiten?", fragte er.

Anne sagte: „Könntest du nicht mal zu Hause bleiben? Mir fällt hier die Decke auf den Kopf. Und außerdem still' ich eh' demnächst ab."

„Ach so. Na dann ... Aber warum sagst du denn nichts? Ich hab' gedacht, ich verschaff' dir eine Pause vom Job, wenn ich weiter arbeite."

„Klar, schon. Aber es reicht völlig. Und glaub' bloß nicht, dass du irgendwie Pause hast mit Zwillingen im Haus."

„Aber ich würde das wirklich gern tun. Und falls sie doch mal schlafen sollten, könnte ich weiter am Haus basteln."

„Super. Ab wann?"

„Na ja, ich müsste mal meinen Arbeitgeber fragen, ab wann ich da aussteigen kann. Vorwarnen sollte ich in der Firma ja schon noch kurz."

Anne konnte ihr Glück kaum fassen. Dann fiel ihr noch etwas ein: „Du, in Weiß kriegst du mich aber nicht. Und auch nicht vor den Altar!"

„Gilt für mich genauso. War doch klar, oder?"

„Na ja, man weiß ja nie ... So, fertig. Wickelst du den noch mal? Ich geh' mir schon mal die Zähne putzen." Anne drückte Paul das Kind in den Arm und verschwand im Bad. Bis er Lukas in Schlaf gewiegt hatte und auch ins Schlafzimmer kam, war Anne wie fast jeden Abend völlig todmüde in Sekunden im Tiefschlaf angekommen. Paul aber lag noch lange wach daneben, blickte in den schwarzen Nachthimmel und grinste glücklich.

Wie gut, dass im Wormser Stadtkrankenhaus gerade genügend Zimmer frei waren, um Gabi Wittlinger ein Einzelzimmer zu verschaffen. Was in aller Welt hätte sie Zimmergenossinnen erzählen sollen, warum sie ihren Asthmaanfall bekommen hatte? Hauptkommissar Olmer klopfte frühmorgens vorsichtig an die moosgrün gestrichene Tür und trat ein, nachdem er von drinnen ein „Ja!" gehört hatte.

„Wie geht es Ihnen?", fragte er.

„Wie soll's mir schon gehen! Das mit dem Asthma kriegen die mit Cortison schon wieder in die Reihe, aber das mit meinem Kind, das geht nicht mit Medizin", sagte Gabi Wittlinger, die in der blassgelben Bettwäsche aussah, als sei sie seit dem Vortag geschrumpft. Ihre verquollenen Augen ließen vermuten, dass sie in der Nacht nicht viel Schlaf abbekommen hatte.

„Kann ich Ihnen trotzdem ein paar Fragen stellen?"

„Natürlich. Wenn Sie dadurch den Dreckskerl kriegen, ist das gut so!"

Norbert Olmer nickte und bat: „Beschreiben Sie mir doch bitte ganz genau den Morgen, als Sie Joelle zur Klassenfahrt losgeschickt haben."

„Wir hatten am Abend davor alles gepackt, bloß einen Rucksack, mehr war ja nicht erlaubt. Nach dem Frühstück ist die Joelle wie immer um halb acht aus dem Haus gegangen, weil der Bus nach Westhofen um zwanzig vor geht. Ich bin dann zur gleichen Zeit aus dem Haus, auch wie immer, weil mich eine Kollegin an der Hauptstraße mitnimmt nach Worms auf die Arbeit. Es war alles wie immer. Wie immer."

Gabi Wittlinger wurde von einem Heulkrampf geschüttelt, und Olmer war heilfroh, dass gerade jetzt eine Schwester das Zimmer betrat und die Patientin tröstete.

„Sie sind doch der Herr von der Polizei, oder?", fragte sie.

Als Olmer nickte, schimpfte sie: „Können Sie der armen Frau denn nicht ihre Ruhe lassen? Ist doch schlimm genug, was die jetzt durchmachen muss!"

Doch da hatte die resolute Schwester nicht mit Frau Wittlinger gerechnet. Die trocknete ihre Tränen und sagte fest: „Es kann weitergehen, Herr Kommissar. Ich muss mich am Riemen reißen, dann geht das schon. Ich weiß aus dem Fernsehen, dass jede Minute zählt, wenn ein Mörder frei rumläuft!"

Verdattert räumte die Krankenschwester das Feld.

„Gut, machen wir weiter. Wie sieht es mit dem Freundeskreis von Joelle aus? Waren da auch ältere Jugendliche dabei?"

„Ach was! Die Joelle hat mit ihren Freundinnen für Tokio Hotel geschwärmt, und spätestens, seit sie die mal in echt gesehen hat, zählt sowieso kein anderer Junge mehr für sie. Da hätte keiner aus der Schule oder aus dem Dorf eine Chance, ganz sicher nicht!"

„Wie sieht es mit Hobbys aus?"

„Turnverein. Da war sie in der Jazztanzgruppe. Sonst hat sie sich immer mit ihren Freundinnen hier aus Gundersheim getroffen. Zum Jugendtreff nach Westhofen wollte sie noch nie. Na ja, ist ja auch noch ein bisschen früh. Also ... gewesen."

„Und was hat Ihre Tochter mit den Freundinnen unternommen?"

„Völlig harmlose Dinge: Mal haben sie das Baby einer Nachbarin spazieren gefahren, dann haben sie die Hunde von zwei alten Frauen aus dem Dorf zusammen ausgeführt, oder aber sie haben zu Hause Musik gehört und ihre Tänze aus der Gruppe geübt. Ich verstehe nicht, wie die Joelle entführt werden konnte. Wir haben ihr immer wieder gesagt, dass sie mit niemandem mitgehen darf, und daran hat sie sich auch gehalten."

Norbert Olmer blickte für einen Moment aus dem Fenster und bemerkte den sagenhaften Blick über die sanft geschwungenen Hügel: Reben in herbstlichen grünen, gelben und roten Tönen, soweit das Auge reichte – wenn man nicht gerade weiter nach rechts sah und Silos am Rheinufer, horizontnehmende graue Riesenhallen im Industriegebiet oder gar das Atomkraftwerk Biblis erblickte.

„Irgendetwas ist passiert, weshalb Joelle doch mit jemandem mitgegangen ist. Und das müssen wir herausbekommen", sagte er.

„Sie meinen, ob sie den Mörder gekannt hat? Ach, du lieber Gott!"

Gabi Wittlinger war ehrlich erschrocken bei der Vorstellung, es könne sich um einen Täter aus dem engeren Umfeld handeln.

„Fühlen Sie sich stark genug, dass ich Ihnen genauer beschreibe, was wir schon über Joelles Tod wissen?"

Statt einer Antwort fragte die Mutter: „Ist sie vergewaltigt worden?"

Olmer schüttelte den Kopf. „Nein, wir haben keinerlei sexuelle Gewalt feststellen können."

„Wenigstens etwas", sagte Gabi Wittlinger leise und stierte an die Wand gegenüber ihrem Bett.

„War Joelle jemals im Gundersheimer Steinbruch?"

„Wo?"

„Im Rosengarten."

„Wo soll das denn sein?"

„Das ist ein ehemaliger Steinbruch Richtung Ober-Flörsheim, der jetzt von WoNat als Naturschutzgebiet gepflegt wird."

„Keine Ahnung, kenne ich nicht. Und da war ich auch noch nie."

„Doch, bestimmt sind Sie schon mal daran vorbei gekommen, beim Sonntagsspaziergang oder so."

Entschieden verneinte Frau Wittlinger erneut: „Sonntagsspaziergänge machen wir nicht. Wir fahren, seit die Joelle auf der Welt ist, sonntags zu einem Ausflug weg, wenn mein Mann nicht angeln ist. Wenn er unterwegs ist, ruhen wir uns zu Hause einfach aus. Und bevor die Joelle auf die Welt kam, war ich noch gar nicht in Gundersheim. Ich habe meinen Mann kennengelernt, als der damals bei uns in Gotha auf Montage war."

Hatte er doch recht gehabt mit seiner Vermutung, die Frau stamme aus einem der östlichen Bundesländer. Dass sie aber in den zehn Jahren, die Joelle existierte, kein einziges Mal die Weinberge durchwandert und den Steinbruch kennengelernt hatte, verwunderte Olmer schon.

„Wir haben Joelle dort im Steinbruch gefunden. Aber das war nicht der Ort, an dem sie starb. Äußerlich war sie absolut unverletzt, weshalb wir nun auf die Laborergebnisse warten. Vielleicht liefern die uns neue Erkenntnisse."

Norbert Olmer fühlte sich irgendwie verpflichtet, der Mutter genauer zu berichten, wie man ihr Kind aufgefunden hatte, denn beim Vater war er gestern auch schon nicht ganz dazu gekommen, nachdem der seine wüsten Drohungen ausgestoßen hatte.

Aber nun bemerkte er, wie Gabi Wittlinger schwer atmete und

zu ihrer Spraydose griff. Sie inhalierte mehrmals tief und sagte dann: „Ich glaube, ich will nicht mehr wissen, Herr Kommissar. Vielleicht später mal. Jetzt versuche ich erst mal, wieder ordentlich Luft zu bekommen, damit ich nach Hause kann. Wenn die Werte stimmen, kann ich gleich morgen wieder gehen, haben die mir versprochen."

„Dann wünsche ich Ihnen alles Gute!", sagte Hauptkommissar Olmer zum Abschied, schüttelte Frau Wittlinger die Hand und verließ das Krankenzimmer. Bis er im Erdgeschoss angekommen war, hatte er das Parkticket aus der Jackentasche gewurstelt und stellte sich in die Warteschlange vor dem Automaten.

Rolf Iben und Dieter Wiesen stapften seit einer halben Stunde talwärts. Sie hatten keinen Blick für den herbstlich gefärbten Wald des Hunsrücks und die strahlende Sonne am kräftig blauen Himmel. Ganz im Gegenteil. Die beiden Kommissare hatten mittlerweile nasse Füße, weil sie anfangs über eine noch taufeuchte Wiese gelaufen waren. Wiesen fröstelte in seinem dünnen Pullover, aber das wollte er nicht zugeben. Und Iben ärgerte sich, dass er ausgerechnet heute nicht besser gefrühstückt hatte. Aber es half nichts, sie hatten den Auftrag, Joelle Wittlingers Schulklasse zu befragen. Möglicherweise hatte ja eines der Kinder gesehen, wohin Joelle gegangen war, bevor der Bus kam. Oder noch besser: mit wem sie gegangen war. Da die Klasse ein Aktionsprogramm mit dem örtlichen Förster gebucht hatte, waren die Kinder in aller Frühe bereits in den Wald unterwegs gewesen, als Iben und Wiesen versucht hatten, sie zu erreichen.

„Hätten wir bloß die hiesigen Kollegen geschickt. Jetzt haben wir die ganze Latscherei am Bein!", jammerte Rolf Iben.

„Olmer wollte aber, dass Ortskundige den Kindern zuhören", brummte Dieter Wiesen zurück.

Erst blieb es still, dann lachte Iben kurz und hell: „Ortskundig, jaja. Weißt du noch, wie ich mich verfahren habe damals zu dieser Mühle in Westhofen? Die Leiche war schon fast abtransportiert, bis ich endlich die richtige Gasse gefunden hatte."

„Sei bloß ruhig! Lauf lieber schneller!"

„Ist ja gut!", keuchte Iben, der auch bergab an seinen überflüssigen Pfunden gut zu tragen hatte. „Guck mal da vorne, gehen wir rechts oder links?"

„Der Herbergsvater sagte, immer geradeaus."

„Das wird hier aber nicht mehr gehen, Dieter."

„Dann ruf den Förster auf dem Handy an!"

Iben tat, wie ihm geheißen. Während des Telefonats verdüsterte sich sein Gesicht zusehends.

„Was ist?", fragte Wiesen.

„Umkehren! Wir müssten schon vor einer guten Viertelstunde an der Klasse vorbeigelaufen sein. Irgendwo haben wir einen falschen Abzweig erwischt. Das gibt's doch nicht, so ein verfluchter Mist!"

Auch Dieter Wiesen ärgerte sich und trat gegen einen Stein, der mit Wucht ins Gebüsch flog.

Nach weiteren zwanzig Minuten Wanderung bemerkten die Kommissare in der Ferne dann bunte Tupfer in einer Fichtenschonung.

„Endlich!", freute sich Dieter Wiesen mit der ihm eigenen verbalen Sparsamkeit.

„Mannomann, was sind wir gelaufen, und dann stehen die hier ganz in der Nähe! Gut, dass wir sie jetzt gefunden haben!", ächzte Rolf Iben.

Als sie näher kamen, trat ein Mann in Grün aus der Schonung. „Sie sind sicher die angekündigten Kommissare aus Worms!"

„Sieht man uns das an?", fragte Iben.

„Ja, doch. Wandernde Urlauber wären anders angezogen und hätten Gepäck dabei. Ich bin übrigens Jochen Hambach, der Förster im Waldjugendprogramm. Herr Wissmann ist der da hinten im dunkelblauen Pullover. Soll ich ihn holen oder wollen Sie zu ihm?"

Rolf Iben straffte sich: „Herr Hambach, ich denke, Sie haben mittlerweile mitbekommen, worum es geht. Und da die Schüler alle noch nichts wissen, soll das vorerst auch so bleiben. Wir wollen nicht alle aufscheuchen. Das langt nachher zur Befragung noch. Aber mit Herrn Wissmann würden wir hier gern schon mal in Ruhe reden. Von daher wäre es nett, wenn Sie ihn holen würden."

Der Förster nickte und wies auf eine rustikale Sitzgruppe am Wegesrand in etwa fünfzig Metern Entfernung. „Setzen Sie sich, ich schicke ihn da rüber."

Thorsten Wissmann löste sich kurz darauf aus den anderen bunten Tupfen zwischen den jungen Fichten und steuerte auf die wartenden Kommissare zu. Er schüttelte beiden stumm die Hand und sagte dann: „Ich bin völlig erledigt! Ihre Bitte, den Kindern noch nichts zu sagen, ist furchtbar schwer umzusetzen. Mir geht, seit ich davon weiß, nichts anderes mehr durch den Kopf, und ich muss mich extrem beherrschen, dass ich nichts ausplaudere."

„Verständlich", nickte Dieter Wiesen.

„Wie war das am Abreisetag? Ist es Ihnen nicht merkwürdig vorgekommen, dass Joelle Wittlinger nicht da war?", wollte Rolf Iben wissen.

„Doch, natürlich. Ich habe mich gewundert, dass Joelle nicht am Bus war, denn nach Westhofen sei sie im Linienbus angeblich mitgefahren, haben die anderen berichtet. Aber in Westhofen war sie dann plötzlich weg. Wissen Sie, die Kinder sollten eine halbe Stunde später als sonst zur Schule kommen, weil der Bus nicht früher zu haben war. Doch der Schulbus fuhr ja wie immer. Also war für die Auswärtigen noch eine halbe Stunde Zeit bis zur Abfahrt, und Joelle wollte noch mal an den Kiosk am Marktplatz. Das weiß ich aber erst seit heute früh, weil ich nach Ihrem Anruf ein bisschen herumgefragt habe. Sie war ja die einzige in der Klasse aus Gundersheim, deshalb fiel es niemandem direkt auf. Aber sie ist zwei Kindern entgegengekommen, die mit ihrem Gepäck zur Schule liefen. Die haben das heute Morgen dann erzählt. Ich wusste bis dato nicht, dass Joelle überhaupt nach Westhofen gekommen war. Das hat mir am Morgen der Abreise in dem Trubel keiner gesagt. Jetzt frage ich mich, wo verschwindet ein Kind zwischen Schule und Marktplatz? Denn da muss es ja wohl gewesen sein."

„Halt, nochmal zum Treffen an der Schule: Was haben Sie unternommen, als Joelle fehlte?"

„Ich habe bei Wittlingers zu Hause angerufen, aber da nahm keiner ab. Und dann passierte das, was ich mir vorwerfe: Ich hatte mir vorgenommen, im Sekretariat Bescheid zu geben, dass man von dort aus zumindest in Erfahrung brächte, warum Joelle nicht aufgetaucht war. Ob sie krank war, den Bus verpasst oder sonst einen Grund hatte. Dann aber gab es Schubsereien im Bus, als es um die besten Sitzplätze ging. Danach galt es das Durcheinander beim Gepäckeinladen zu schlichten und zwei überbesorgte Mütter zu beruhigen, die wissen wollten, ob auch tatsächlich täglich vegetarisches Essen zur Auswahl stünde. Und deshalb ist mir leider erst unterwegs wieder Joelles Fehlen eingefallen. Mit meinem Handy habe ich in der Schule angerufen und auf Band gesprochen, dass man sich bitte erkundigen solle, wo die Schülerin Wittlinger steckt. Damit war der Fall für mich erledigt, mehr konnte ich nicht tun."

„Da haben Sie natürlich recht", sagte Rolf Iben.

„Es ist trotzdem tragisch! Ich stelle mir dauernd vor, dass Joelle noch leben könnte, wenn ich den Bus eine halbe Stunde früher hätte buchen können oder wenn ich direkt vor Ort genauer nachgefragt hätte, wer etwas von Joelle wusste. Dann hätten wir sie doch gesucht!"

Kommissar Iben beruhigte den Mann: „Sie haben schon alles richtig gemacht! Wer rechnet denn auch mit einem Verbrechen! Und dann wären selbst fünf Minuten Zeit genug gewesen, um mit einem Kind zu verschwinden."

Dieter Wiesen war vor wenigen Augenblicken aufgestanden und hatte etwas abseits mit seinem Handy telefoniert. Nun kam er zurück zur Sitzgruppe. „Die Sekretärin in Westhofen weiß von nichts. Sie hat keinen Anruf von Ihnen bekommen und daher auch nicht nachgeforscht, wo Joelle steckt", sagte er.

Thorsten Wissmann wurde blass und fuhr sich nervös durch seine blonden Locken. Dann zog auch er sein Handy, drückte auf ein paar Tasten und rief: „Sehen Sie hier, ich kann's beweisen!"

Er rief die letzten Verbindungen auf. „Da, am Montag um 8.50 Uhr.“

„Merkwürdig“, meinte Wiesen nur. Er besah sich Wissmanns Handy genauer und hatte kurz darauf einen extrem kleinlauten Lehrer vor sich, nachdem er den Rufnummern-Speicher durchgeguckt hatte: „Ich Trottel! Ausgerechnet in der eingespeicherten Schulnummer ein Zahlendreher! Wer weiß, wem ich da aufs Band gesprochen habe. Aber bei den dämlichen maschinellen Ansagen überall merkt man ja auch gar nicht mehr, wenn man falsch gewählt hat!“

Dieter Wiesen verzog das Gesicht. Sein Kollege Iben meinte: „Wagen wir's dann jetzt?“

„Müssen wir wohl“, seufzte der Lehrer.

Zusammen gingen die Männer zurück zu den jungen Fichten, zwischen denen noch immer die Westhofener Schüler arbeiteten. Thorsten Wissmann bat laut um Gehör und versammelte die Gruppe am Rand des Geländes, wo herbstlich verdorrtes Gras zwischen verwitterten Baumstümpfen stand. Als jeder einen Sitzplatz gefunden hatte, stellte der Lehrer die beiden Besucher vor. Sofort entstand Unruhe zwischen den Schülern. Ob wohl jemand etwas geklaut hatte oder ohne Führerschein Auto gefahren war? Rolf Iben trat einen Schritt nach vorn und sagte: „Wir sind hier, weil etwas passiert ist, was wir dringend aufklären wollen. Wir hoffen, dass ihr dabei helfen könnt. Wir möchten mit euch allen sprechen. Jede noch so kleine Information kann wichtig sein.“

Iben sah zu Boden und holte tief Luft. Dann blickte er das erste Mädchen an, an dessen Gesicht sein Blick haften blieb.

„Eure Mitschülerin Joelle Wittlinger ist gestern tot aufgefunden worden. Wir müssen leider davon ausgehen, dass sie ermordet wurde.“

Wie zu erwarten, setzte zuerst ein anschwellendes Gemurmel ein, dann hörte man Schluchzer und sah die ersten Schüler einander umarmen und weinen. Innerhalb von wenigen Sekunden war sämtliche Sonnenbräune der arbeitsreichen Tage im Freien aus den Gesichtern gewichen.

Dann verebbten die Geräusche relativ schnell, denn ein Junge fragte laut: „Wie ist es passiert?"

Iben zuckte mit den Schultern: „Wir wissen es noch nicht. Die Obduktion hat gestern noch keine Hinweise ergeben, daher warten wir noch auf die Laborergebnisse."

„Und woher wollen Sie dann wissen, dass sie umgebracht worden ist?"

„Wir haben Joelle im Gundersheimer Steinbruch gefunden, und da ist sie nicht etwa abgestürzt, sondern wurde so aufgefunden, dass sie eindeutig von jemand anderem in diese Lage gebracht worden sein muss."

„Ja, wie denn genau?"

„Vielleicht später mal", unterbrach Dieter Wiesen. „Jetzt zählt jede Minute. Wer hat Joelle also am Montag im Schulbus gesehen?"

Thorsten Wissmann antwortete: „Keiner, Herr Kommissar. Ich sagte doch schon, dass Joelle die einzige aus ihrer Klasse im Bus war."

„Aber ich, ich habe sie aussteigen sehen!", rief ein dunkelhaariges Mädchen. „Der Bus war pünktlich. Alle sind rausgeklettert und in die Schule gegangen. Nur Joelle hat ihren Rucksack aufgesetzt und ist Richtung Ortsmitte gelaufen, ohne mit irgendwem zu reden."

„Hat außer Sabrina noch jemand etwas zu berichten?", fragte Lehrer Wissmann. „Timo und Melanie, ihr habt doch auch was gesehen, oder?"

Ein dicklicher Junge mit im Schritt schlotternden und wohl gerade modischen Hosen drehte seine Kappe mit dem Schirm nach hinten und stand auf: „Die Melle und ich, wir haben unsere Taschen zur Schule geschleppt, da ist uns die Joelle entgegengekommen. Sie wollte zum Kiosk am Marktplatz."

„Und wo war sie genau, als ihr sie gesehen habt?", fragte Rolf Iben.

Nun meldete sich ein zierliches Mädchen mit Latzhose und hochgestecktem, kastanienbraunem Haar: „Das war keine hundert Meter von der Schule entfernt. Wir hatten's fast geschafft mit dem schweren Gepäck. Und die Joelle, die hat gesagt, sie hätte ja noch genug Zeit, und dass sie noch unbedingt ein paar Kaugummis für die Klassenfahrt bräuchte."

„Hatte sie ihren Rucksack dabei?"

„Ja. Ich hab' mich noch gewundert, aber sie hat gemeint, der wär' nicht so schwer", sagte Melanie.

„Wo ganz genau habt ihr sie getroffen? Vor welchem Haus?"

Timo überlegte kurz, dann sagte er: „Das war eigentlich vor keinem Haus. Wir waren gerade an der Ecke zur Wittgeshohl, da sind wir uns direkt auf der Straße begegnet."

Dieter Wiesen fragte nach: „Und dass sie vielleicht die Wittgeshohl hoch ins Wohn- oder Gewerbegebiet gelaufen ist?"

„Nein", schüttelte Melanie den Kopf, „die ist weiter geradeaus die Osthofener Straße gelaufen. Den direkten Weg zum Kiosk halt."

„Und wer ist euch sonst unterwegs begegnet?", fragte Rolf Iben.

„Machen Sie jetzt Witze? Ganz Westhofen ist um kurz vor acht auf der Straße!", sagte Timo.

„Da hast du recht. Aber war jemand dabei, den ihr sonst nicht seht, der euch fremd war zum Beispiel? Oder hatte ein Auto merkwürdig geparkt, so dass es euch auffiel?"

Nun redete ein Junge, der Timo modisch glich, aber in seiner Schlotterhose deutlich schlanker sein musste: „Ey, die Leute, die ihre Kinder morgens zur Schule fahren, die parken alle voll Panne! Da findste echt keinen einzigen, der so richtig in die Parklücken fährt. Die halten alle irgendwie schräg auf dem Gehweg und kümmern sich' nen Dreck um die Fußgänger."

Die anderen nickten bestätigend. Daher sagte Rolf Iben: „Gut, dann war's das erst mal. Wenn euch noch etwas einfällt, sagt das bitte Herrn Wissmann. Der bekommt unsere Telefonnummer und kann dann jederzeit anrufen, wenn es etwas Neues geben sollte."

„Müssen wir denn jetzt ..., also, ich mein', also, wann ist denn dann die Beerdigung von der Joelle?", wollte Melanie wissen.

„Das können wir euch noch nicht sagen. In einem Mordfall dauert es meist ein paar Tage, bis die Leiche freigegeben wird, weil die Gerichtsmedizin ja all ihre Untersuchungen machen muss. So, Herr Wissmann, hier ist unsere Adresse, und gleichzeitig ist hier die eines Ansprechpartners für psychologische Hilfe. Ich denke, Sie sollten das Angebot in Anspruch nehmen und sich von unserem Psychologen professionell unterstützen lassen, um das Geschehen zu verarbeiten."

Thorsten Wissmann nickte stumm und verabschiedete die Kommissare. An Forstarbeit war nicht mehr zu denken. Als hätten die Schüler plötzlich all ihre Kraft verloren, sammelten sie schlapp ihre Arbeitsgeräte ein und machten sich, teils leise, teils aufgebracht diskutierend, auf den Weg zurück zur Jugendherberge.

Rolf Iben und Dieter Wiesen fanden den Rückweg irgendwie deutlich kürzer als den Hinweg, und die Herbstsonne, die den Hunsrück jetzt freundlich beschien, hatte ihnen auch das Frösteln genommen. Als sie ihr Auto erreicht hatten, fuhren sie direkt nach Westhofen, um dort nach dem Finder des Rucksacks zu fragen, bevor die Anwohner an der Reihe waren.

Doch zuallererst zog es die beiden in die Metzgerei, um das schon seit dem Hunsrück zu hörende Magenknurren zu beenden. „Hmm, so 'en Lewwerkäsweck is' immer die Rettung", schwärmte Iben.

Wiesen konterte: „Ich bleibe lieber bei Kochschinken. Ist deutlich kalorienärmer!"

„Sonst noch was? Mann, das brauch' ich halt für meine Nerven!"

„Ja, klar!"

Bei der Gemeindeverwaltung hatten sie Glück: Ortsbürgermeister Heinz-Rudolf Reitz höchstpersönlich hatte Joelle Wittlingers Rucksack gefunden und mitgenommen. Er war zu Fuß auf dem Weg zu seinem Büro gewesen und hatte am Kiosk noch eine Tageszeitung gekauft. Dann war er quer über den Marktplatz gelaufen und hatte dort auf der runden Bank um den riesigen alten Eichbaum einen gut gefüllten Rucksack gefunden. Da er aber wenige Minuten danach einen wichtigen Termin gehabt hatte, war er erst nachmittags dazu gekommen, sich das Innere des Rucksacks anzusehen. Dort hatte er Joelles Namen auf der Fahrkarte gefunden. Einen Namen, den er nicht kannte, weshalb der Rucksack, wie das bei Fundsachen so üblich war, im Keller auf ein Regal gelegt wurde. Die Schreibkraft bekam den Auftrag, den Fund im kommenden Amtsblatt bekannt zu geben.

„Wann haben Sie den Rucksack denn gefunden?"

„Ich hatte um halb neun den ersten Termin, also war ich vielleicht fünf, sechs Minuten vorher auf dem Platz", meinte Reitz.

Auch die Kioskbesitzerin konnte die Zeit recht genau angeben, als Joelle bei ihr war: „Das war ziemlich genau acht Uhr. Die hat Kaugummis und eine Coladose gekauft, ging dann rüber zu der Bank da drüben auf dem Platz, sehen Sie die? Da hat sie die Dose gleich geöffnet und daraus getrunken. Aber dann hatte ich Kundschaft und habe nicht mehr aus dem Fenster gesehen. Ich wusste ja nicht, dass da einer kommt und das Kind entführt!"

„Wieso entführt?", fragte Iben.

„Ja, etwa nicht?"

„Nein. Das wäre nur eine von vielen Möglichkeiten."

„Ach so, na dann ...", meinte die Kioskbesitzerin ein wenig enttäuscht.

Draußen sahen die Kommissare schräg gegenüber vom Kiosk in einer Gasse zwei ältere Damen in den Fenstern ihrer Häuser. Sie unterhielten sich im ersten Stockwerk quer über die Gasse hinweg. Rolf Iben stellte sich unter das Gespräch und bat um Gehör: „Haben Sie das Mädchen vielleicht gesehen? Oder jemanden, der bei ihr war? Oder wohin sie gegangen ist?", wollte er schließlich wissen.

Oma Links sagte: „Ja, die saß da. Um acht rum kam die und hat Cola getrunken und die Dose dann hinterher einfach stehen gelassen. Dabei war da bestimmt noch ganz viel drin!"

Iben und Wiesen konnten ihr Glück kaum fassen: Joelles Spur ließ sich gut verfolgen!

„Ist sie dann weggegangen?", fragte Wiesen nach oben links.

„Ja, mit einem Mann, der sich zu ihr gesetzt hat."

„Mit einem Mann? Wo kam der her?"

„Das weiß ich nicht. Ich habe ja nicht ununterbrochen auf den Platz geguckt, sondern auch zur Herta rüber. Als ich wieder hingeguckt habe, saß der Mann halt da, und nach ein paar Minuten sind sie nacheinander weggegangen. Nach oben, Richtung Mainzer Straße."

„Wie sah der Mann denn aus?", fragte Iben Oma Links.

„Na ja, so um die dreißig wird er gewesen sein. Und groß war der. Und richtig schön blond."

„Ach was! Glauben Sie der Margot kein Wort!", schaltete sich Oma Rechts ein. „Der war mindestens Ende fünfzig, nur mittelgroß und kugelrund. Außerdem war der nicht blond, sondern fast grau."

„Blödsinn!", schimpfte Oma Links wütend über die Gasse.

„Gar nicht!", brüllte Oma Rechts zurück. „Fragen Sie mal der Margot ihren Augenarzt, wie viel die noch sieht, ha!"

Dann holte Oma Links zum finalen Gegenschlag aus: „Außerdem kann die Herta den gar nicht gesehen haben, oder kann die aus ihrem Fenster um die Ecke vom Haus auf den Marktplatz gucken? Das hätt' sie gern, die neugierige Kuh!", und schmiss das Fenster des alten Fachwerkhauses klirrend zu.

Statt einer Antwort kam ein Schnauben von rechts, bevor auch hier das Fenster in den Rahmen krachte.

„Wenn wir ja nicht so dringend gute Zeugen bräuchten, wär's jetzt zum Lachen", seufzte Rolf Iben. „Komm, wir fragen uns mal auf der Mainzer Straße durch, ob einer was gesehen hat."

Dieter Wiesen nickte und folgte seinem Kollegen.

Nachmittags fand im K1 eine weitere Besprechung statt. Nobert Olmer berichtete vom Besuch bei Joelles Mutter in der Klinik und Iben und Wiesen ergänzten dazu ihre Erlebnisse aus dem Hunsrück. Als sie die Ergebnisse der Befragungen aus Westhofen schilderten, sahen sie ihre Kollegen erwartungsgemäß breit grinsen.

Doch das Grinsen gefror, als sie nach den beiden scharfsichtigen Großmüttern von den Befragungen in der Mainzer Straße erzählten: „Da kommt man dann an den Nickelgarten, da können Leute von auswärts parken, weil es auf dem Marktplatz nicht geht. Außerdem können dort Leute mit Wohnmobilen stehen. Und genau an diesem Ort ist Joelle von einem Anwohner mit diesem Mann gesehen worden."

„Gibt es eine Personenbeschreibung?", fragte Olmer.

„Blaue Hose, dunkle Jacke, keine Haarfarbe, keine Größe. Der Zeuge am Nickelgarten hat den Mann nur von hinten gesehen und auch nur deshalb hingeguckt, weil er sich dachte, dass ein Kind in dem Alter doch eigentlich in die Schule gehörte. Aber weil es erst kurz nach acht war, hat er sich gedacht, verschlafen kann ja jeder mal, da bringt bestimmt einer schnell sein Kind noch in die Schule. Und was den Zeugen auch gefreut hat, war der offensichtliche Eifer des Kindes: Der Mann habe schon im Auto gesessen und das Kind habe an die Scheibe geklopft, weil es unbedingt noch mit wollte", berichtete Iben.

„Und?", fragte Matthes Horrweiler ungeduldig. „Lass dir doch nicht alles aus der Nase ziehen, verdammt! Wie sah das Auto aus?"

„Ein dunkelblauer Kombi. Marke und Kennzeichen unbekannt."

„Ist der Zeuge denn verlässlich?", wollte Olmer wissen.

„Doch, der klang sicher und glaubhaft. Ein pensionierter Finanzbeamter übrigens", sagte Wiesen.

„Also einer, der genaues Hingucken gewohnt ist", lachte Horrweiler.

„Gut, also ist Joelle mit einem Mann in sein Auto gestiegen. Wohin fuhr der Wagen?"

„Wieder die Mainzer Straße runter", sagte Iben. „Das ist ja der Mist. Da verliert sich die Spur dann."

„Frau Wittlinger sagte, Joelle sei klar gewesen, dass sie mit niemandem gehen dürfe", berichtete Olmer.

Horrweiler brummte: „Komm, Norbert, das wissen wir doch,

dass das nur in der Theorie klappt. Wer weiß, was der dem Mädchen versprochen hat! Ein Treffen mit irgendeinem ... keine Ahnung ..., einem Star, den er halt kennt oder so, da würde jede mitgehen!"

„Tokio Hotel", ergänzte Olmer leise. Dann fragte er: „Matthes, was gibt's von dir?"

Horrweiler schlug die vor ihm auf dem Tisch liegende Mappe auf: „Ich habe immer noch keine Hinweise auf Gewalteinwirkung finden können. Fasern von Kleidungsstücken waren verschiedenfarbig blau, könnten also vom Täter stammen. Außerdem war absolut nichts an Joelle zu finden. Er muss sie in eine Folie gewickelt haben, um sie in den Steinbruch zu transportieren. Und dort hat er wahrscheinlich Handschuhe getragen. Sieht alles gut überlegt aus!"

„War irgendwas von wegen Reifenspuren da draußen zu vermerken?", fragte Wiesen.

„Fehlanzeige! Die Lese läuft auf Hochtouren, da findest du rund um den Steinbruch Dutzende verschiedener Reifenspuren von Vollerntern, Traktoren, Hängern, Kleinbussen, PKWs. Außerdem haben die Naturschützer, die Joelle gefunden haben, da oben dann auch noch reichlich Spuren hinterlassen und eventuell alte platt gefahren. Aber das konnten sie ja nicht wissen."

Norbert Olmer zog die Stirn in Falten. „Das sind alles keine guten Anhaltspunkte", murrte er. „Und Kippe hätte auch schon längst anrufen sollen!"

In diesem Moment klingelte Olmers Telefon, und Kippe wollte von seinen Laborergebnissen berichten.

„Ist es in Ordnung, wenn ich auf Raumlautsprecher stelle?", fragte Olmer.

„Na klar! Also: Ich bleibe dabei: keine Gewalt. Aber das Kind ist bis an die Halskrause voll mit Barbituraten. So was nimmt so'n Kind nicht einfach aus Jux. Und erst recht nicht vom Arzt verordnet. Ich tippe auf Aufnahme in Getränken. Mehr kann ich euch leider nicht bieten."

„Danke, Kippe, jeder Strohhalm ist uns wichtig, wie immer!"

„Dann sucht mal weiter euren Mörder. Ich hab' hier jetzt' nen Treppensturz mit Todesfolge liegen, der Würgemale am Hals hat. Wahrscheinlich ein Fall für eure Mainzer Kollegen. Macht's gut!"

Norbert Olmer kam nicht mal mehr dazu, sich zu verabschieden, denn Dr. Kippenberg hatte bereits aufgelegt.

„Barbiturate also." Rolf Iben kratzte sich ausgiebig am Kopf. „Warum gibt einer einem Kind so was?"

„Na, um's ruhigzustellen natürlich. Frag mal mich, in manchen Nächten bin ich auch kurz davor, unserem Zwerg so was zu verpassen!", gestand Horrweiler.

„Wenn Joelle doch, so wie es bis jetzt aussieht, freiwillig mit dem Täter gegangen ist, hatte er irgendwas geplant, denn gewaltsam hat sie die Medikamente ja nicht eingeflößt bekommen. Wenn sie sich also irgendwie hätte wehren oder flüchten wollen, hätten wir es mit anderen Methoden zu tun", überlegte Olmer.

Wiesen ergänzte: „Genau, und vor allem mit Gewalt."

„Er wollte sie also ruhigstellen."

„Und dann?", fragte Iben.

„Tja, das ist jetzt die Frage. Ich bin total ratlos. Vermutlich hat er ihr zu viel gegeben, so dass es zur Lähmung der Atmungsorgane gekommen ist", sagte Norbert Olmer. Dann stand er auf und ging zur Pinnwand neben der Bürotür. „Wie machen wir weiter?" Statt eine Antwort abzuwarten, rammte Olmer mehrere gelbe Karten mit Nadeln in die Wand. Er wurde langsam wütend, weil er nicht nur den Druck der Öffentlichkeit spürte, sondern auch selbst unzufrieden war. Es musste sich doch ein Hinweis finden lassen!

„Also, Rolf, du als Computerfreak, du kümmerst dich um alle dunkelblauen Kombis in Rheinhessen. Ich gehe von Ortskenntnis des Täters aus, denn wer findet schon zufällig den Gundersheimer Steinbruch!"

Auf die erste gelbe Karte notierte er „Rolf" und „Auto". Dann zeigte er auf Dieter Wiesen: „Du fragst bitte beim Bundeszentralregister nach, ob die ähnliche Fälle kennen." Auf die gelbe Karte schrieb er „Dieter" und „BZR".

Matthes Horrweiler stand auf und nahm seinem Chef den Filzstift ab. Er schrieb „Matthes“ und „Kleidung, Boden“ auf die dritte Karte. „Ich muss da überall nochmal genauer ran, es lässt mir keine Ruhe!“

„In Ordnung. Und die Kollegen vor Ort schicken wir los, ob sich nicht noch Zeugen in Gundersheim finden, die einen dunkelblauen Kombi irgendwann irgendwo gesehen haben“, sagte Olmer.

„Du kannst dahin aber auch von Ober-Flörsheim aus kommen, Norbert!“, sagte Rolf Iben. „Oder auch über einen Feldweg, der direkt von der Landstraße zwischen Westhofen und Flomborn abzweigt. Das sollten die Kollegen auch beachten.“

„Okay, danke, das war ein wichtiger Hinweis, Rolf. Ich gebe das so weiter. Dann habt ihr alle was zu tun. Ich werde übrigens gleich die Hundestaffel anfordern, damit die das Gelände absucht. Los geht's!“

Er wollte schon wieder an seinen Schreibtisch zurückkehren, als Matthes Horrweiler noch eine Frage hatte: „Sag mal, wie ist das eigentlich gelaufen gestern Abend bei den Eltern? Du erzählst rein gar nichts! Welche Kollegin hattest du denn nun dabei?“

„Anne.“

„Wen?“

„Anne Mettenheimer.“

„Ach!“, entfuhr es allen Zuhörern gleichzeitig.

„Warum steigt die eigentlich nicht wieder ein? Wir könnten sie gut gebrauchen – und fehlen tut sie uns auch, schon als Gegengewicht zu deinem Gebrummel hier auf dem Gang!“, befand Matthes Horrweiler.

„Schönen Dank!“

„Bitte, gerne. Ist doch wahr!“

„Zu deiner Beruhigung: Anne will lieber heute als morgen wieder mitarbeiten. Aber sie muss das natürlich noch mit Paul klären. Und der mit seinem Arbeitgeber. Und jetzt aber raus mit euch!“

„Wenigstens ein Lichtblick heute!“, freute sich Matthes, als er ging.

In seinem Büro saß Norbert Olmer stirnrunzelnd vor dem Computer: Fast alle Online-Ausgaben der regionalen Zeitungen hatten schon Wind vom toten Mädchen im Steinbruch bekommen. Von „Blutrünstiger Frauenmörder mit Vorliebe für Jungfrauen" bis hin zu „Gothic-Ritualmord an geheimem Ort der Schwarzen Szene" war alles dabei. Olmer schüttelte sich. So ein erbärmlicher Blödsinn! Keiner dieser Schreiberlinge hatte das Kind da draußen gesehen, lediglich die Tatsache, dass eine Leiche im selten betretenen Steinbruch gefunden worden war, ließ die wildesten Fantasien aufkommen. Klar, so mancher Jugendliche hatte dort schon in Lederjacke am Lagerfeuer gehockt und sich cool gefühlt, aber viel mehr war dort nie gewesen. Morgen oder übermorgen kämen dann die Kommentare nach, in denen nach der Effektivität der Ermittlungen gefragt wurde und nach der Kompetenz der Ermittler, vor allem der des Chefs. Das kannte Norbert Olmer alles, aber dennoch nervte es jedes Mal wieder. Außerdem hatte die Presse bei einem toten Kind die Öffentlichkeit stets auf ihrer Seite. Niemand wollte da noch akzeptieren, dass manche Dinge einfach Zeit brauchten. Oder mehr Personal. Oder auch mal einen freien Sonntag, damit die Ermittler mal wieder an etwas Anderes denken konnten als an Mord und Totschlag. Die Aufklärungsquote im Bereich der Kriminaldirektion Worms war ja immer noch überdurchschnittlich hoch. Er würde sich noch am Tag vor seiner Pensionierung schwarz ärgern über solche Berichte, das wusste Olmer ganz genau. Als sein Telefon klingelte, erschrak der Chef des K1 beinahe.

„K1, Olmer."

„He, Norbert, Anne hier."

„Anne, wie schön!"

„Aha, ihr kommt also nicht weiter."

„Wie kommst du darauf?"

„Du bist wortkarg."

„Quatsch!"

„Ja, klar. Was von Lea gehört?"

„Nein. Ich habe eben mit dem LKA telefoniert, aber die rücken nichts raus."

„Und Joelle?"

„Läuft alles.“

„Norbert, veräppel mich nicht!“

„Braucht halt alles seine Zeit.“

„Gib schon zu, dass du genervt bist, weil's nicht weitergeht! Geh nach Hause und lass dich von deiner Frau heute gut bekochen, irgendwas wie Lende in Cognacsauce oder so. Und zieh einen Roten dazu auf, hörst du?“

„Wann kommst du wieder?“

„Au weia, Norbert, so schlimm ist es schon?“

„Ich dachte, du wolltest so dringend.“

„Will ich ja auch. Also, hör zu: Paul hat mit seinen Oberen verhandelt, und er könnte tatsächlich schon am nächsten Ersten aussteigen.“

„Bestens. Dann kläre ich das, dass du ab dem Ersten wieder auf der Gehaltsliste stehst.“

„Super! – Na ja,“ Anne Mettenheimer ließ einige Sekunden verstreichen. „Ich würde am liebsten morgen früh im Büro sitzen und mit euch überlegen, wo wir hinfahren und wen wir befragen.“

„Sind ja nur noch drei Wochen, Anne.“

„Dreiundzwanzig Tage, um genau zu sein.“

„Ich glaube, du hast recht. Ich rufe jetzt wirklich zu Hause an und bestelle mir ein Abendessen. Oder nein, viel besser: Ich bestelle uns einen Tisch im Restaurant, dann hat meine Frau nicht so viel zu tun, und wir können beide entspannen.“

„Wo geht's hin?“, fragte Anne, die gerne und gut aß und trank, aber meist in irgendeinem Weingut vor Ort in Osthofen die Einkehrmöglichkeiten nutzte.

„Ach, ich denke da an was Gutbürgerliches. Mal überlegen ... Ach, Anne, ich freue mich richtig auf den Ersten. Mach's gut!“ Und dann hängte er einfach auf, um nicht zu spät zum eben beschlossenen Abendessen zu kommen.

Anne Mettenheimer war es ganz warm geworden: Ihr Chef hatte wirklich und wahrhaftig gesagt, er freue sich.

Na, und sie sich erst!

Teil 2

Der Mann fuhr durch Pfeddersheim. Manchmal kaufte er dort seine Kartoffeln beim Bauern. Heute aber hatte er einfach mal raus gewollt, obwohl es regnete und der Herbst sich ganz und gar nicht mehr von seiner goldenen Seite zeigte. Er steuerte die Paternusschule an und stellte das Auto, das nicht seines war, auf der Parkfläche ab. Durch den Rückspiegel konnte er den Eingang der Turnhalle beobachten. Es war viel los. Eine ganze Horde Kleinkinder stürmte heraus, die Mütter hinterher. Manche fuhren mit ihren Autos, andere wetterfest verpackt mit Fahrrädern nach Hause. Derweil rannten die Jungen, die bislang auf den freien Stellplätzen trotz des Nieselregens mit einem abgenutzten grauen Fußball gekickt hatten, zu ihren Taschen und verschwanden in der Halle. Der Mann fand einen Schokoriegel im Handschuhfach und riss hungrig die Verpackung auf. Dann lehnte er sich kauend im Sitz zurück und stellte den Rückspiegel so ein, dass er bequem sehen konnte, was vor der Halle passierte. Fast wäre er im stickigen Auto eingenickt, aber plötzlich drehte er sich um, weil er dem Spiegel nicht recht traute: Da war sie wieder! So schön und schlank und anmutig! Fasziniert beobachtete er die beiden Mädchen, die sich unter dem Vordach der Halle niedergelassen hatten, zur Sicherheit wieder durch den Spiegel. Mehrere andere Mädchen kamen an, unterhielten sich mit den beiden, die dort saßen, und gingen kurz darauf wieder. Nur diese zwei harrten aus, als warteten sie auf etwas. Längst waren die Fußball-Jungen aus der Halle gekommen und hatten sich auf den Heimweg gemacht, aber diese beiden Kinder blieben einfach sitzen. Nichts tat sich, bis endlich das eine Mädchen aufstand und über den Schulhof zu den Toiletten ging. Der Mann bekam Herzklopfen: Das war seine Chance! Zwei Minuten hatte er vielleicht, um sie kennenzulernen. Zwei spontane Minuten, mehr nicht. Da konnte die Pferdenummer klappen. Der Mann stieg aus dem Wagen und ließ die Tür offen stehen. Dann lief er zum Sitzplatz des Mädchens und sagte: „Hallo, na?"

Es blickte auf und sagte verwundert: „Hallo."

„Fällt die Turnstunde heute aus?"

„Ja, leider. Wollten Sie Ihre Tochter abholen? Ich hab' Sie hier noch nie gesehen."

„Na ja, wir sind auch schon länger geschieden."

„Wer ist denn Ihre Tochter?"

Dem Mann brach der Schweiß aus. Nun musste er alles auf eine Karte setzen. Wie um Gottes Willen hießen die Kinder dieser Altersklasse? Schnell sagte er: „Die Laura."

„Ach, echt? Sie sehen der gar nicht ähnlich."

Erleichtert lachte er kurz und warf einen nervösen Blick zu den Toiletten hinüber. Die Freundin war noch nicht zu sehen, und hier schien das Eis gebrochen.

„Ja, weißt du", sagte der Mann, „ich wollte sie eigentlich abholen, weil ihr neues Pferd endlich da ist. Es steht drüben in Abenheim an der Reithalle und wartet darauf, dass Laura kommt."

„Wie schade, aber die Laura ist vor ein paar Minuten wieder nach Hause gegangen", sagte das Mädchen.

„Magst du mitkommen? Dann holen wir sie ab und fahren alle zusammen zum Pferd. Deiner Mama kannst du ja von unterwegs per Handy Bescheid geben."

„Au ja!"

Das Mädchen sprang auf und vergaß völlig, dass es hier auf seine Mutter warten wollte. Arglos stieg es mit in das Auto des Mannes, der schnell startete. Keine Sekunde zu spät, denn gerade kam die Freundin von der Toilette zurück. Das Mädchen winkte der Freundin im Wegfahren lachend zu, also winkte der Mann auch freundlich zur Sporthalle hinüber.

„Hier hast du was zu naschen", sagte der Mann und reichte dem Mädchen noch einen Schokoriegel aus dem Handschuhfach.

„Danke", antwortete es brav. „Ich habe auch richtig Hunger, und zu Hause habe ich vergessen, mir was mitzunehmen." Die Kleine schob den Riegel halb aus der Verpackung und knabberte mit den Vorderzähnen die ersten Schokostückchen ab. Dann fragte sie: „Wie 'rum fahren Sie denn zur Laura? Ich fahr' da aber immer anders hin."

„Tatsächlich? Wie denn?"

„Na, eben nicht so. He, warum fahren Sie denn schon zum Ort raus? Wir müssen doch die Laura noch mitnehmen!"

„Ach, ich Schussel! Da vorne kann ich in dem Feldweg umdrehen, warte!"

Als der Wagen in den Feldweg hinter dem Ortsrand zwischen Rebzeilen einbog, ahnte das Mädchen, dass etwas nicht stimmen konnte. Doch bevor sie das sagen konnte, hatte der Mann ihr ein mit einer Flüssigkeit getränktes Tuch auf Nase und Mund gedrückt, das sie in Sekundenschnelle einschlafen ließ. Der Mann legte das Kind vorsichtig auf die Rückbank und betrachtete es lächelnd. Sie war es! Welches Glück, dass er sie in den letzten Tagen gleich mehrfach hatte sehen dürfen. Versonnen schloss er die Autotür und stieg selbst wieder vorn ein. Er freute sich schon darauf, das Mädchen zu sich nach Hause zu bringen.

„Gute Neuigkeiten aus Mainz!", trompetete Dr. Wolfram Kippenberg gut gelaunt in seinen Telefonhörer.

„Die nehme ich doch gerne an!", lachte Norbert Olmer. So konnte ein Arbeitstag abgerundet werden!

„Ich habe ein Haar bei Joelle gefunden, das nicht zu ihr gehört. Es war zwischen ihren Kopfhaaren und ist dem Täter vermutlich einfach ausgefallen, als er das Kind für den Transport rüstete."

„Ach, wunderbar! Kippe, das ist aber mal eine gute Nachricht! Ich verzweifle hier sonst langsam."

„Na, dann hoffe ich mal nicht, dass das Haar von einem von euch ist, weil ihr die Kleine zu ausgiebig angeguckt habt! Ich schicke euch die Daten rüber, dann könnt ihr das durch die DNA-Analyse-Datei jagen. Tschüs!"

„Danke, Kippe!", rief Olmer noch, aber wie immer war der Rechtsmediziner verteufelt schnell im Auflegen.

Kurz darauf hatte Norbert Olmer Kippes Daten auf dem PC und konnte die DAD dazu befragen, ob das genetische Material mit dem eines bereits erkennungsdienstlich behandelten Menschen übereinstimmte.

Aber das Ergebnis ernüchterte Olmer gleich wieder: Der Täter, falls das Haar denn von ihm stammte, war nicht gelistet. Es wäre ja auch zu schön gewesen!

Anne Mettenheimer tat etwas, was sie früher niemals getan hätte: Sie putzte Fenster. Sie hatte einfach eine sinnvolle Tätigkeit gesucht, die man sofort unterbrechen konnte, wenn eins der Kinder quengelte. Und so war sie auf das bislang zeitlebens auf den Frühjahrsputz beschränkte Fensterputzen gekommen. Sie hatte ohnehin schon manchmal den Eindruck gehabt, dass vorbeiradelnde Menschen nicht nur ihr Haus, sondern gerade ihre Fensterscheiben neugierig gemustert hatten. Sie grinste über sich selbst: Als hätte sie früher jemals etwas darauf gegeben, was andere von ihr dachten!

Ein grasgrüner Kleinwagen bog in die Tempelgasse ein und hielt direkt unter der putzenden Kommissarin. Diese legte beim Anblick des Autos sofort den Lappen aus der Hand und kletterte vom Fensterbrett, um durch den Flur und über den Hof zum Tor zu laufen.

„Julia!“, rief sie. „Gut, dass du kommst! Beinahe hätte ich alle Fenster geschafft, furchtbar!“ Sie umarmte die kleine Frau, die aus dem Wagen gestiegen war. Die langen, dunklen Locken waren mit einem knallroten Band zusammengebunden, und auch die restliche Kleidung der Frau war auffällig bunt. Prustend schob die Frau Anne Mettenheimer von sich. „Du erstickst mich ja!“, schimpfte sie.

„Komm rein! Magst du einen Kaffee?“

„Bist du verrückt? Eine stillende Mutter, die Kaffee trinkt?“

Anne rollte mit den Augen und sagte: „Einen werde ich wohl trinken dürfen.“

„Na gut. Dann nehme ich auch einen. Und wo sind meine Goldstücke?“

„Sei bloß ruhig, Julia! Die schlafen.“

„Ach, schade.“ Sie setzte sich an den Küchentisch und legte beide Unterarme vor sich auf die Platte. „Ich habe gehört, das K1 hat mit dem toten Kind im Steinbruch zu tun“, begann sie.

Anne antwortete nicht, weil sie gerade abzählte, wie viel Kaffeepulver in den Filter sollte.

„Also, ich könnte dir da eine Menge Hintergrundinformationen liefern."

Dr. Julia Weißbach hatte Anne Mettenheimer kennengelernt, als sie beim ersten Mordfall, den die Kommissarin nach ihrer Versetzung nach Worms zu bearbeiten hatte, am Rande beteiligt gewesen war: Ein Zunftstein war aus dem von ihr betreuten Heimatmuseum gestohlen worden und hatte eine Leiche beschwert, die im Osthofener Seebach gefunden wurde. Dass daneben noch eine weitere Leiche und ein seit zweihundert Jahren ebenfalls verschwundener Stein lagen, hatte Dr. Weißbach dann besonders interessiert, denn sie war nicht nur mit halber Stelle für das geologische Landesamt tätig, sondern auch ehrenamtlich mit der kompletten Heimatgeschichte der Weinstadt befasst. Seit sie mit Anne befreundet war, brannte sie geradezu darauf, Anne Nachhilfe in Geschichte, Geologie, Klatsch und Tratsch zu geben. Ohne sie wäre kaum je ein Mordfall im Wonnegau gelöst worden, dessen war sie sich beinahe sicher.

„Soll ich dir nun helfen oder nicht?", fragte sie ungehalten.

„Mir? Ruf doch direkt Norbert an, wenn du was beizutragen hast. Ich bin doch völlig raus", meinte Anne. Doch sie wusste schon, das Julia lieber ihr berichten würde als Norbert Olmer: Vor einiger Zeit hatte es zarte Bande zwischen Julia und Annes Chef gegeben, doch dann war Olmer wieder zu seiner langjährigen Gattin zurückgekehrt. Seitdem gestaltete sich die Kommunikation zwischen den beiden eher schwierig.

„Hast du einen Verdacht?", fragte Anne direkt.

„Quatsch! Ich hab' doch keine Ahnung, wer da draußen gemordet hat. Ich wollte dir nur mal erzählen, was es zu dem Gelände zu wissen gibt."

„Na, dann schieß los!", forderte Anne sie auf und goss den frischen Kaffee in zwei sonnengelbe Henkeltassen. Julia kippte etwas Milch in ihre Tasse und rührte um. Nachdem sie den Löffel abgeleckt und beiseite gelegt hatte, umfasste sie mit beiden Händen die warme Tasse. „Das mit dem Steinbruch, das ist so: Geologisch gesehen ist der höchst interessant. Wir hatten ja mal im Tertiär, also genauer gesagt im ..."

„Stopp, verschone mich!", rief Anne. „Bitte nur die aktuelleren Daten!"

„Wie du meinst", sagte Julia leicht geknickt. Dabei hätte sie so schön viel über Kalk und Roterde und Löss im Rosengarten zu berichten gehabt. Nun fasste sie sich kürzer: „Die Leute aus der Gegend haben den Steinbruch schon seit jeher für den Hausbau benutzt. Dann hat die Südzucker dort Kalkstein abgebaut, um den Kalk zu brennen und zur Zuckerraffinade einzusetzen. Mitte der fünfziger Jahre wurde die Produktion eingestellt, und dann überlegte man, ob man das Gelände nicht als Mülldeponie nutzen könnte. Das taten übrigens auch so schon viele. Da ist nicht nur illegal Bauschutt hingekippt worden, sondern so mancher hat auch sein altes Auto dort einfach über die Klippe rollen lassen. Die WoNat hatte ganz schön zu tun, als sie 1978 das Gelände kaufen konnte. Schließlich wurde es dann zum Naturschutzgebiet erklärt. Heute kümmern sich die Naturschützer um die Flächen und machen auch mehrmals im Jahr geführte Exkursionen durch den Steinbruch. So viele Schmetterlingsarten wie dort habe ich im Leben noch nicht gesehen!"

Anne Mettenheimer trank den letzten Schluck aus ihrer Kaffeetasse und sagte dann: „Das ist ja alles total interessant, aber mit dem Mordfall hat es bestimmt nichts zu tun. Die früheren Querelen sind längst passé, niemand hätte mehr einen Grund, dort irgendwas zu inszenieren. Auch die Spekulationen, die in der Zeitung standen, sind absoluter Schwachsinn. Aber rätselhaft ist das alles schon."

Norbert Olmer hatte richtige Angst. Er saß auf seinem Bürostuhl und spürte, wie sein Herz wehtat. Der Krampf lockerte sich seit Minuten schon nicht. War das nun ein Herzinfarkt oder hatte er sich einfach falsch bewegt? Eigentlich müsste ja ein Arm wehtun, falls es das Herz war, glaubte er sich zu erinnern. Oder war das beim Schlaganfall? Seine Gedanken schossen wild durcheinander und explodierten in einer Panikattacke, die ihm den Schweiß auf die Stirn trieb. Sein Hemd klebte am Körper, obwohl es an diesem frühen Oktobertag schon seit den Morgenstunden regnete und man eigentlich die Heizung hätte aufdrehen müssen. Er war sich sicher, kreidebleich zu sein. Idiotisches Detail, schimpfte er mit sich selbst. Eigentlich müsste er Hilfe rufen. Dann wäre noch etwas zu retten. Das las und hörte man ja immer wieder, dass die ersten Minuten entscheidend sein konnten. Nur: Wen sollte er fragen? Seine Kollegen waren ihm zu jung, da wollte er sich diese Blöße nicht geben. Und der neue Leitende war ihm noch zu fremd, um mit halb geöffnetem Hemd und nass geschwitzt um Hilfe zu wimmern. Auch Anne war natürlich deutlich jünger als er, aber sie hatten immerhin ein Büro geteilt. Und einen Dienstwagen. Und so manchen Fall. Ob er es noch erleben durfte, dass sie wieder ihm gegenübersaß und sich ganz offen über seine Krawatten mokierte? Jesus, diese so oft ganz lässig ausgesprochene Floskel bekam gerade ungeheures Gewicht! Plötzlich stöhnte Norbert Olmer vor Schmerz auf: Sein Herz schien zu zerreißen. Wie viel Krampf konnte man aushalten? Und ganz plötzlich danach war alles wie weggeblasen. Sein Herz schlug im normalen Takt und schien sich niemals daneben benommen zu haben. Er konnte wieder problemlos ein- und ausatmen und bemerkte, dass auch das Schwitzen nachgelassen hatte. Erleichtert stand Olmer auf und öffnete seine Bürotür. Wie gut, dass niemand auf dem Gang zu sehen war, denn so konnte er sich unerkannt bis zu den Toiletten schleichen, dort den gesamten Waschraum abschließen und sich ans Waschbecken lehnen, um sich des Oberhemds zu entledigen und sich kaltes Wasser ins Gesicht und unter die Arme zu spritzen. Mühsam tupfte er sich mit den grünen Papiertüchern aus dem Handtuchspender trocken. Einen dieser überlaut rauschenden Händetrockner hätte man jetzt an der Wand haben müssen, der hätte noch eben das Hemd trocknen können. Aber zum Charme einer deutschen Behörde passten grüne Papiertücher schon eindeutig besser, stellte Norbert Olmer fest, als er sich im

Spiegel angrinste. Ein riesengroßes Glücksgefühl durchströmte ihn. Er lebte noch! Es war überstanden! Gleich morgen würde er zum Kardiologen gehen und sich durchchecken lassen! Wahrscheinlich würde er auch weniger trinken und gesünder essen. Und mit dem Sporttreiben sollte er endlich mal beginnen! Sein nackter Oberkörper im wandbreiten Spiegel des Waschraums hatte es bitter nötig, in Form gebracht zu werden, stellte Olmer fest. Er klopfte sich entschlossen mit der Hand auf das Fett rund um den Bauchnabel. Dann schlenkerte er sein Hemd völlig nutzlos mehrfach durch die Luft, um es genauso feucht wie zuvor wieder anzuziehen. Er schauderte kurz, als er den durchgeschwitzten Stoff auf der Haut spürte, doch da musste er nun einfach durch. Ersatzkleidung hatte er noch nie im Büro gehabt.

Aber wie war es dazu gekommen, dass Olmers Herz Scherereien machte? Am Nachmittag, Olmer hatte gerade eine neue Besprechung im Fall Joelle Wittlinger anberaumen wollen, war der Leitende in sein Büro gestürzt und hatte das K1 zusammengerufen. Alle hatten sofort gewusst, dass etwas Gravierendes geschehen sein musste.

„Jana Friedrich aus Pfeddersheim ist verschwunden. Neun Jahre alt, einen Meter achtunddreißig groß, schlank, braunes Haar. Die Mutter wollte sie vorhin nach der Turnstunde abholen, die jedoch ausgefallen war. Deshalb war Jana mit einer Freundin vor der Turnhalle sitzen geblieben, um zu erzählen und auf die Abholung zu warten. Als die Freundin kurz auf die Toilette gegangen war und wiederkam, sah sie noch, wie Jana in einen Wagen einstieg und ihr zuwinkte. Seitdem wurde Jana Friedrich nicht mehr gesehen. Dummerweise hat die Freundin auch abgewartet, bis Janas Mutter etwa zwanzig Minuten nach dem Vorfall ankam. Die Mutter wandte sich sofort an die Polizei, und die Freundin sagte aus, nicht nur Jana habe fröhlich gewunken, sondern auch der Mann, der Jana ins Auto geholfen habe. Beschreiben konnte sie ihn allerdings partout nicht. Immerhin hat sie sich den Wagen gemerkt."

„Einen dunkelblauen Kombi?", fragte Norbert Olmer atemlos.

„Woher wissen Sie das?“, wollte der Leitende wissen.

„Ach, Scheiße!“, kommentierte Horrweiler das Gehörte, noch bevor sein Chef seine Ahnung erklären konnte. Danach hatten irgendwie alle durcheinander geredet mit ihren Vorschlägen zur Vorgehensweise. Aber letzten Endes würden sie sich an die bewährten Muster halten. Aufgewühlt waren alle an die Arbeit zurückgekehrt und hofften, dass die erneut angeforderte Hundestaffel wenigstens diesmal irgendwelche Hinweise oder Spuren fand.

Und nun saß Norbert Olmer im feuchten und miserabel riechenden Hemd im Büro. Entschlossen stand er auf, zog sein Jackett über und ging die wenigen Schritte in die Wormser Innenstadt, wo er in der Kaiserpassage nicht nur ein Deodorant erstand, sondern auch ein neues Oberhemd, das er in der Umkleidekabine gleich anbehielt. Dass in der Packung auch eine Krawatte mit dezenten Streifen in verschiedenen Braun- und Blautönen gelegen hatte, störte ihn keineswegs. Wohlriechend und frisch gewandet kam Norbert Olmer wieder im Kommissariat an und wollte seine Leute um sich wissen. Es gab ja noch einige Dinge zu besprechen, war ihm unterwegs eingefallen: Die gelben Karten mussten mittlerweile längst abgearbeitet sein.

„Also, Leute“, sagte er wenig später, „die DNA des bei Joelle gefundenen fremden Haars lässt sich nicht zuordnen. Ob es nun dem Täter oder sonst jemandem gehört, derjenige ist noch nicht aufgefallen. Ich hoffe, ihr habt mehr herausgefunden.“

Rolf Iben hatte eine lange Liste mit Besitzern dunkelblauer Kombis ausgedruckt und schon mit der Liste, die Dieter Wiesen aus dem Bundeszentralregister bekommen hatte, abgeglichen. „Erfolglos“, seufzte er müde.

„Das heißt aber nur, dass der Kombifahrer vielleicht nicht der Täter ist. Oder aber, dass er vorher noch keine Tat dieser Art begangen hat“, ermunterte Norbert Olmer.

„Ha, oder das Auto ist geklaut!“ Ein Leuchten ging durch Ibens Gesicht. „Bin gleich wieder da!“

Für ein paar Minuten hielten sich die drei Kommissare schweigend an den Kaffeetassen fest, in denen längst nur noch lauwarme

Brühe schwappte. Dann stürmte Rolf Iben wieder ins Zimmer. „Ich hab' ihn!"

„Den Täter?" Dieter Wiesen war ungewohnt munter geworden.

„Nein, leider nicht. Aber den Wagen. Es könnte sich um den blauen Passat handeln, der vor zwei Wochen in Pirmasens als gestohlen gemeldet wurde. Die Nummernschilder haben die Kollegen mittlerweile im Gebüsch neben einem Autobahnparkplatz gefunden, aber das Auto bleibt verschwunden. Und woher die derzeitigen Kennzeichen stammen, weiß man auch noch nicht."

„Och, da gibt's ja eine ganze Menge Möglichkeiten", sagte Matthes.

Das Mädchen, das Jana hieß, hatte Kopfschmerzen, als es erwachte. Es schlug die Augen auf und merkte, dass es nicht zu Hause in seinem Bett lag, sondern auf einem Sofa, von dem ein merkwürdiger Geruch ausging. Wie in einem Keller. Genau, so roch dieses Sofa! Und genau so schummriges Licht war hier auch. Nur ein mattgrünes Nachtlicht in der Steckdose neben der Tür beleuchtete den Raum. Jana erschrak, als sie den Kopf hob: Sie lag nicht allein auf dem Sofa. Am anderen Ende schlief ein Mädchen tief und fest. Es wachte auch nicht auf, als Jana es an der Schulter berührte und „He, du!" rief, um es irgendwie wach zu bekommen. Jana ging zur Tür und drückte die Klinke herunter. Abgeschlossen! Sie klopfte an das graue Metall und rief „Haallooo!" in der Hoffnung, es könne sie jemand hören. Nichts tat sich. Sie schlug mit den flachen Händen und später mit den geballten Fäusten gegen die Tür, aber niemand öffnete. Dann lief sie hinüber zu dem Mädchen auf dem Sofa. Jana berührte es zuerst vorsichtig an der Schulter, aber es wachte nicht auf. Sie schüttelte die andere und rief: „He, du, aufwachen!", aber auch das war erfolglos. Immerhin schien das Mädchen noch zu atmen. Jana fühlte sich völlig allein gelassen. Hoffentlich hat mich hier niemand vergessen, dachte sie in Panik. Dann trat sie mit voller Wucht gegen die Tür, aber auch das brachte nichts. Entmutigt und schlapp von der Anstrengung der letzten Minuten ließ sie sich wieder auf die Couch fallen. Sie hatte ungeheuren Durst und wollte nach Hause. Endlich nach Hause zu Mama und Papa! Sie weinte und biss sich vor Angst einen Fingernagel ab.

Ewigkeiten später wurde der Schlüssel im Schloss gedreht und die Tür öffnete sich. Das war doch der nette Mann, der sie nach Hause gefahren hatte! Er lächelte und schloss die Tür von innen ab, bevor er sich zwischen Jana und das schlafende Mädchen auf das Sofa setzte.

„Ich will nach Hause!“, sagte Jana als erstes.

„Ach, bleib doch noch ein bisschen hier.“

„Hier gefällt mir's aber nicht. Und das da drüben ist auch nicht Laura. Sie haben mich belogen. Ich will nach Hause, und außerdem hab' ich Durst!“

Der Mann stand auf. Aus dem einzigen Regal, das an der Wand hing, nahm er eine Halbliterflasche und reichte sie Jana. „Hier, trink das!“

„Nein.“

„Komm, das habe ich extra für dich eingekauft. Das ist die gleiche Limo, wie du sie in der Sporttasche hattest.“

„Ich will die Limo nicht, ich will nach Hause!“ Jana begann zu weinen.

„Nicht weinen! Trink lieber, du hast doch solchen Durst.“

Mit einem letzten Schluchzer griff Jana doch zur Flasche. „Hat da schon wer anderes draus getrunken? Das mag ich nämlich nicht.“

Der Mann lachte. „Nein, die Flasche ist noch ganz voll. Warte, ich schraube sie für dich auf.“

Es zischte, als die Kohlensäure entwich. Jana griff nach der Flasche und trank. Nach einigen Schlucken setzte sie ab und verlangte: „Jetzt bringen Sie mich aber nach Hause!“

„Versprochen! Aber erst musst du austrinken. Weißt du, ich will den Rest ja nicht wegkippen.“

„Aber das schaffe ich doch gar nicht alles!“

„Doch, doch!“, meinte der Mann und sah dem Kind dabei zu, wie es weiter trank und sich kurz darauf wieder wortlos auf den Polstern zusammenrollte und einschlief.

Na, mein Mäuschen, sei nur ganz ruhig. Hier liegst du auf dem Sofa und sitzt da und trinkst gleichzeitig so durstig wie früher. Wie gut, dass ich dich so oft treffe. Schlaf schön und ruh dich aus. Ich passe gut auf dich auf. Du bist bei mir in Sicherheit, das verspreche ich dir. So ist es gut. So ist es gut. Dir wird nichts passieren, gar nichts. Bis morgen früh, mein Mäuschen. Gute Nacht!

Zwei Tage vergingen mit quälend unergiebigen Ermittlungen. Keiner der eingesetzten Hunde hatte einen Hinweis erschnüffelt, sämtliche Personenüberprüfungen waren sinnlos gewesen, obwohl mittlerweile ein Heer an Kollegen mit an den Fällen arbeitete. Norbert Olmer begann in seiner Verzweiflung heimlich wieder zu rauchen, weil seine Nerven blank lagen und er sich einredete, das Nikotin könne ihn irgendwie besänftigen, was sich als Trugschluss erwies. Außerdem hatte er ein schlechtes Gewissen wegen seiner Herzattacke. Da rauchte man doch nicht auch noch! Und beim Kardiologen hatte er noch nicht mal einen Termin ausgemacht.

Rolf Iben erwischte sich dabei, wie er vor dem Bildschirm saß und an den Nägeln kaute, nachdem er die Protokolle aller Turnstundenbesucherinnen zum x-ten Male gelesen hatte. Außerdem fiel ihm auf, dass sein Kollege Wiesen noch weniger als sonst mit ihm sprach. Dieter hatte sich komplett eingeigelt und ackerte alle Daten, die er vom Bundeszentralregister bekommen hatte, wieder und wieder fieberhaft durch. Die Stecknadel im Daten-Heuhaufen musste doch zu finden sein! Matthes Horrweiler holte sich im Steinbruch einen Schnupfen, weil er auch bei Regen noch die Gegend nach Spuren abgesucht hatte. Auf den Knien hatten er und weitere Kollegen die Fahrspur abgesucht, auf der der Täter angefahren sein musste, aber da nach ihm unter anderem auch der Traktor der WoNat mit seinen breiten Reifen dort gefahren war, erwies sich die Suche als aussichtslos. Abends hatte er einen gewaltigen Brummschädel. Trotzdem diskutierte er mit seiner Frau stundenlang darüber, wie man die eigenen Kinder vor Entführungen schützen könne, bis Leonie Horrweiler schließlich auf den Tisch schlug und brüllte, Matthes solle lieber am Rhein joggen gehen, als sie mit ungelegten Eiern zu nerven. Kind Nummer Eins lerne gerade erst laufen und Kind Nummer Zwei werde in diesem Jahr nicht mehr das Licht der Welt erblicken, also solle er seine überschüssige Energie gefälligst irgendwo draußen abbauen. Dann stand sie auf und knallte die Wohnzimmertür hinter sich zu.

Und die Regionalausgabe eines Boulevardblattes titelte derweil: „Kann diese Kripo unsere Mädchen schützen?“.

Am dritten Tag wurde morgens in Pfeddersheim ein Auto abgeschleppt, das seit dem Vortag quer auf drei Parkplätzen vor dem Schulmuseum geparkt hatte. Ein dunkelblauer Passat mit Kaiserslauterer Nummernschildern, die jedoch schon bei der ersten Abfrage durch die Streife auffielen. Sie gehörten eigentlich zu einem Wohnmobil, dessen Besitzer es bereits für die Wintersaison auf einem Lagerplatz abgestellt hatte, weshalb der Verlust der Kennzeichen auch gar nicht erst aufgefallen war. Norbert Olmer wurde von einem Kollegen über den Fund informiert, weil sich in der Polizeidirektion in der Hagenstraße längst herumgesprochen hatte, dass das K1 fieberhaft nach einem blauen Kombi suchte. Hellhörig geworden, kontaktierte Olmer den Staatsanwalt, der auch gleich die Öffnung des Autos anordnete.

Gespannt standen Staatsanwalt Staubsee und die Männer vom K1 um den Wagen herum. Matthes brauchte mit seinem Helfer nicht lange, um den Kofferraum zu knacken. Als sich der Deckel hob, hatten alle Gewissheit: Sie mussten von einem Serientäter ausgehen.

Jana Friedrich lag still, wie schlafend, vollständig angezogen auf einer Plastikplane, die über ihr offen stand. „Als hätte sie noch Luft zum Atmen bekommen sollen“, seufzte Matthes. Rolf Iben ärgerte sich über sich selbst, weil ihm nur einfiel, dass er jetzt wohl nicht weiter nach blauen Kombis suchen müsse. Einzig der Chef konnte offensichtlich noch klar denken: Er informierte die Rechtsmedizin, dass ein neuer, dringlicher Fall anläge.

Schon wieder stand ihm die Fahrt zu verwaisten Eltern bevor, und schon wieder hätte er dringend eine Kollegin gebraucht. Olmer beriet sich mit dem Leitenden, der das Problem pragmatisch anging: „Holen Sie sofort Ihre Kollegin Mettenheimer aus dem Kinderzimmer“, ordnete er an. „Ich kenne die Frau zwar noch nicht, aber Sie sind doch ein gutes Team. Ich regle das Bürokratische auch noch heute. Meinen Sie, die macht das, wenn ich sie jetzt gleich anrufe?“

„Auf jeden Fall“, da war Olmer sich sicher.

„Mettenheimer.“

„Mama, ich bin's!“

„Aha, du willst also was von mir. Sonst rufst du doch nie an. Obwohl wir ja nur im Nachbarort wohnen!“

Als hätte die Entfernung damit etwas zu tun, wollte Anne Mettenheimer schon sagen, aber dann verkniff sie sich das lieber. Sie brauchte ihre Mutter jetzt schließlich dringend und sofort.

„Mama, es geht um einen Notfall. Kannst du auf die Kinder aufpassen, bis Paul heute Abend von der Arbeit kommt?“

„Was gibt es denn so Dringendes?“

„Ich hatte gerade einen Anruf von meinem allerobersten Chef, der will, dass ich sofort nach Worms komme.“

„Der hat gar nichts zu wollen. Du bist in Mutterschutz!“

„Elternzeit heißt das, Mama.“

„Was glaubt der, wer er ist? Kindern die Mutter wegnehmen!“, ereiferte sich Käthe Mettenheimer.

„Aber genau darum geht es. Versprich mir, dass du mit niemandem außer Papa darüber redest, aber ich muss gleich mit Olmer zu einem Elternpaar fahren, dessen Kind gestorben ist. Das siehst du doch ein, dass es ein Notfall ist, oder?“

„Mein Gott, aber es ist doch wohl nicht die Lea Zeyer?“

„Nein, Mama. Aber tot ist das Kind trotzdem. Und da wird eben jeder gebraucht, um den Täter zu kriegen, das verstehst du doch, ja?“

„Ich komme! Der Papa soll mich gleich zu euch fahren. Aber wie machst du das mit dem Stillen?“

„Lach nicht, ich sitze hier am Telefon und hab' Emma an mir hängen. Lukas kommt gleich noch dran, und wenn sie noch Hunger haben, weißt du ja, wie das mit den Fläschchen geht."

„Bis gleich, Anne!"

Erleichtert sank Anne mit ihrer Emma in die Polster, nachdem sie den Telefonhörer aufgelegt hatte. Gerettet! Wenigstens für diesen Nachmittag. Sie unterließ es, Paul zu informieren. Der würde sich nur unnötig Sorgen machen, außerdem konnte sie es auf die Hektik schieben, dass sie schlicht vergessen hatte, ihn anzurufen.

Nachdem Anne Mettenheimer ihrer Mutter noch mal eingeschärft hatte, auf keinen Fall mit jemandem über den Fall zu reden, stieg sie zu Norbert Olmer in den Dienstwagen, der schon vor ihrer Haustür wartete.

„Dann klär mich mal auf!", forderte sie statt einer Begrüßung.

„Jana Friedrich, neun Jahre. Im Kofferraum des Wagens gefunden, der vermutlich schon Joelle Wittlinger transportierte. Stand direkt vor dem Schulmuseum in Pfeddersheim, quer geparkt, so dass er auffallen musste. Familie Friedrich wohnt übrigens auch in Pfeddersheim, in der Lise-Meitner-Straße am östlichen Stadtrand."

Von Annes Hof in der Osthofener Tempelgasse fuhr Olmer bis zum Autobahn-Zubringer Richtung Mörstadt, um an seinem Ende links nach Pfeddersheim abzubiegen. Von der Leiselheimer Straße aus bog er schließlich in die Lise-Meitner-Straße ab. Janas Eltern waren beide zu Hause. Die Mutter hatte sich krank gemeldet, weil sie als Erzieherin nicht in der Lage gewesen wäre, fröhlich mit fremden Kindern den Tag zu verbringen, während ihr eigenes womöglich irgendwo festgehalten wurde. Der Vater hatte einfach seinen Überstundenausgleich genutzt, um zu Hause bleiben zu können. Blass öffnete Manfred Friedrich die Haustür. „Ja?", fragte er.

„Herr Friedrich, mein Name ist Mettenheimer. Dies ist mein Kollege Olmer. Wir sind von der Kripo Worms und würden gern mit Ihnen sprechen."

Friedrich nickte. „Kommen Sie rein!"

Im Flur des Hauses tauchte Angela Friedrich auf. „Ist sie tot?", fragte sie sofort.

Anne Mettenheimer war klar, dass auch hier die Mutter einen Arzt brauchte, der Vater allerdings etwas gefasster reagieren würde als bei Wittlingers. Und es war ebenso klar, dass beide nichts zur Aufklärung des Falles beisteuern konnten, weil sie nichts gesehen hatten. Da der Hausarzt der Familie ungeachtet aller Patienten im Wartezimmer seine Tasche packte und zu Friedrichs fuhr, konnten die beiden Kommissare beizeiten nach Worms aufbrechen.

Der Leiter der Kriminalinspektion Worms wunderte sich über den Radau auf dem Gang vor seinem Büro, öffnete neugierig seine Tür und erblickte sein K1, das reihum einer großen Frau mit struppigen blonden Haaren um den Hals fiel. Selbst der stets so reservierte Dieter Wiesen schaffte eine Umarmung. Das lachende Wesen in Jeans, Turnschuhen und einem reichlich abgeschabten Cordhemd musste nun also Kriminaloberkommissarin Mettenheimer sein, seit wenigen Minuten reaktiviert aus der Elternzeit. „Martin Sommer", stellte sich der schlanke Mittfünfziger im dunkelgrauen Anzug der Kollegin vor, die seinen Händedruck kräftig erwiderte.

„Freut mich, dass Sie wieder an Bord sind", sagte der Leitende und wünschte einen guten Neuanfang im K1.

Trotz der so angespannten Situation lachte Matthes Horrweiler und sagte: „Das machen wir schon, verlassen Sie sich drauf."

„Dann lasst euch mal was einfallen", grinste Anne Mettenheimer verschmitzt. „Ich wage mir ja nicht vorzustellen, wie das in der Praxis aussehen soll."

„Na ja, Anne, da bist du aber auch eine harte Nuss. Blümchen auf dem Schreibtisch und Kaffeestückchen jeden Nachmittag wären bei dir ja völlig vergebens", lächelte Norbert Olmer. Deshalb schlug er vor: „Sollen wir einfach mal wieder an unseren Fällen weitermachen, damit das noch was wird?"

„Das ist eine gute Idee!", sagte Sommer. „Dann lasse ich Sie mal allein!"

Auf dem Weg ins gemeinsame Büro fragte Anne Mettenheimer ihren Chef: „Trägt der Leitende eigentlich immer Anzüge?“

„Doch, ich glaube schon. Lockerer habe ich ihn noch nie gesehen.“

„Wie furchtbar!“

„Ach, lass nur. Verkehrt ist der trotzdem nicht.“

„Abwarten.“

„Genau!“

„Warum soll ich das arme Kind bloß noch aufschneiden?“, fragte Dr. Wolfram Kippenberg reichlich verzweifelt. „Olmer hat erzählt, das Mädchen sei wahrscheinlich im selben Auto gefunden worden, in dem das andere Mädchen mitgenommen wurde. Da können wir uns die Arbeit doch sparen – eigentlich.“

Professor Orbis nickte düster. Dennoch band er seine Schürze auf dem Rücken zu und zog sich die Latexhandschuhe über. „Aber Sie wissen ja, Kippenberg, erst beweisen, dann darüber reden. Wir dürfen einfach niemals davon ausgehen, dass ein Fall wie der andere ist. Und wenn die Kollegen einen Serientäter vermuten, dann sind wir es, die jetzt den ersten Beweis antreten können.“

„Ja, ich weiß ja“, seufzte Kippe und hob das Laken, das den kleinen Körper bedeckte. „Läuft das Band?“

„Es kann losgehen!“, sagte Orbis, als er auf die Starttaste des Aufnahmegeräts drückte, das ihnen die Notizen während der Arbeit ersparte.

Später, als die beiden Rechtsmediziner den Leichnam längst wieder ins Kühlfach geschoben hatten, schlurfte Kippe müde nach draußen. Vor dem Institutsgebäude setzte er sich auf die Treppenstufen und versuchte, eine Zigarette anzuzünden. Herbstlicher Wind blies ihm zweimal ein Streichholz aus, bis die Selbstgedrehte endlich glühte. Nach mehreren tiefen Zügen nahm Kippe das Handy, das er neben sich auf der Steinstufe liegen hatte, und rief in Worms an.

„K1, Mettenheimer.“

„Du?“ Kippe musste husten.

„Am Röcheln sollst du ihn erkennen! Kippe, du hast dich auch schon mal mit Namen gemeldet.“

„Seit wann bist du wieder dabei?“

„Warte mal. Seit fünf Stunden und dreizehn Minuten.“

„Dann weiß ich ja endlich wieder, warum ich arbeiten gehe!“

„Sülz nicht rum, Kippe! Was hast du rausgefunden?“

„Warum war keiner von euch dabei?“

„Also, was ist nun?“

„Okay, okay. Wie vermutet: keinerlei Gewaltanwendung. Ich wette auf die Barbiturate, die wir schon im ersten Fall gefunden haben. Aber das kann ich dir erst morgen genau sagen. Und wieso wart ihr nun nicht hier?“

„Mann, bist du hartnäckig! Wir haben es einfach nicht geschafft. Matthes vermutet sogar, dass wir eine Mainzer Truppe vor die Nase gesetzt kriegen oder ein paar Psychos zur Unterstützung.“

„Aber das könnte doch vielleicht weiterhelfen. Ich war mal bei ’ner Operativen Fallanalyse dabei, also, da guckt man schon wirklich tief rein in so ’nen Fall.“

„Ja“, meinte Anne, „aber die Angst, die alle haben, ist, dass wir nur noch die Handlanger sind. Deshalb rotieren hier alle. Sie wollen zeigen, dass wir es auch allein schaffen. Und außerdem glaube ich, Norbert schiebt völlige Panik, weil er sich irgendwie persönlich verantwortlich fühlt, dass noch ein zweites Kind getötet wurde.“

„Kannst du da etwa ruhig zugucken?“

„Nein, gar nicht“, sagte Anne Mettenheimer. „Aber ein bisschen Distanz ist schon nicht schlecht. Er nimmt sich das in den letzten Tagen ziemlich zu Herzen, was die Presse so schreibt. Ich seh’ den schon mit ’nem Herzkasper da liegen.“

„Au, so schlimm?“

„Komm vorbei und guck ihn dir an!“

„Danke. Ich glaub’s dir auch so. Dann werde ich mal ein bisschen Dampf machen, damit ihr bald alle Ergebnisse von uns vorliegen habt. Grüß Norbert von mir!“

Anne Mettenheimer legte den Hörer von Olmers Telefon auf und stützte sich auf der Fensterbank ab. Ihr Blick schweifte über die Stadtmauer mit dem Nibelungenmuseum, in dem sie immer noch nicht gewesen war, bis hin zum Turm der alten Rheinbrücke, der manchmal abends rotgolden leuchtete. Heute aber schien der kühle Wind die Wolken direkt über das Dach des Turms zu treiben. Anne bemerkte, dass der Brückenturm schwankte. Dann tat es ihm die Stadtmauer gleich, und danach erst merkte die Kommissarin, dass sie sich gewaltig anstrengen musste, um nicht umzufallen. Mit den altehrwürdigen Wormser Bauten hatte alles seine Ordnung, nur mit ihr stimmte etwas nicht. Egal, wie sehr sie sich zu konzentrieren versuchte, das Büro hielt einfach nicht still. Anne ließ sich auf ihren Stuhl fallen, schloss die Augen und riss sie erschrocken wieder auf, weil auch so noch keine Ruhe herrschte. Nun fiel ihr der Grund für die Schwankungen ein: Sie hatte direkt nach Olmers Anruf die ersten Hormone geschluckt, um die Milchbildung zu bremsen. „Kind, du tust dir was an!", hatte ihre Mutter mit Blick auf die Medikamentenschachtel gesagt. „Wir früher, wir haben das noch natürlich geschafft. Aber ihr habt's heute ja so furchtbar eilig."

Anne hatte nicht geantwortet. Jetzt dachte sie noch einmal über das Medikament nach. Sie hatte es sich schon vor Wochen verschreiben lassen und mit ihrer Ärztin besprochen, wie und wann die Einnahme abzulaufen habe. Wie war das noch gewesen: erst eine halbe morgens, dann eine halbe morgens und abends, dann langsam steigern? Anne schlug sich mit der flachen Hand auf die Stirn. Sie hatte die Dinger wie Aspirin eingeworfen. Falls eine nicht ausreichen sollte, hatte sie zur Sicherheit als Einstiegsdosis gleich zwei Tabletten geschluckt. Da konnte einem das Büro schon mal um den Kopf kreisen! Anne betete, dass ihr Kreislauf mitspielen würde.

Ihr Telefon klingelte. „K1, Mettenheimer", meldete sie sich wieder.

„Hier Paul."

„Hallo, na, bist du schon zu Hause?"

„Ich dachte, wir hätten über den nächsten Ersten gesprochen?“
„Hat Mama dir nicht erzählt, dass noch ein Kind getötet wurde?“
„Doch. Wir haben übrigens auch zwei.“
„Paul, und die leben sicher noch dank Mama!“
„Warum redest du überhaupt noch mit mir, wenn du doch machst, was du willst? Dann können wir das mit dem Heiraten auch gleich sein lassen!“
„Es war ein Notfall, wirklich! Du, und in einer Viertelstunde geht die große Besprechungsrunde los, da muss ich noch einiges vorbereiten.“
„Du meinst, du bleibst noch länger weg?“
„Nur heute, versprochen. Und heiraten will ich dich trotzdem noch!“
„Dann mach doch, was du willst. Aber wundere dich nicht, wenn ich mir ein nettes Kindermädchen anlache. Oder einen Au Pair-Boy oder so was.“
„Keine Drohungen, Paul! Außerdem ist mir das wirklich wichtig hier. Und das mit der Hochzeit gleichzeitig.“
„Mannomann, worauf habe ich mich da eingelassen!“, stöhnte Paul. „Wenn du vor Mitternacht noch auftauchst, darfst du mich noch ansprechen.“
„Danke. Ich beeil’ mich auch!“
Anne merkte nach dem Telefonat, dass sie fröstelte. Das konnte ja lustig werden mit dieser Elefanten-Dosis an Hormonen. Sie hatte plötzlich das Gefühl, eine Grippe zu bekommen. Doch bevor sie die Symptome genauer beobachten konnte, fragte Norbert Olmer hinter ihrem Rücken: „Ihr heiratet?“
„Norbert, oh!“
„Ja, und?“
„Doch, schon.“
„Du freust dich ja gar nicht. Ich gratuliere jedenfalls!“
„Hm. Ist nur, weil ich gerade Streit mit dem Bräutigam hatte. Weil ich ihm vorher nicht gesagt habe, dass ich heute schon wieder arbeiten gehe. Boah, ist mir gerade schlecht!“

Anne griff sich mit der Hand an den Hals, als würde das den Brechreiz mindern.

„Nun mach keinen Quatsch! So hat das letzten Sommer auch angefangen mit dir!“

„Blödsinn!“ Nun musste Anne Mettenheimer doch lachen. Sie erklärte ihrem Chef, dass er nicht mit einer neuen Schwangerschaft zu rechnen habe, sondern mit einer wackligen Kollegin, die dummerweise auch nach Jahrzehnten der Lesekompetenz nicht in der Lage gewesen war, den Beipackzettel der Hormonpillen zu lesen.

„Mit dir kann man aber auch was erleben!“, brummte Olmer und erinnerte sich nur ganz kurz an seine Herzattacke, die er bislang niemandem gestanden hatte. „Wir müssen los, es ist gleich sechs.“

Olmer und Mettenheimer nahmen alle relevanten Papiere zu den beiden Fällen mit und gingen zum Besprechungsraum. Martin Sommer, seit vier Wochen der neue leitende Kriminaldirektor, saß seiner Stellung entsprechend am Kopf der rechteckig angeordneten Tischgruppe. Er nickte seinen beiden Kommissaren kurz zu und wartete, bis sie sich gegenüber von Iben, Horrweiler und Wiesen gesetzt hatten. Irritiert stellte Anne Mettenheimer fest, dass eine völlig fremde Frau mit am Tisch saß. Hatte der Leitende eine neue Sekretärin? War Frau Reitner etwa urplötzlich in Pension gegangen?

Sommer sagte: „Meine Damen und Herren, der Kollege aus der Rechtsmedizin kommt etwas später. Ich denke, wir fangen jetzt aber an. Ich darf Ihnen Frau Drais vorstellen, sie wird uns hoffentlich unterstützen können, was die aktuellen Fälle angeht. Aber stellen Sie sich doch bitte selbst kurz vor!“

„Da gibt es nicht viel zu sagen: Sonja Drais, Psychologin an der Uni. Ich werde immer mal wieder vom LKA angefordert, wenn eine Fallanalyse ansteht oder so. Ich soll Ihnen als Ansprechpartnerin zur Verfügung stehen, wenn es um die Persönlichkeit des Täters geht.“ Anne begutachtete die ihr direkt gegenüber sitzende Frau: Braune Locken wallten bis auf die Schultern und ließen den

Kopf noch größer erscheinen, als er ohnehin schon war. Überhaupt hatte alles an Sonja Drais die Bezeichnung XXL verdient. Sie war enorm groß und breit, sehr kräftig gebaut, wirkte aber nicht dick. Ihre Kleidung schien teuer gewesen zu sein und war, soweit Anne mit ihren ausschließlich auf Jeans und Karohemden beschränkten Erfahrungen das überhaupt beurteilen konnte, äußerst geschmackvoll. Wenn Anne jemals der Begriff Walküre passend erschienen wäre, dann bei dieser Frau. Aber sie lächelte freundlich und offen in die Runde. Nein, bei der waren keine Wagner-Arien zu erwarten, eher handfeste Ideen. Aber wie oft hatte sie schon völlig daneben gelegen mit ihrer ersten Einschätzung, fiel Anne Mettenheimer ein. Na ja, man konnte es ja mal versuchen.

„Anne Mettenheimer, K1", ergriff sie nun selbst das Wort und spürte Drais' Blick auf sich. Hatte sie die eben zu deutlich gemustert? Ihr entgingen die folgenden Worte der Kollegen. „Norbert Olmer", rundete ihr Chef die Vorstellung gerade ab, als die Tür geöffnet wurde und Kippe den Raum betrat.

„Herr Dr. Kippenberg, wie schön, dass Sie es doch noch so zeitig geschafft haben!", begrüßte ihn der Leitende.

Kippe schlurfte zu einem noch freien Stuhl am Kopfende des Tisches und ließ sich Sommer gegenüber fallen. „Mein Chef hat ja so' ne Konferenz in London, die geht halt vor. Da hat er mich geschickt."

Anne lachte: „Siehste, Kippe, da lohnt es sich doch mal, dass du jetzt stellvertretender Institutsleiter bist. So kommst du mal aus deinem Schnippelkeller raus!"

„Hey, ich hab' damit überhaupt keine Probleme. Kann ich bei euch rauchen?"

Ein strafender Blick vom anderen Ende des Tisches genügte, um Kippe auszubremsen.

„Ich weiß noch nicht allzu viel über die beiden Morde", meinte Sonja Drais. „Welche Fakten gibt es denn bislang?"

Anne war plötzlich furchtbar warm. Sie hatte das Gefühl, krebsrot angelaufen zu sein und sämtliche Kleidungsstücke durchgeschwitzt zu haben. Bestimmt sah man schon überall dunkle Flecken! Waren das wieder die Hormone? Hörte das denn gar nicht auf? Erleichtert registrierte sie, wie Olmer neben ihr in den Papieren suchte und dann mit dem Bericht begann.

Konzentriert lauschten alle Norbert Olmer, der schilderte, was das K1 bereits zu den beiden Leichen herausgefunden hatte. Kippe scharrte unterdessen mit den Füßen und rutschte unruhig auf seinem Stuhl herum.

„Geht es Ihnen nicht gut?", fragte Sonja Drais dann auch, noch bevor jemand einen Kommentar zu Olmers Worten geben konnte.

„Der braucht sein Nikotin", lästerte Anne leise.

„Blödsinn!", zischte Kippe schlecht gelaunt zurück, stand auf und sagte: „Bin gleich wieder da!"

„Vielleicht wären wir mit Orbis doch besser gefahren", bemerkte nun Martin Sommer, der bislang geschwiegen hatte. „Aber der war ja leider nicht verfügbar."

Anne Mettenheimer riss der Geduldsfaden: „Mich nervt Kippes Qualmerei genauso wie Sie. Aber irgendwie hat jeder von uns ein Handicap, garantiert. Kippe liefert ansonsten beste Arbeit ab, und so lange er seine Stummel nicht am Tatort liegen lässt, soll er doch paffen, so viel er will. Dann können Sie über mich auch gleich noch herziehen, erst seit vorhin aus der Elternzeit zurück, ach nee, Sie nennen so was wahrscheinlich Elternurlaub. Kann sein, dass ich manchmal an meine Kinder denke bei der Arbeit. Dann sagen Sie das mal lieber gleich, wenn ich Ihnen nicht passe! Norbert, los, pack du auch mal auf den Tisch, was mit dir nicht stimmt, damit der neue Chef gleich weiß, mit welchen Provinz-Sheriffs er hier zu tun hat!"

„Anne!", unternahm Norbert Olmer einen Beschwichtigungsversuch.

„Ja, klar, gleich schiebt ihr's noch auf meine Hormone. Da habt ihr gar nicht unrecht, mir geht's scheiße, aber denken kann ich trotzdem, und arbeiten auch. Und wenn das hier ein Team werden soll, dann aber nicht mit Personaldebatten!" Wütend rauschte

Anne Mettenheimer aus dem Zimmer und schlug die Tür hinter sich zu.

„Boah!“, entfuhr es Sonja Drais, aber sonst äußerte niemand mehr etwas.

Währenddessen stapfte Anne aufgebracht die Treppen hinunter bis auf den Hof des Polizeipräsidiums, wo Kippe gerade seine zweite Zigarette anzündete. „Los, gib mir auch eine!“, forderte sie.

„Bist du krank?“

„Wahrscheinlich. Und vielleicht auch suspendiert. Blöder Heini da oben!“

Für wenige Augenblicke standen Kippe und Anne schweigend nebeneinander und zogen an ihren Zigaretten, der eine mit mehr, die andere mit weniger Genuss.

Dann kam Martin Sommer auf den Hof. Er stellte sich neben Anne, die Hände tief in den feinen Anzughosentaschen vergraben. „Das war ein Riesenfehler eben“, begann er.

„Ja, okay, unterschreiben Sie schon meine Suspendierung!“, raunzte Anne.

„Nein, ein Riesenfehler von mir, meine ich“, sagte Sommer. Anne hob verwundert die Augenbrauen und sah ihn an. Er blickte zu Boden und schubste mit den Füßen verlegen ein Herbstblatt herum. „Eigentlich wollte ich gar nicht so den Chef spielen. Tut mir ehrlich leid! Und ich habe auch überhaupt nichts gegen Sie. Ganz im Gegenteil: Ich finde das klasse, dass Sie einfach so Ihre Elternzeit abbrechen und wieder einsteigen. Ich finde übrigens auch, dass Kinderbetreuung einer der härtesten Jobs der Welt ist. Ich würde mich nie im Leben trauen, mit meiner Frau zu tauschen, die mit unseren Kindern seit vier Jahren zu Hause sitzt. Die Kraft hätte ich nicht. Wer kümmert sich denn jetzt um Ihre Kinder?“

„Meine Mutter.“

„Das ist gut. Weil ich auch weiß, dass man nicht konzentriert arbeiten kann, wenn man die Kinder nicht gut betreut weiß. Und sollte es mal einen Engpass geben, sagen Sie das bitte gleich. Wir finden dann schon eine Lösung. Und bitte, nehmen Sie meine

Entschuldigung an. Ich bin ein Trottel und hoffe dennoch auf ein möglichst gutes Klima im Team."

Kippe und Anne mussten beide lachen. Kippe brach das Eis als Erster. Er streckte Sommer die Hand hin und sagte: „Entschuldigung angenommen!"

Sommer ergriff die große, dürre Hand und meinte erleichtert: „Wunderbar! Danke!"

Die windgeschützte Nische auf dem Hof des Präsidiums füllte sich noch weiter: Sonja Drais und Norbert Olmer kamen hinzu.

„Da steckt ihr!", rief Olmer. „Wir haben uns schon Sorgen gemacht!"

„Mord im Präsidium", grinste Anne.

„So ähnlich!"

„Vielleicht waren es wirklich diese blöden Hormone, weshalb ich geplatzt bin", meinte Anne entschuldigend.

„Jetzt schieben Sie's aber nicht darauf!", entrüstete sich die Psychologin. „Damit kommen uns die Männer sowieso im Ernstfall immer!"

„Nee, Tatsache! Ich schlucke so Zeugs zum Abstillen und hab' mich total in der Menge vergriffen. Eigentlich müsste ich demnächst umfallen oder so."

„Dann gehen wir lieber wieder rauf und fangen endlich mit der Arbeit an", schlug Martin Sommer vor. Einigermaßen zusammengerauft kamen die Ermittler wieder im Besprechungsraum an. Dort saß Dieter Wiesen auf Norbert Olmers ehemaligem Sitzplatz und wühlte in den Akten. „Wir fangen am besten nochmal mit den Fundorten an", brummte er. „Sonst bringt das eh nichts."

„Okay, machen wir", stimmte der Leitende zu.

„Und dafür bin ich jetzt extra aus Mainz angereist?", fragte Sonja Drais enttäuscht.

„Ja, außer einem Streit haben wir ja noch nichts hingekriegt", schimpfte auch Anne. „Ich finde, wir sollten zum Beispiel die Familien der Opfer mal ein bisschen unter die Lupe nehmen, das können wir nämlich schon tun."

„Gute Idee, Anne", strahlte Drais, die stillschweigend zum Du überging. Sie fragte: „Was wissen wir über die Familie von Joelle?"

Anne berichtete: „Joelle ist ein Einzelkind gewesen. Die Mutter stammt aus Thüringen und arbeitet halbtags in Worms in einer Drogerie. Der Vater stammt aus Gundersheim und arbeitet im Baumarkt. Er reagierte aggressiv und wollte den Mörder seiner Tochter am liebsten selbst fangen und erledigen. Der Großvater stieß ins selbe Horn. Eltern und Großeltern leben übrigens im selben Haus, und die Großmutter scheint weitgehend das Regiment zu führen. Zu Joelle selbst gibt es zu sagen, dass sie außer Jazztanzgruppe und Turnverein eigentlich nur ein großes Hobby hatte, die Schwärmerei für Tokio Hotel. Und den altersgemäßen geheimen Wunsch nach einem eigenen Pferd. Das habe ich ihrem Tagebuch entnommen."

„Sind Tokio Hotel nicht längst out?", fragte Sonja Drais. „Wenn ich meine Tochter, die ist zwölf, nach denen fragen würde, würde ich milde belächelt, fürchte ich."

„Na ja, wir sind ja auf dem Land hier", schaltete sich nun Dr. Kippenberg ein.

„Auch wieder wahr", lachte Drais.

„Weiter zu Jana Friedrich: Die Mutter ist Erzieherin, auch mit halber Stelle, der Vater arbeitet als kaufmännischer Angestellter in einem der Chemiebetriebe am Rheinufer. Jana war ebenfalls ein Einzelkind. Auch sie besuchte den Turnverein und ging zudem noch reiten und Keyboard spielen."

„Dann können wir finanzielle Gründe wohl ausschließen", vermutete Martin Sommer. „Haben Sie schon die Vermögensverhältnisse der Familien überprüft?"

„Haben wir. Lohnt sich wirklich nicht, Wittlingers oder Friedrichs mit einer Entführung zu erpressen."

„Kennen sich die beiden Familien?", wollte Sonja Drais wissen.

„Nein. Außer dass Herr Friedrich gelegentlich im Baumarkt einkauft, in dem Herr Wittlinger arbeitet, aber er sagte, ihm sei dort kein Angestellter bekannt", berichtete Norbert Olmer. Dann fuhr er fort: „Die Kinder besuchten unterschiedliche Schulen, und als einzige Gemeinsamkeit findet sich der Besuch der Turnstunde, aber eben auch in verschiedenen Vereinen. Möglich, dass die sich irgendwo mal über den Weg gelaufen sind, aber für den Fall tut das nichts zur Sache."

„Was ich aber wichtig finde", sagte Anne, „ist die Tatsache, dass beide Mädchen etwa gleichaltrig waren, lange braune Haare hatten und von schlanker Statur waren. Ach ja, und braune Augen obendrein."

„Ui", sagte Drais, „das klingt mir beinahe auffällig!"

„Abwarten!", mahnte Norbert Olmer und fuhr fort: „Joelle ging mit einem Unbekannten, statt an der Schule auf den Bus zur Klassenfahrt zu warten. Jana wurde zuletzt gesehen, als sie aus dem Auto eines Mannes winkte, in dem sie später gefunden wurde."

„Derselbe Mann?", fragte Sonja Drais.

Anne nickte: „Ziemlich sicher. Zumindest wurde der gleiche Wagen von Zeugen beschrieben. Das wäre schon extremer Zufall, wenn es zwei Täter mit dunkelblauem Kombi innerhalb weniger Tage gegeben hätte. Einem gestohlenen Wagen, wie wir jetzt wissen, mit ebenfalls gestohlenen Kennzeichen."

„Wann sind die Kinder verschwunden? Zur gleichen Tageszeit?"

„Nein." Olmer schüttelte den Kopf. „Das eine morgens ungefähr zu Schulbeginn, das andere nachmittags zu Beginn der Turnstunde."

„Beide waren allein unterwegs?"

„Joelle ja, Jana nur für einen Moment, in dem sie aber offensichtlich genug Zeit hatte, unbeobachtet zu dem Mann ins Auto zu steigen. Freiwillig, wie es aussieht, denn ihre Freundin berichtete von fröhlichem Winken aus dem Wagen."

„Auch Joelle scheint freiwillig mitgegangen zu sein", fügte Anne Mettenheimer an, obwohl sie gerade ein Gähnen unterdrücken musste.

„Dann sollten wir überlegen, dass der Täter vielleicht schon vorher Kontakt zu den Kindern hatte, wenn sie nun so schnell mit ihm gingen", meinte Drais.

„Sonja, das glaube ich nicht“, sagte Anne. „Beide Kinder waren nicht oft ganz allein unterwegs, so dass jemand sie hätte ansprechen können. Ich meine, wenn eine Neunjährige noch von der Mama zur Turnhalle gebracht wird, wo soll die denn jemanden kennenlernen?“

„Das müsst ihr eben noch recherchieren“, stellte Sonja Drais fest. „Was mich auch noch interessiert: Wann wurde das Verschwinden der Mädchen gemeldet?“

Norbert Olmer seufzte: „Ach, bei Joelle gar nicht. Die Eltern dachten ja, sie sei auf Klassenfahrt. Und der Lehrer glaubte nur, sie sei vielleicht krank. Aber bei Jana wurde sofort Alarm gegeben, als die Mutter ihre Tochter abholen wollte und nur noch die Freundin antraf.“

„Könnten die Eltern etwas mit dem Fall zu tun haben?“

„Frau Drais, das ist gewagt!“, rief Olmer aus.

„Aber nicht abwegig!“, gab diese zurück.

„Stimmt ja. Wir sitzen auch schon daran, sämtliche Verwandten der Kinder durch den Computer zu jagen“, berichtete Rolf Iben.

„Ja, und?“

„Na, wir sitzen noch dran.“

„Dann gebt doch mal einen Zwischenbericht!“, meinte Anne.

Rolf blätterte reichlich ziellos in seinen Papieren und kratzte sich zwischen den spärlichen, rotblonden Locken am Kopf, bevor er begann: „Joelles Mutter stammt ja aus Thüringen, und sie zog erst kurz vor ihrer Hochzeit hierher. Es könnte sein, dass sie absolut nichts davon weiß, dass ihr Mann drei Jahre vor der Eheschließung ein Verfahren wegen sexueller Nötigung anhängen hatte.“

„Aber seine Eltern?“, fragte Sonja Drais.

„Ja, klar. Aber die achteten wohl schon damals bestens darauf, dass nichts nach außen drang. Es ging um eine 13-Jährige aus der Verwandtschaft, die von sich aus zur Polizei ging, aber unter dem Druck der Familie die Anzeige zurückziehen wollte. Dieter hat herausgefunden, dass Herrn Wittlingers Vater damals an sämtliche Stellen, die mit dem Fall zu tun hatten, Briefe geschickt hat, in denen er mit diversen Paragraphen drohte und forderte, den

Namen seines Sohnes unter Verschluss zu halten. Vermutlich hatte er sich bei einem gewieften Rechtsanwalt Hilfe geholt."

„Mannomann!" Sonja Drais war ehrlich verblüfft. „Habt ihr das Alibi von dem Mann?"

„Der war arbeiten, die Stechkarte beweist es."

„Falls da nichts getürkt wurde."

„Okay. Aber jedenfalls müssen wir Joelles Vater im Hinterkopf behalten", sagte Anne, und alle nickten.

Wolfram Kippenberg berichtete noch über seine Obduktionsergebnisse und den Laborbefund mit der mörderischen Dosis an Barbituraten: „Das Zeug ist zwar seit Jahren verboten, aber es gibt Ausnahmen, etwa in der Epilepsie-Behandlung. Außerdem gilt Phenobarbital als Mittel erster Wahl bei Haustieren, die Krampfanfälle haben. Ihr seht, es gibt immer noch eine Menge Quellen, an dieses Schlafmittel heranzukommen. Vom Ausland mal gar nicht zu sprechen. Bei der Wirkung gilt folgendes: Die Ausschaltung des Bewusstseins ist ein Vorteil für die armen Kinder gewesen, aber leider reduziert eine zu hohe Dosis auch den Atemantrieb, und das war bei beiden Mädchen die Todesursache. Übrigens gibt es auch eine ganz paradoxe Reaktion auf Barbiturate, gerade bei Kindern, dass sie nämlich statt müde völlig unruhig und nicht mehr führbar werden."

Nach Kippes Worten merkten die Mitglieder des Teams, dass sie kaum noch klar denken konnten. Es war seit Stunden dunkel, und keiner von ihnen hatte etwas Richtiges gegessen. Sie verabredeten sich früh für den nächsten Tag und fuhren müde in die verschiedensten Richtungen nach Hause.

In ihrer Küche fiel Anne Mettenheimer zuerst über den Kühlschrank her, bevor sie bemerkte, dass Paul am alten Holztisch saß und auf sie gewartet hatte. Zwei Gläser tiefroten Dornfelders standen vor ihm.

„So sehen also deine neuen Prioritäten aus", seufzte er. „Arbeit, Kühlschrank, dann ganz lange gar nichts."

„Armer Mann!", bedauerte Anne ihn und schaffte es, trotz Wasserflasche unter dem Arm und Teller und Butterdose in den Händen, Paul einen Kuss auf die Wange zu drücken. „Aber ich bin total ausgehungert."

„Ich auch", grinste Paul. „Aber erzähl mal, wie war's?"

Anne berichtete beim Broteschmieren von den Schwierigkeiten beim Zusammenraufen mit dem neuen Chef, und wie spontan sympathisch ihr die Psychologin gewesen war. Viel wichtiger fand sie aber, was derweil zu Hause abgelaufen war. „Was hat Mama gesagt, bevor sie gegangen ist?"

„Ach, sie kam mit den beiden wohl gut klar. Es haben sie auch eine Menge Leute in der Stadt angesprochen und die Kinder bewundert, das hat ihr gut getan. Sie hat gar nicht so über dich geschimpft, wie ich erwartet hatte."

„Und wie ging's dir danach?"

„Kaum zu glauben, aber ich freue mich, wenn ich aus dem Laden raus bin. Dann habe ich endlich richtig Zeit für die Kinder. Außerdem soll meine Abteilung total umstrukturiert werden, und das klingt alles so bescheuert, dass ich mir das lieber erst mal von außen angucke. Na, ein paar Tage noch, dann hab ich's hinter mir."

„Und wie lief's mit dem Füttern?"

„Emma und Lukas trinken ihre Flaschen, als hätten sie niemals etwas anderes erlebt. Außerdem haben sie heute Abend die erste Kartoffel ihres Lebens gegessen."

„Ist nicht wahr! Und?"

„Wie zu erwarten: Emma begeistert und lachend, Lukas skeptisch und sehr vorsichtig. Aber so satt wie heute waren die noch nie, das sag ich dir."

„Tja, daran muss ich mich jetzt gewöhnen, dass ich solche denkwürdigen Ereignisse verpasse."

„Wie läuft's mit der Abstillerei?"

„Na, es läuft eben nicht. Wär ja auch ein Ding, bei der Menge Hormone, die ich geschluckt habe. Nein, im Ernst: Ich habe ziemliche Kreislaufprobleme gehabt, und mehr als dieses eine Glas Wein genehmige ich mir auch nicht. Ich hoffe bloß, das gibt sich irgendwann. Sonst bin ich der Polizei-Zombie, so, wie ich mich fühle!"

„Wahrscheinlich pendelt sich das so nach und nach ein. Ich hoff's jedenfalls für dich."

Paul hob sein Glas und stieß mit Anne an. Nach einem bedächtigen Schluck Wein fragte er: „Wann heiraten wir denn nun eigentlich?"

„Ääh, ja ...", meinte Anne überrumpelt.

„Ich finde, wir sollten nicht mehr allzu lange warten. Oder träumst du von einer romantischen Trauung in irgendeinem Park?"

„Nö. Gar nicht."

„Aber November und Dezember wäre vielleicht auch nicht so toll, oder?"

„Denk an den Klimawandel, Paul, da waren die letzten November bis zwanzig Grad warm. Völlig neue Perspektiven für Heiratswillige!"

„Ja, sollen wir gleich im November?"

„Lass mich erst mal den aktuellen Fall erledigen."

„Komm, irgendein Fall beschäftigt dich doch immer. Da kann ich lange warten. Vielleicht sollte ich mir eine Andere suchen. Eine, die einfach freitags die Bürotür abschließt und dann am Wochenende Zeit zum Heiraten hat."

„Also so 'ne richtige Langweilerin?"

„Mist, das hatte ich vergessen! Also, was ist nun? November?"

„Ja, das machen wir so. Dann haben wir auch nicht allzu viel Zeit zum Planen und Nervöswerden."

„Und deine Mama auch nicht!"

Der nächste Tag begann sehr früh und nass. Zur Aufmunterung hörte Anne auf der Fahrt zur Arbeit Stoppok auf voller Lautstärke, aber das half nur kurzfristig gegen die miesen Aussichten: Es regnete schon seit Stunden. Die dunkelgrauen Wolken schienen direkt auf den Strom- und Telegrafenmasten aufzuliegen. Vollernter und Traktoren fraßen bei diesem Wetter noch tiefere Rinnen in die ohnehin tief zerfurchten Wirtschaftswege und erschwerten normalen Wagen das Weiterkommen zusätzlich. Das K1 samt Martin Sommer und Sonja Drais stapfte in Gummistiefeln an die Abbruchkante des Gundersheimer Steinbruchs. Aus einer der tief in die Gesichter gezogenen Kapuzen qualmte es: Dr. Kippenberg brauchte sein Nikotin bereits zum Frühstück.

„Welche Fakten haben wir, was die Anfahrt angeht?“, fragte Sommer.

„Nur die Zeugen, die den dunkelblauen Kombi gesehen haben. Hier vor Ort haben wir nichts, nicht einmal Reifenspuren“, sagte Norbert Olmer und wischte sich einen Regentropfen von der Nase.

„Wir gehen davon aus, dass der Täter auf der östlichen Seite an den Steinbruch gefahren ist, so wie wir jetzt, weil der Weg von Westen einfach wesentlich weiter und auch nicht so ganz einfach zu finden ist. Von Norden wäre die Anfahrt auch möglich, wenn man von der Ost-Zufahrt im unteren Bereich des Geländes abbiegt, aber von dort kann man eine Leiche nicht kletternd durch die Felsen und über die schmalen Pfade schleppen und dann oben aufhängen. Da hätte der Täter mehrmals gehen müssen, um alles Material nach oben zu bringen, das wäre viel zu riskant gewesen.“

Anne schüttelte den Kopf: „Aber dennoch haben wir keinen wirklichen Beweis dafür, von welcher Seite der Täter kam. Wer sich sicher fühlt, kann sich ja auch Zeit lassen und zweimal da rauf klettern.“

„Eben“, meinte Sonja Drais. „Gerade weil hier jemand etwas so deutlich inszeniert hat, muss der einfachste Weg zum Fundort nicht zwangsläufig der richtige sein.“

„So mordet doch kein Rheinhesse!“, schimpfte Anne Mettenheimer plötzlich. „Ein wütender Stich mit dem Messer und fertig, oder ein Schubs die Klippe runter, aber doch nicht so was Inszeniertes, das ist doch völlig balla!“

Drais lächelte und Olmer sagte: „Schön und gut, aber das hilft uns auch nicht. Du kannst das ja als Spur verfolgen, wenn du glaubst, der Täter sei kein Rheinhesse. Aber dann will ich bitteschön Beweise!"

„Immerhin hat er das Auto in Pirmasens geklaut!"

„Okay, achte du auf diesen Aspekt, aber jetzt gucken wir uns hier um!", bestimmte Olmer und deutete auf ein Gebüsch. „Hier, der Rosenbusch war's, an dem das Seil mit Joelle befestigt war."

„Wieso nimmt er einen Rosenbusch?", fragte Drais.

„O Leute! Guckt euch mal um, es ist nichts anderes da!", stöhnte Kippe.

„Was wissen wir über das Seil und den Klettergurt?", fragte Sommer.

Matthes Horrweiler als Fachmann meldete sich zu Wort: „Der Täter hat einen Kinder-Klettergurt und ein funkelnagelneues Bergsteigerseil von fünf Millimetern Stärke bei einer Reißfestigkeit bis 580 Kilo benutzt. Eine sichere Sache also. Das Seil hat übrigens eine rosa Grundfarbe mit Lila und roten Einsprengseln."

„Meine Herren, ein Kitschfan!", lachte Kippe.

„Oder einer, der das Seil speziell für kleine Mädchen gekauft hat", fügte Drais an.

Matthes redete weiter: „Der Klettergurt ist vom Marktführer, das hilft uns nicht viel. Aber diese Sorte Seil wird nur in einer speziellen Fabrik hergestellt, die auch nur an bestimmte Sportgeschäfte liefert, nämlich die Multisport-Kette. Die gibt es in unserer Nähe nur in Ludwigshafen oder Saarlouis. Oder noch in Baden-Baden. Aber die anderen Standorte dürften wir erst mal vernachlässigen, schätze ich."

„Hey, wann hast du das denn alles rausgekriegt?", fragte Anne bewundernd.

„Ich habe eben gearbeitet. Man kann auch abends und nachts noch Informationen bekommen, kein Problem", sagte Matthes.

„Ich hab' trotzdem kein schlechtes Gewissen, dass ich gestern Abend gemütlich in der Mainzer Altstadt zwei große Weizenbiere getrunken habe", offenbarte Kippe.

„Du bist ja auch nur für die medizinischen Themen zuständig", antwortete Matthes.

„Jetzt ist es aber gut!", fuhr Anne dazwischen.

Sommer und Olmer nickten ihr dankbar zu. Irgendwie waren alle sehr dünnhäutig im Moment.

Matthes Horrweiler bekam den Auftrag, sich weiter um die Herkunft des Seils zu kümmern. Dann meldete sich Kippes Handy.

„Hmm, ja, ja. Klar, das dachte ich mir. Danke, gute Arbeit, Fiona."

„Fiona?"

„Ach, Kommissarin Mettenheimer! Nur keine Eifersucht! Das war mein Labor. Jana ist ebenfalls durch Barbiturate umgekommen. Das hatte ich ja schon vermutet."

„Schade", meinte Anne. „Nach deren Herkunft brauchen wir erst gar nicht zu forschen. Die finden wir nie!"

„Also weiter im Text", brummte Olmer. „Sonst kommen wir nie von hier weg. Ich kriege langsam kalte Füße in dieser Schlammwüste!"

Dann riss plötzlich die Wolkendecke auf und die Sonne strahlte hinunter auf die tropfnassen Ermittler. „Perfekt!", konstatierte Rolf Iben, stiefelte zurück zu einem der Wagen und holte eine Puppe aus dem Kofferraum. Er hatte sie bereits so vertäut, wie Joelle gefunden worden war. „Ich habe die Farbe des Seils mal außen vor gelassen, aber die Stärke stimmt. Zu den Knoten, die auf den Fotos zu sehen waren, kann man nur sagen, dass der Mann wusste, was er tat."

„Wieso?", fragte Martin Sommer.

„Er hat das Kind nicht einfach irgendwie befestigt, sondern mit verschiedenen Knoten vertäut, die man schon kennen muss."

„Also ein Bergsteiger oder Wanderer?", fragte Sommer.

„Oder ein Segler, Surfer, Matrose", ergänzte Anne Mettenheimer.

„Ich war in meiner Jugend mal ein paar Monate lang bei der Feuerwehr", begann Kippe zu erzählen, als er die grinsenden Gesichter um sich herum bemerkte. Keiner konnte sich den schlaksigen Riesen in Uniform und ohne Zigarette vorstellen. „Doch, wirklich. Und da lernt man auch jede Menge Knoten."

„Mist! Da wird die Auswahl ja gleich wieder größer!“, schimpfte Anne.

„Er hat das Kind mit einem Neunerknoten befestigt, der hat den Vorteil, dass er sich bei Belastung nicht zuzieht.“

„Aha“, bemerkte Sonja Drais. „Er wollte das Mädchen also nicht verletzen.“

„Es war doch eh schon tot!“, sagte Kippe trocken.

„Aber er wollte ihm keinen weiteren Schaden zufügen, deshalb dieser schonende Knoten“, beharrte Drais.

Iben kroch derweil unter der wilden Rose herum und befestigte das Seil am Stamm. Er hatte die Länge des Seils genau ausgemessen und ließ die Puppe exakt so weit über die Abbruchkante hinunter, wie Joelle Wittlinger gehangen hatte. Das Plastik-Kind schwankte leicht im Wind.

„Guckt mal, sie berührt nicht mal die Steilwand!“, fiel Drais auf. „Schon wieder so ein vorsichtiger und gut überlegter Umgang mit dem Kind!“

„Unser Standort hängt ja auch leicht über, da kann sie gar nicht anstoßen, es sei denn, wir hätten Sturm“, sagte Iben.

Olmer fügte an: „Aber an anderen Stellen wie da drüben zum Beispiel hätte er die Leiche viel einfacher befestigen können. Der Rosenbusch, den er gewählt hat, steht ziemlich weit vom Rand entfernt, obendrein ist das Gelände leicht schräg, ganz im Gegensatz zu den anderen Stellen, an denen über der Kante Büsche stehen, die stabil genug wären, um die Last eines Kindes zu tragen.“

Sie beschlossen also festzuhalten, dass der Fundort mit Bedacht ausgewählt worden sein musste. „Dann handelt es sich mit hoher Wahrscheinlichkeit um jemanden aus der Gegend“, sagte Olmer.

„Och, ich glaube, wenn ich mit einer Leiche durch die Gegend kurve und einen geeigneten Ort wie diesen hier finde, habe ich nach einer halben Stunde Gelände-Begehung auch so raus, wo ich den Toten am besten loswerde“, gab Anne Mettenheimer zu bedenken. Sie zog die Regenjacke aus und warf sie ins Gras, denn die Sonne wärmte mittlerweile gewaltig. Der rheinhessische Himmel hatte ein fast sommerliches Blau erreicht.

„Gut, aber erste Wahl wäre schon ein Ortskundiger!", meinte nun auch der Leitende.

Kippe fiel noch etwas ein: „Bei Joelle habe ich ja keinerlei Abschürfungen gefunden, nicht mal ein Hämatom, gar nichts. Wie hat der Täter sie so elegant über die Klippe gekriegt?"

„Mit allergrößter Vorsicht, vermute ich", sagte Rolf Iben.

Drais ergänzte: „Ein starker Mann also. Joelle wog zwar nicht viel, aber doch genug, um Mühe zu machen."

„Abwarten und beweisen", brummelte Wiesen lediglich.

Kurz darauf herrschte Einigkeit im Team, dass es hier nichts weiter zu besprechen gab. Also stiegen alle mit ihren schlammigen Schuhen in die Wagen und fuhren zum zweiten Fundort, dem alten Schulhaus in Pfeddersheim. Eine Streife hatte schon morgens dafür gesorgt, dass der Parkplatz vor dem Gebäude ebenso leer war wie zu der Zeit, als der Täter sein Auto hier abgestellt hatte. Olmer parkte den weißen Dienst-Passat exakt so, wie er das blaue Modell mit der toten Jana im Kofferraum vorgefunden hatte. „Diagonal über drei Plätze, der wollte aber auffallen!", sagte Sonja Drais beeindruckt.

„Apropos: Ich fall' gleich auf, wenn ich nichts zu essen kriege. Habt ihr eigentlich alle keinen Hunger?", fragte Anne Mettenheimer in die Runde. Bis auf Dieter Wiesen bemerkte nun jeder seinen knurrenden Magen, und wenige Minuten später zog Anne zufrieden mit einem Einkaufs-Auftrag in die nächste Metzgerei los. Während sie dort ihre Bestellung aufgab, besah sich das Team den Fundort. Aus vielen umliegenden Häusern hätte man den Täter beobachten können, aber trotz umfangreicher Befragungen hatte niemand etwas gesehen. Und bei einem Verbrechen dieser Art brauchte man nicht davon auszugehen, dass jemand Informationen verschwieg. „Ich tippe auf die Nacht. Tagsüber parken hier manchmal Fahrzeuge, aber nachts kriegt man gleich mehrere freie Plätze, so wie der Täter. So konnte er auch ungesehen verschwinden", sagte Rolf Iben. Seine Miene hellte sich auf, als er Anne Mettenheimer mit mehreren Tüten ankommen sah. Norbert Olmer hatte von der Gemeindeverwaltung den Schlüssel zum Schulmuseum bekommen, und so aßen die Kommissare, die Psychologin und der Leitende in einem alten Schulzimmer ihre warmen Leberkäsebrötchen. Matthes Horrweiler kaute noch, als sein Handy klingelte: „Hmm, ja?“, brachte er gerade so heraus. Dann lauschte er längere Zeit, schluckte dabei sein Essen hinunter und sagte dann: „Klasse, Ewald. Und hat er mit Kreditkarte bezahlt? Ah. Ja. Gut, danke dann!“

Er beendete das Gespräch und schob das Handy wieder in die Jackentasche. „Ja, und?“, fragte Anne neugierig. Doch Matthes biss erst noch einmal genüsslich ab, kaute ausgiebig, tupfte sich den Mund mit einer Serviette („Fleisch ist ein Stück Lebenskraft – Ihr Metzger vor Ort“) ab und verriet dann die Neuigkeit: „Das Seil aus dem Steinbruch ist tatsächlich in Ludwigshafen bei Multisport gekauft worden. Einer der Mitarbeiter, den der Ludwigshafener Kollege als aufgeblasenen Muskelprotz beschrieben hat, kann sich erinnern, dass es vor etwa zehn Tagen dort gekauft wurde, denn er hat geholfen, die Meterware abzumessen. Und er habe sich noch gewundert, wieso ein Mann ausgerechnet ein rosa Seil kauft. Man habe diese Sorte Seil eigentlich längst aus dem Sortiment nehmen wollen, weil es keiner wollte. Mit schwuler Bergsteigerei sei noch kein Geld zu machen, habe der Verkäufer gesagt.“

Horrweilers Zuhörer grinsten amüsiert. Aber alle interessierte, was Sommer fragte: „Und wie sieht es mit der Personenbeschreibung aus?“

„Na ja, nicht üppig: ein Mann, mittelgroß, vielleicht in den Dreißigern, kurze, dunkle Haare, graue Hose, dunkle Regenjacke. Kein besonders auffälliges Gesicht.“

„Ach, schade!“, seufzte Anne. „Hat der Typ denn wenigstens mit Kreditkarte bezahlt?“

„Das wusste der Verkäufer nicht mehr, aber er geht jetzt mit dem Kollegen die Belege der letzten vierzehn Tage durch. Bald wissen wir mehr.“

„Gut, dann können wir jetzt wohl langsam die Zelte hier abbrechen, oder?“, fragte Martin Sommer in die Runde. Er beförderte seinen Abfall in den Mülleimer neben der alten Holztür des Klassensaals und ging wieder hinunter auf den Parkplatz. Die anderen folgten ihm nach und nach und fuhren relativ schweigsam nach Worms zur Polizeidirektion zurück, weil sie objektiv gesehen noch nicht weitergekommen waren.

Sie versammelten sich im Sitzungszimmer und besprachen das weitere Vorgehen:

„Die Fundorte haben wir nun angesehen. Jetzt befragen wir nochmal alle Eltern, Großeltern, Nachbarn etc. über sie selbst und auch die anderen. Wer war wann und wo mit wem und warum. Dann legen wir mit der Rechtsmedizin die genauen Zeiträume fest. Danach müssen wir die geografischen und sozialen Daten von Opfern und potenziellen Tätern abgleichen, denn das ist mir bislang noch zu dünn."

Norbert Olmer hatte im Stehen gesprochen und setzte sich nun hin, um nach seiner Kaffeetasse zu greifen. Bedächtig trank er zwei Schlucke, denn niemand hatte etwas zu ergänzen. Bis Anne Mettenheimer leise sagte: „Ich finde, wir müssen Lea auch in unsere Analyse einbeziehen."

„Welche Lea?" Sonja Drais war hellwach.

„Lea Zeyer, die fehlt seit ein paar Tagen zu Hause und keiner weiß, wo sie steckt. Den Fall hat das LKA gleich an sich gerissen, als bekannt wurde, dass Lea das Kind vom Lufthansa-Vorstandschef ist", sagte Norbert Olmer. Er war immer noch ein wenig beleidigt, dass er den Fall hatte abgeben müssen, noch bevor klar war, dass es ein Fall werden könnte. Fritzchen Müller aus der Hintergasse hätte niemand solche Aufmerksamkeit geschenkt.

„Müssen wir von ihrem Tod ausgehen?", fragte Drais.

„Noch nicht", meinte Olmer.

„Gibt es ein Bekennerschreiben von Entführern?"

„Auch nicht. Jedenfalls habe ich beim LKA nichts darüber erfahren können."

„Aber", warf Anne ein, „Lea ist im Alter von Joelle und Jana, wohnt auch hier in der Gegend und sieht leider genauso aus wie die beiden. Schlank, braunhaarig, dunkle Augen."

„Shit. Dann müssen die Mainzer auch nochmal an die Familie

ran. Wir müssen das Kind unbedingt mit auf unsere Rechnung nehmen!", beschloss Sonja Drais. Martin Sommer telefonierte kurz mit seinem Handy. Als er es wieder auf den Tisch legte, sagte er: „Die Kollegen im LKA übernehmen die Befragungen rund um Familie Zeyer. Für uns hier schlage ich jetzt folgendes Vorgehen vor: Die Familien Wittlinger und Friedrich werden nochmals befragt. Dr. Kippenberg setzt sich bitte mit Herrn Horrweiler zusammen und geht sämtliche Fundstücke, Laborberichte usw. durch. Die Zeitfenster sind wichtig, berücksichtigen Sie also bitte alle Hinweise an den Leichen, beim Wetter, an den Böden, ach, Sie wissen ja!"

„Und du, Rolf", setzte Olmer gerade an, als der es schon selbst sagte: „Ich geh' an den Computer. Ich versuche jetzt schon einmal, aus ViCLAS etwas rauszuholen."

Martin Sommer nickte und schickte seine Truppe los. Nur Rolf Iben blieb im Raum und blätterte in den vorhandenen Akten, um ViCLAS zu füttern, das Analysesystem zur Verknüpfung von Gewaltdelikten. Es war seinerzeit in Kanada entwickelt worden und basierte auf einem Fragenkatalog zur Erhebung der Falldaten, um gegebenenfalls die „Handschrift" eines Serientäters zu ermitteln und ihn so zu überführen. Iben liebte derlei intensive Daten-Bastelarbeiten, obwohl er noch immer frustriert war, wie gut manche Täter das System austricksen konnten. Er dachte da an den Fall der jungen Heilbronner Kollegin, die einfach so durch das offene Autofenster erschossen worden war. Man wusste zwar, dass es eine Frau gewesen sein musste, obwohl auch daran zwischenzeitlich einmal Zweifel bestanden hatten, man wusste auch, dass sie mit wechselnden männlichen Komplizen in nahezu ganz Europa raubte und mordete, aber man kam nicht näher an sie heran. Was nutzte die verdammte DNA, wenn der Mensch dazu immer einen Schritt vor den Fahndern herlief? Iben rief den Erhebungsbogen auf und trug erste Erkenntnisse ein. Nicht viel, aber immerhin.

Olmer und Mettenheimer suchten die Eltern Friedrich zu Hause auf. Auch der Vater hatte sich mittlerweile krankschreiben lassen.

Zunächst hatte er gehofft, mit der Situation umgehen zu können, aber dann war er morgens aufgewacht und konnte seine verkrampften Glieder nicht bewegen. Erst eine Spritze vom Hausarzt hatte die Muskeln wieder gelöst, und jetzt hörte er auch auf den Rat des Mediziners, zu Hause zu bleiben. Manfred und Angela Friedrich hatten größte Mühe, all die unangenehmen Fragen zum wiederholten Male zu beantworten und all die unangenehmen Gedanken noch einmal zu wälzen. Auch Janas Freundin weinte, als sie nochmals Auskunft gab, aber schließlich hatte Norbert Olmer sämtliche Beobachtungen notiert, und Anne angelte ihre Wasserflasche vom Rücksitz des Dienstwagens. Sie hatte sich heute beinahe heiser geredet. Außerdem war es längst Zeit, die nächste Hormonpille zu schlucken. An ein Abendessen wollte sie lieber gar nicht denken.

„Ich muss was essen!“, sagte Olmer in diesem Moment. „Ist hier irgendwo eine Würstchenbude?“

„Lass uns lieber beim Italiener anrufen und eine Pizza und einen Salat direkt ins Büro bestellen!“, schlug Anne vor. Norbert nickte, und als das erledigt war, sagte Anne: „Du fährst. Ich muss mal eben zu Hause anrufen, ob alles glatt läuft.“ Sie sprang vom Fahrersitz und lief um den Wagen herum, während Olmer die bequeme Gelegenheit nutzte, einfach von rechts nach links hinters Lenkrad zu rutschen, wobei er bemerkte, dass derlei vor ein paar Jahren noch leichter gegangen war. Er musste sich demnächst wirklich aktiv ans Abnehmen machen! Anne wählte ihre eigene Nummer.

„Mama? Was machst du denn noch bei uns?“

„Ja, was wohl! Emma, nicht! O je, sie hat gerade die Flasche weggeworfen. Wart’ mal kurz!“

Anne lauschte angestrengt in ihr Handy, aber offensichtlich waren Oma und Kind zu weit weg. Dann schnaufte es laut: „So, da bin ich wieder. Meine Güte, jetzt merke ich aber, dass ich nicht mehr die Jüngste bin.“

Anne lachte: „Wie soll das werden, wenn die beiden laufen?“

„Das ist Pauls Angelegenheit!“

„Und wie lief’s sonst so?“

„Problemlos. Du hast freundliche Kinder, die nicht sehr an ihrer Mama hängen. Aber wie sollen sie auch. Das merken sie ja, dass du dauernd andere Dinge im Kopf hast!"

Als die Lieferung vom Italiener angekommen war, saßen alle im Büro von Norbert Olmer und Anne Mettenheimer über ihren Kartons und kauten.

Zwischen zwei Bissen seiner Calzone berichtete Matthes Horrweiler: „Übrigens, das Seil hat der Täter in bar bezahlt."

Anne brummte: „Mist! So kommen wir nicht an ihn ran!"

„Auch sonst sind unsere Ergebnisse haarsträubend dünn", meinte Norbert Olmer. „Rolf hat mir vorhin schon erzählt, dass ViCLAS noch nichts ergeben hat. Auch die erneute Befragung der Familien und der Zeugen ist irgendwie völlig ohne weitere Ergebnisse ausgegangen. Wir hängen fest."

„Wir können bloß auf den nächsten Fall warten, und das ist ja wohl das Schlimmste, was passieren kann, dass es einen dritten Fall gibt!", schimpfte Anne.

Rolf Iben bat darum, das Zeitfenster für beide Taten gemeinsam durchzugehen: Eventuell gebe es ja hier einen Anhaltspunkt für die Beteiligung eines Verwandten oder Zeugen.

„Okay", meinte Anne. „Joelle wurde Samstagmorgen gefunden. Da war sie seit etwa 48 Stunden tot. Für den in Frage kommenden Donnerstag haben ihre Eltern beste Alibis, sie waren arbeiten. Ihre Klasse war im Hunsrück. Die Großeltern waren ebenfalls unterwegs: die Oma bei ihrer Putzstelle, der Opa Holz hacken bei einem Bekannten. Mehr haben wir da nicht."

Matthes ergänzte: „Jana starb etwa 36 Stunden nach ihrem Verschwinden. Da waren die Eltern gemeinsam zu Hause, was der Arzt der Familie bestätigen kann. Das hilft uns doch alles nicht weiter!"

„Immerhin", sagte Sonja Drais, „scheint im Fall Lea Zeyer keine Entführung vorzuliegen. Sonst wäre schon längst eine Forderung gestellt worden."

„Wissen wir, ob die Eltern mit offenen Karten spielen?", fragte Anne dazwischen.

„Okay, kann sein, aber ich denke, die sind ehrlich. Spätestens, seit die Möglichkeit besteht, dass derselbe Kerl ihr Kind hat, der schon zwei umgelegt hat. Also, ich denke, so lange behält doch keiner ein Kind bei sich, ohne eine Forderung zu stellen. Ein Kind zu verstecken gibt doch nur Scherereien. Vielleicht weiß der Täter gar nicht, wen genau er da eingefangen hat. Nur das Äußere zählt für ihn, würde ich sagen."

„Ach je, ein Psycho!", ächzte Matthes Horrweiler.

„Könnte sein, doch!"

„Aber wir können doch nicht alle braunhaarigen Kinder zwischen sechs und vierzehn auffordern, nicht mehr rauszugehen oder sich wenigstens die Haare zu färben!", sagte Anne.

„Das nicht. Aber wir könnten wachsam sein."

„Ist nicht dein Ernst! Wie soll das gehen?"

Sonja seufzte: „Ja, klar, Blödsinn. Wir können eigentlich nur warten." Missmutig schob sie ihren Pizzakarton von sich und begann, die Serviette in kleine Fetzen zu zerpflücken. Nach einiger Zeit blickte sie auf: „Ich habe da heute was gelesen, das fand ich nicht schlecht."

„Was denn?", fragte Norbert Olmer.

„Das war in einem Fachbuch von einem FBI-Profiler. Wartet mal, das ging so: Meiner Erfahrung nach bevorzugen geordnete, zwanghafte Menschen dunklere Autos."

„Aha!", konstatierte Anne knapp.

„Soso", schloss Rolf sich an.

„Und das soll helfen?", wunderte sich Matthes.

„Na ja, wenn du unser passendes Tatfahrzeug mal zugrunde legst, um überhaupt einen Anhaltspunkt zu haben, hätten wir eher einen Aufhänger als ohne diesen Spruch", sagte Sonja leise und auch nicht ganz überzeugt.

Norbert Olmer überlegte: „Wenn der Täter also ein geordneter, zwanghafter Mensch ist, was bedeutet das für uns?"

Nun strahlte Sonja. Sie meinte: „Ganz klar, dann ist er ziemlich berechenbar. Dann wird er eventuelle weitere Taten nach demselben Schema begehen. Kind treffen, Kind ansprechen, Kind überwältigen und mitnehmen. Das ist doch schon mal was!"

„Quark!", brummte Anne. „Selbst wenn das stimmt und wir wissen, dass das stimmt, können wir nicht alle Kinder dieser Region beaufsichtigen und dann zugreifen. Effektiv bringt uns diese Erkenntnis gar nichts."

Sonja zuckte mit ihren kräftigen Schultern. „Ich überlege auch schon die ganze Zeit, warum der Täter diese Orte gewählt hat."

„Und zu welchem Ergebnis bist du da gekommen?", fragte Anne.

„Joelle wurde in oder jedenfalls nahe bei ihrem Heimatort abgelegt, obwohl sie dort nicht entführt wurde. Der Täter wusste also, woher sie kam. Er muss sie gekannt oder vorher beobachtet haben."

„Die Inszenierung des Fundortes muss auch irgendwas zu bedeuten haben. Sonst muss man sich ja nicht dermaßen Mühe machen!", schob Anne ein.

Rolf nickte: „Ich suche nachher nochmal, ob ich in der Richtung was finde."

„Genau!", rief Norbert Olmer. „Nicht nach Entführungen und Morden müssen wir suchen, sondern vielleicht nach irgendeinem Ereignis, das mit dem Steinbruch zu tun hat. Vielleicht werden wir ja fündig."

„Besser als nichts", brummelte Matthes vor sich hin. „Bei sonem Psycho is' ja alles drin!"

„Dann such auch gleich mal, ob es rund um das Schulmuseum was gibt, was erklären könnte, wieso er Jana dort abgelegt hat", bat Anne.

Sonja Drais sah von ihren Notizen auf: „Eben, denn Jana ist auch wieder in den Heimatort gebracht worden."

„Falls sie jemals weg war", sagte Dieter.

„Das glaube ich schon", meinte Sonja, „denn irgendeinen Unterschlupf muss der Täter ja haben, wo er die Kinder in Ruhe und über Tage verstecken kann. Ich gehe davon aus, dass er nicht aus Gundersheim, Westhofen oder Pfeddersheim stammt. Das könnte zu gefährlich für ihn sein, im eigenen Wohnort zu handeln.

Aber er kennt sich bestens in der Region aus, also dürfte er schon im Wonnegau oder zumindest in Rheinhessen leben. Der bringt die Mädchen dann einfach nach Hause."

Matthes schüttelte sich: „Da können die Eltern ja froh sein, dass er sie nicht direkt nach Hause bringt, auf der Fußmatte ablegt oder so."

„Eben! Und deshalb müssen wir rauskriegen, warum er gerade diese Orte gewählt hat."

„Da steht mir ja eine Menge Arbeit bevor", seufzte Rolf.

„Ich helf' dir ja", sagte Dieter. „So lange ich nicht im PC suchen muss, ist mir alles recht."

„Okay, dann gucke ich im Computer und du kriegst alles, was in Papierform zu haben ist. Alte Zeitungen, viel Vergnügen!"

In diesem ernüchternden Moment klingelte das Telefon an Olmers Platz. Er nahm den Hörer ab, meldete sich und sagte längere Zeit nichts. Dann antwortete er nur: „Wir sind gleich da!" und legte auf. „Wir müssen nach Gundersheim. Im Steinbruch tut sich irgendwas Dubioses, hat die Streife berichtet. Ein nächtlicher Jogger mit Hund hat Lichter und Stimmen bemerkt und die Streife verständigt. Die steht da jetzt am Rand des Geländes und will lieber uns den Job überlassen. Anne, Rolf und Dieter kommen bitte mit, Matthes sehe ich dann morgen wieder und Ihnen, Frau Drais, danke ich einstweilen für die gute Zusammenarbeit und werde mich melden, sobald wir wieder Ihre Hilfe benötigen. Auf geht's, die warten dort schon!"

Nachdenklich saß Matthes Horrweiler in seinem Auto. Erstaunlich, wie leicht man einfach so ein Kind entführen konnte! Und wie schwer sich die Polizei damit tat, es wiederzufinden. Und wie klar es für die Presse war, dass das K1 lediglich inkompetent oder faul oder beides war. Dabei ging ihm doch seit Ewigkeiten nichts anderes mehr durch den Kopf, als wie man diese fürchterliche Serie unterbrechen könnte. Matthes konnte plötzlich Joelles Vater verstehen, der angedroht hatte, den Täter selbst in die Mangel nehmen zu wollen. Er stellte sich vor, wenn sein eigenes Kind, noch nicht mal drei Jahre alt, verschwinden würde. Da gäbe es kein Pardon, da wäre er zu allem fähig.

Doch jetzt musste er erst einmal im Supermarkt an der B9 anhalten und einkaufen, das hatte er seiner Leonie zur Entlastung versprochen. Matthes schob den Einkaufswagen durch die Gänge, ohne wirklich wahrzunehmen, woran er vorbeilief. Er kannte die Stellen, an denen „seine" Waren lagen, das reichte. Stattdessen hing er weiter mit seinen Gedanken bei den toten Mädchen. Irgendwie musste man doch an den Täter herankommen, so einer machte schließlich auch mal Fehler!

An der Kasse hatte Matthes keinen Blick für die freundlich lächelnde Kassiererin, die ihn fragte, ob er mit seinem Einkauf zufrieden sei. Wortlos schob er seinen Wagen hinaus auf den Parkplatz. Dort sah er, wie ein Mann auf zwei kleine Mädchen einredete: „Jetzt steigt schon ein, oder ihr kriegt Ärger mit mir!"

„Wir wollen aber nicht!", rief das eine Mädchen und wollte gerade weglaufen, als der Mann es packte und laut schimpfend auf die Rückbank warf. Das andere Kind schubste er hinterher, sprang selbst in den Wagen und fuhr los.

Sämtliche Alarmglocken klingelten bei Matthes Horrweiler: Der Mann hatte die Kinder gezwungen, sie wollten gar nicht mit ihm fahren! Er ließ seinen Einkaufswagen stehen, knallte den Kofferraumdeckel zu und nahm die Verfolgung auf. Zu blöd, dass er im Privatwagen unterwegs war und kein Blaulicht dabei hatte. Sonst wäre der Entführer zwei Autos vor ihm schneller zu fassen gewesen. So aber raste er hinter dem Wagen her, bis endlich niemand mehr zwischen ihnen war. Dann gab er Lichthupe und winkte wild aus dem Fenster, doch der Mann im vorderen Auto reagierte nicht darauf. Matthes setzte zum Überholen an und bremste herunter, bis beide Wagen standen.

„Polizei, Hände aufs Dach!", schrie Matthes Horrweiler, als er die Fahrertür aufriss. Der erschrockene Fahrer tat, wie befohlen. Vom Rücksitz starrten zwei verängstigte kleine Mädchen, eins blond, eins dunkelhaarig, nach vorn. Horrweiler tastete den Mann nach Waffen ab und verlangte die Papiere. Der Mann suchte kurz im Seitenfach der Fahrertür und reichte seine Papiere weiter.

„Wo kommen Sie her?“

„Vom Supermarkt.“

„Und wo wollen Sie hin?“

„Na ja, nach Hause, nach Herrnsheim.“

Matthes Horrweiler machte per Handy eine Halterabfrage, und da weder gegen den Fahrer noch gegen seine Frau, auf die der Wagen ordnungsgemäß zugelassen war, etwas vorlag, gab er die Papiere bald zurück.

„Können wir dann fahren?“, fragte der Mann. „Die Kinder müssen morgen ganz früh in die Kita.“

Müde winkte Matthes Horrweiler ab, ließ den Mann wieder zu den Kindern ins Auto steigen und weiterfahren. Aber es hätte doch sein können, sagte er sich, als er wieder Richtung Ibersheim und nach Hause fuhr.

Mit Blaulicht auf dem Dach raste das K1 nach Gundersheim und holperte die Feldwege hoch bis zum Steinbruch. Dort trafen die Kommissare auf zwei Streifenpolizisten, die wie der Jogger zahlreiche Lichter gesehen und Stimmen gehört hatten. „Alles ist sehr leise“, meinte der eine, „aber es müssen sehr viele Leute sein.“

„Viele Leute?“, fragte Olmer misstrauisch. „Also, ich weiß ja nicht! Das passt wohl kaum zu unseren Fällen. Unser Täter wird sich auf keinen Fall Zuschauer einladen!“ Er klang beinahe sauer, dass das K1 gerufen worden war. Aber noch war ja gar nicht klar, was genau sich dort im Kessel des Steinbruchs tat. Anne begann vorsichtig, den Weg zwischen den Kalksteinklippen hinabzusteigen. Im Dunkeln rutschte sie mehrmals aus, fing sich aber ebenso schnell auch wieder, Dieter bemerkte sie dicht hinter sich. Unten angekommen war Anne froh, dass sich der eigentliche Kessel gute fünfzig Meter entfernt befand. Sie stand noch verborgen zwischen größeren Steinbrocken, die irgendwann einmal herabgefallen sein mussten. Erst weiter entfernt bot sich eine freie Rundung mit etwa hundert Metern Durchmesser. Hier flackerten heute überall Lichter, und auch auf den Vorsprüngen der unteren Felsen in der Steilwand standen Kerzen, Teelichter und Grableuchten. Anne zählte rund zwei Dutzend Schatten, die in einem großen Kreis um ein Feuer standen, keinen Ton mehr von sich gaben und sich auch kaum noch bewegten. Hatte die Presse doch Recht mit der Vermutung, der Täter komme aus der Schwarzen Szene? Aber nein, sagte sie sich, bislang hat er allein gearbeitet und sorgfältig darauf geachtet, dass ihn niemand sieht und dass er keine Spuren hinterlässt. Das hier sah eher nach Nachahmern aus, die die Regenbogenpresse gelesen hatten. Plötzlich merkte Anne, dass sich ein Schatten aus dem Kreis gelöst hatte und in ihre Richtung bewegte. Mit pochendem Herzen griff sie nach ihrer Dienstwaffe. Auch hinter ihr wanderten Hände an die Waffen. „Stopp!", kam es dann aber von hinten.

„He, wer's'n da?", fragte der Schatten, offensichtlich erschrocken. Dieter Wiesen kletterte an Anne vorbei und trat dem Jungen entgegen. „Dieter Wiesen, wir kennen uns", sagte er leise.

„Kenn' keinen Wiesen. Weg jetzt, ich muss pissen!" Und im selben Moment traf ein Strahl nur wenige Zentimeter neben Wiesen und die starr im Dunklen wartende Anne Mettenheimer auf dem Boden auf. Als der Junge den Reißverschluss hochzog, fragte Wiesen: „Timo, was tust du hier?"

„Na, Mahnwache für die Joelle!"

„Ach du je!", entfuhr es Anne. Sie musste urplötzlich lachen.

„Wer's'n die?", fragte Timo.

Wiesen erklärte: „Ich bin der Polizist, der euch alle vor ein paar Tagen im Hunsrück zu Joelles Tod befragt hat. Dies ist meine Kollegin Mettenheimer."

„Und warum?", fragte Timo.

„Na, weil ihr hier zu nachtschlafender Zeit Sessions veranstaltet, du Held!", sagte Anne.

„Na und?"

„Mann, das ist ein Tatort, ein Leichen-Fundort, da werden wir einfach misstrauisch, wenn sich da nachts irgendwelche Gestalten rumtreiben, kapiert?"

„Yo!“, antwortete Timo kurz, drehte sich um und ging wieder zur Gruppe.

„Lasst uns abziehen, mir ist kalt!“, meinte Dieter.

Auch Anne seufzte: „Fehlalarm. Jetzt will ich nach Hause!“

Die beiden kletterten wieder bergauf und berichteten ihrem Chef von der Begegnung im Dunklen. Der schüttelte den Kopf und entließ sein Team nach Hause.

Anne kam erst gegen halb elf nach Hause. Im Flur fand sie einen Zettel auf dem Boden: „Bin in der Traube. Julia und Gisbert sind auch da. Kommst du nach? Paul.“ Das war eigentlich gar keine so schlechte Idee, noch einen trinken zu gehen. Anne sah kurz nach den Kindern und fand außerdem im Wohnzimmersessel eine eingenickte Babysitterin aus der Nachbarschaft. Sie schluckte eine ihrer Hormontabletten und lief die paar Meter die Hauptstraße entlang zur „Traube“. Auf dem Weg fiel ihr ein, dass sie heute nicht übermäßig mit den Schwindelgefühlen von gestern zu tun gehabt hatte. Auch der Milchfluss hielt sich in Grenzen. Es schien sich alles einzupendeln. Wenn das nur auch bei der Lösung des Falles so wäre, dachte sie ratlos. Zum Glück hatte sie jetzt die „Traube“ erreicht und öffnete die Tür. Trotz des Rauchverbots, das nicht nur zahlreiche Stammgäste, sondern auch Erich, den Wirt, arg getroffen hatte, schlug Anne eine Luft entgegen, die ihren Namen nicht verdient hatte. Zumindest schien der Sauerstoffgehalt gegen Null zu gehen.

Wenn genau dieser frei war, trafen sich Anne und Julia meist an einem runden Tisch ganz hinten in der Ecke der mit Antiquitäten aus der Region eingerichteten Kneipe. Dass kein Stuhl dem anderen glich, störte niemanden. Im Gegenteil, Anne wusste genau, welchen sie besser nicht besetzte, weil er seit Jahrzehnten wackelte. Heute hatten sie Glück gehabt: Pauls dunkler Kopf war schon von der Theke aus gut am Tisch in der Ecke zu erkennen. Anne orderte bei Erich Kurz einen trockenen Riesling und quetschte sich dann zwischen lachenden und debattierenden Menschen hindurch bis an „ihren“ Tisch. Sie ließ sich auf den freien Stuhl fallen und schälte sich aus ihrer Jacke, die sie hinter sich über die Lehne hängte. „So, da bin ich endlich. Schön, euch mal wieder zu sehen!"

„Gleichfalls", lächelte Julia Weißbach. Sie saß an ihren Mann gelehnt da und kaute an einer Weißbrotscheibe. Ihren Mann hatte sie im Frühling tatsächlich geheiratet, nachdem sie ihn erst wenige Monate zuvor kennengelernt hatte. Damals hatte Anne bei dem Versuch, einen Verdächtigen festzunehmen, eine Autotür gegen den Kopf bekommen und war trotz des Verdachts auf eine Gehirnerschütterung aus der Klinik geflohen. Julia hatte seinerzeit das Heft in die Hand genommen, Anne ins Bett gesteckt und bei der diensthabenden Notfall-Apotheke eine Großpackung Aspirin erstanden. Der Apotheker hatte ihr überaus gut gefallen, so dass er mittlerweile ihr Mann war. Gisbert war beinahe so groß wie Paul, allerdings von etwas kräftigerer Statur. Anne hatte ihn noch nie wütend oder auch nur unfreundlich erlebt. Sein rundes Gesicht war von einem blonden Vollbart eingerahmt, und wie an allen Tagen außer seinem Hochzeitstag trug er einen ausgeleierten Öko-Wollpullover unbestimmter Naturfarbe. Einen dieser Art mit Elchen im Muster, die es immer noch irgendwo zu kaufen geben musste.

Anne spürte Julias Blick. „Müde siehst du aus!", meinte ihre Freundin.

„Kunststück!"

„Wird es dir nicht zu viel?"

„Wahrscheinlich schon. Ich muss mich halt erst mal wieder an die ungeregelten Arbeitszeiten gewöhnen", sagte Anne.

„Und wie das Arbeiten als Ernährerin einer ganzen Familie so ist, hast du auch noch nicht ausprobiert", ergänze Julia.

Anne nickte.

„Und?", fragte Paul.

„Nichts Neues! Wir hatten nur eben noch einen Einsatz in Gundersheim."

„Noch ein Mädchen?", fragte Gisbert stirnrunzelnd.

Anne schüttelte den Kopf: „Zum Glück nicht. Eine Mahnwache im Steinbruch. Sah eigentlich ganz idyllisch aus mit den ganzen Kerzen. Ach, da kommt ja mein Wein. Danke, Erich!"

Erich Kurz stellte den Wein vor Anne ab, und bevor sie trank, hielt sie das Glas gegen das Licht und starrte in den hell golden funkelnden Riesling. Eigentlich war es doch blödsinnig gewesen, herzukommen. Sie spürte plötzlich die bleierne Schwere ihrer Glieder und eine unglaubliche Müdigkeit. Dabei hatte sie sich so auf das spontane Treffen gefreut. Sie unterdrückte ein Gähnen und nahm den ersten Schluck aus dem Glas.

„Hör mal, ich wollte dir eigentlich noch was über euren zweiten Tatort erzählen", sagte Julia.

„Wie ... zweiten Tatort?" Anne kam langsam wieder zu sich.

„Na, das Schulmuseum in Pfeddersheim."

„Ach so. Tatort, na ja. Fundort trifft es besser."

„Sei nicht so spitzfindig! Willst du nun oder nicht?", fragte Julia ungehalten.

„Doch, natürlich."

„Dr. Hermann Bertlein war Professor für Literatur und Pädagogik. Er hat auf Dutzenden Dachböden rumgesucht und jede Menge Material zusammengetragen und geordnet, um das Schulmuseum, das nun nach ihm benannt ist, in der alten Bergschule einzurichten."

„Das habe ich gesehen", lachte Anne. „Da waren sogar noch die Original-Rohrstöcke zu sehen und die alten Schönschreibhefte mehrerer Kinder."

„Ja, vom Lehrerpult bis zum Griffel hat er wohl alles zusammengetragen, was erhaltenswert erschien. Das Schulhaus ist übrigens weit über hundert Jahre alt."

Anne war sich am Ende von Julias Ausführungen nicht sicher, dass sie alles mitbekommen hatte. Nur mit Mühe konnte sie die Augen noch offen halten. Zum Glück ergriff Paul die Initiative: „Leute, wir gehen! Unserem Babysitter tun bestimmt schon alle Knochen weh. Anne sagt, das arme Mädchen ist im Sessel im Wohnzimmer eingeschlafen. Ich hoffe nur, die hört die Kinder auch, wenn sie aufwachen. Wenn nämlich das Babyphon so miserabel funktioniert wie bisher, dann könnten die beiden ewig oben in ihrem Zimmer brüllen und keiner geht hin."

„Das liegt an unseren Fachwerkwänden", murmelte Anne schlaftrunken.

„Wieso das?", wunderte sich Julia.

„Weil die Gefache innen, damit der Putz besser hält, von irgendeinem findigen Handwerker lange vor unserer Zeit mit Hasendraht verstärkt wurden. Das wirkt wie ein Schutzschild und lässt die Babyphon-Strahlen genauso wenig durch wie die fürs WLAN oder das Handy."

„Ist ja im Prinzip richtig gesund, wenn an euch keine Strahlung rankommt. Denkt mal an den Elektrosmog, dem wir alle tagtäglich ausgesetzt sind!", meinte Gisbert.

Gähnend nickte Anne und stand auf. „Komm, wir bezahlen vorne!"

Auch Paul erhob sich und zog einen Geldschein aus der Tasche. „Dann macht's mal gut, ihr zwei!", verabschiedete er sich und griff noch nach der Jacke, die Anne auf der Stuhllehne vergessen hatte.

Norbert Olmer war wieder einmal heilfroh, ganz früh und ganz allein im Büro zu sitzen. Soeben war er vom Leitenden über Matthes Horrweilers Eskapade unterrichtet worden und wusste noch nicht recht, wie es nun weitergehen sollte. Martin Sommer hatte darauf bestanden, Horrweiler persönlich zu sprechen, denn das Ausmaß der Aktion sei dermaßen groß, dass er sich der Sache gern selbst annehmen wolle. Er habe gerade noch verhindern können, dass der aufgebrachte Autofahrer zusätzlich zu seiner Beschwerde bei der Polizeidirektion auch die Presse informiere. Was war nur in Matthes gefahren, der doch sonst so ruhig und solide ermittelte? Aber wahrscheinlich ließen auch ihn diese Fälle nicht kalt. Wenn es um Kinder ging, war natürlich nicht nur die Öffentlichkeit extrem hellhörig, sondern auch jeder Ermittler besonders betroffen. Jedenfalls spürte Norbert Olmer nun, wie sein Herz sich wieder einmal zusammenzog und nicht mehr loszulassen schien. Es krampfte und blieb als schmerzender Ball in der Brust hängen. Sein linker Arm hing von Schmerzen gelähmt am Körper. Er konnte nur noch ganz flach atmen, sonst stach ein Messer zwischen die Rippen und mitten ins Herz. „Nicht jetzt!", flehte Olmer stumm an eine unbekannte Instanz. „Ich werde mich auch wirklich beim Kardiologen vorstellen. Nur nicht jetzt!"

Mit einem Papiertaschentuch tupfte er sich vorsichtig den Schweiß von der Stirn. Schnell war es komplett feucht, aber Olmer traute sich nicht, sich nach vorn zu beugen und in der Schreibtischschublade nach Ersatz zu suchen. Er wusste nicht, wie lange er so verharrt hatte, doch ganz plötzlich befand er sich wieder in der Spur: Sein Herz klopfte gleichmäßig munter seinen Rhythmus, und eine ungeheure Entspannung durchflutete seinen Oberkörper. Wären seine Achseln und sein Haaransatz nicht tropfnass geschwitzt gewesen, Olmer hätte kaum noch einen Grund gehabt, an die Notwendigkeit eines Arzttermins zu glauben. Doch dazu hatte er ohnehin keine Zeit mehr, weil die Bürotür aufflog und Anne Mettenheimer und Matthes Horrweiler laut streitend hereinkamen. „Übers Ziel hinaus schießen", „Glaubwürdigkeit untergraben", „Professionalität", „gefundenes Fressen für die Presse" donnerte es von der einen Seite. Von der anderen krachte es dafür mit „Engagement", „Zufallstreffer" und „Einsatz auch nach Feierabend" zurück.

Aha, die Kollegin Mettenheimer hatte Matthes also schon wegen seiner Aktion am Wickel. Und da Horrweiler sich sicher auch schon beim Leitenden klare Worte hatte anhören müssen, beschloss Norbert Olmer, nicht zuletzt zur Schonung seines Herzens, mit dem alltäglichen Geschäft weiterzumachen.

Teil 3

Die Sonne schien, der Oktober leuchtete in allen Farben. Vollernter und Traktoren mit hochbeladenen Rollen waren zwischen den noch grünen, gelblich welken oder sogar blutrot eingefärbten Rebzeilen zu sehen. Einzelne Spaziergänger mit Hunden nutzten das gute Wetter an diesem Vormittag und genossen die laue Luft. Der Blick über die Rheinebene war weit und katalogreif, doch der Mann bemerkte ihn gar nicht. Er saß im Auto, das nicht seines war, und starrte wie gebannt auf den Schulhof. Da! Unglaublich! Ihm wurde warm und beinahe schwindlig, als er das Mädchen sah, das er kannte und das er bald bei sich haben würde.

Ja, du bist es. Wieder treffe ich dich. Deine Augen sagen es mir. Bald bist auch du in Sicherheit, mein Mäuschen. Keine Angst, keine Angst. Ich bin bei dir, bald. Dann kann dir nichts mehr passieren. Ich passe gut auf dich auf.

Vor der Seebachschule in Osthofen herrschte das allmorgendliche Durcheinander. Es waren wie immer weniger die Kinder, die den Stau vor allen Toren verursachten, sondern die Eltern im Auto, die ihren Nachwuchs am besten direkt bis in den Klassensaal chauffieren wollten. Hier wurde rangiert, dort bereits gehupt, der Schulbus blieb trotz der Einbahnstraßenregelung zwischen beidseitig geparkten Vans stecken, und dazwischen hopsten mehr oder weniger muntere Grundschulkinder zwischen den Autos über die Straße und liefen auf den Schulhof.

Plötzlich schrie jemand laut: „Polizei! Ruft die Polizei!"

Erstaunlich schnell formierten sich die lockeren Grüppchen von sich unterhaltenden Eltern, Schülern und Lehrerinnen, die eben noch die Kofferräume ihrer Wagen ausräumten, zu einer dichten Traube an einem der beiden Schulhöfe. Hier stand eine Mutter, ihre glimmende Zigarette noch in der Linken, und zeigte aufgeregt mit der Rechten auf die Straße, wo mit quietschenden Reifen ein dunkler Kombi startete und in Richtung Stadtmitte losraste. „Macht die Straße dicht!", rief sie aufgeregt. „Macht doch die Straße dicht! Und ruft mal jemand die Polizei? Er hat das Kind doch schon!"

Energisch bahnte sich Helene Gärtner den Weg durch die hysterisch schnatternde Menschenmenge. Die Rektorin der Seebachschule war einiges gewohnt, aber dass so gar kein Schüler ins Schulhaus kam und stattdessen draußen laute Debatten geführt wurden, war noch nicht vorgekommen. „Was ist denn passiert?", fragte sie laut in die Menge.

Wie ein Gewittersturm peitschten die Antworten auf sie ein, und aus dem vielstimmigen Getöse konnte sie nur einzelne Fetzen filtern: „dunkles Auto", „Serienmörder", „Polizei gerufen" und „Kind entführt" verstand sie ganz sicher. „Wer hat das beobachtet?", fragte Helene Gärtner mit klarer Stimme.

„Hier, ich, ich hab' alles gesehen!", antwortete die Mutter, die den Menschenauflauf ausgelöst hatte. Ihre Zigarettenkippe hatte sie mittlerweile auf den Gehweg fallen gelassen und drängelte sich durch die Menge, bis sie vor der Rektorin stand. „Die Polizei ist verständigt?", fragte Gärtner weiter. Ein Vater mit zwei verschreckten Kindern an der Hand nickte: „Sie sind schon unterwegs, sagt die Zentrale in Worms."

„Gut", sagte die Rektorin und bat die Mutter mitzukommen, um als Zeugin zur Verfügung zu stehen, wenn die Polizei käme. „Hat sonst noch jemand etwas gesehen?"

Diese Frage hätte Helene Gärtner besser nicht gestellt, denn nun brach wieder der Gewittersturm aus. Jeder musste über das berichten, was er gesehen oder gehört oder vermutet hatte. Glücklicherweise übertönte in diesem Moment das Martinshorn des Einsatzwagens den Lärm. Helene Gärtner zwängte sich durch die Menge und machte ihren Lehrerinnen Zeichen, sich im Büro zu treffen. Dort wies sie die Kolleginnen an, ihre Klassen zu sammeln und mit in die Säle zu nehmen. „Es hat keinen Zweck, wenn jetzt alle noch länger draußen herumstehen", sagte sie. „Nehmt die Kinder mit, sprecht mit ihnen über die Situation, aber ohne weitere Ängste zu schüren. Falls die Polizei Fragen an die Kinder hat, wird sie sicher in die Klassen gehen, und einstweilen gilt es erst mal, die Kinder zu beruhigen und von den völlig hysterischen Eltern zu trennen. Und guckt bitte, ob bei euch ein Kind fehlt! Weiß eigentlich jemand von euch genau, was passiert ist?"

Aber keine der Lehrerinnen hatte etwas mitbekommen. Einige hatten noch das Material für den Tag aus den Autos geräumt, andere hatten in ihren Sälen etwas vorbereitet, wieder andere hatten im Lehrerzimmer den Aushang einer Kollegin bewundert, die zu ihrem Sechzigsten einlud. Selbst die Hofaufsicht war erst durch das Geschrei der alarmgebenden Mutter aufmerksam geworden, denn bis dahin musste sie zwei sich in aller Frühe raufende Fußballer trennen, von denen einer ein Tor geschossen zu haben glaubte, das der andere nicht gesehen haben wollte.

Die Lehrerinnen schwärmten aus und versuchten, ihre Schäflein zusammenzutreiben, was leidlich gelang. Währenddessen stiegen auf der Straße zwei Polizisten aus dem Wagen und wurden sofort von aufgeregten Eltern festgehalten. Es kostete die beiden einige Mühe, bis sie sich losgemacht hatten und den Weg zur Schulleitung einschlagen konnten. Die Schar der Eltern blieb im flackernden Blaulicht auf der Straße zurück und diskutierte weiter.

„Guten Morgen. Eine Kindesentführung, wie ich höre?", fragte der erste Beamte. Helene Gärtner schüttelte beiden Polizisten die Hand. „Ich habe keine Ahnung, ehrlich gesagt. Die Leute haben so schnell so viel durcheinander behauptet, da weiß ich nicht, was wirklich passiert ist. Ich habe aber eben die Klassenlehrerinnen losgeschickt, ihre Kinder einzusammeln. Ich denke, dann wird am ehesten klar, ob eins fehlt, und dann können wir auch den Grund des Fehlens klären. Alles andere wäre Panikmache. Allerdings habe ich eine Mutter drüben sitzen, die hat den Vorfall beobachtet und Alarm geschlagen. Mit ihr möchten Sie sicher schon mal sprechen, oder? Bis dahin wissen wir dann sicher auch, ob ein Kind fehlt."

Dankbar nickten die Beamten und ließen sich den Weg zur wartenden Mutter zeigen. Helene Gärtner ließ sich auf ihren Stuhl fallen und seufzte. Eine Kindesentführung fehlte ihr gerade noch! Schon vor einigen Jahren hatte die Ministerin höchstpersönlich angewiesen, dass sämtliche Schulhäuser während des Unterrichts am besten komplett abgeschlossen sein mussten, aber das hatte sich einfach als nicht realisierbar erwiesen: Wer zu spät kam, stand vor der Tür. Denn bei immer weiter gekürzten Sekretärinnen- und Hausmeisterstunden an allen Schulen war längst nicht gewährleistet, dass immer jemand die Tür öffnen konnte. In diesem Moment flog die Bürotür auf und knallte mit Schwung ans dahinter stehende Regal. „Au weia!“, war das erste, was Helene Gärtner von der hereinstürmenden Gestalt hörte. „’Tschuldigung!“, war das zweite. Eine Frau in knittrigen Jeans und Regenjacke, offensichtlich noch ungekämmt, streckte der Rektorin die Hand entgegen und sagte: „Kriminaloberkommissarin Mettenheimer. Ich bin vom K1 in Worms und soll die Kollegen unterstützen.“

„Und da kommen Sie extra mit dem Rad?“, fragte Helene Gärtner irritiert mit Blick auf die Luftpumpe in der linken Hand der Kommissarin.

„Nee“, lachte diese, „ich wohne hier in Osthofen, und da war ich schneller mit dem Rad vor Ort als meine Kollegen mit dem Auto.“

„Ach so. Na dann! Kommen Sie mit, ich zeige Ihnen, wo Sie die Kollegen finden.“

Die Rektorin stand auf, wunderte sich noch einmal über den Auftritt der Kripo und brachte Anne Mettenheimer in einen Raum, dessen Wände rundum mit Regalen voller Schulbücher zugestellt waren. Am Tisch in der Mitte des Raumes saßen die Mutter und die Kollegen von der Streife, die Anne als die Polizeioberkommissare Büttner und Kiesel erkannte, die ihr in Osthofen schon öfter dienstlich wie privat begegnet waren. Grinsend grüßte POK Kiesel: „Na, schon so früh unterwegs heute?“

„Nicht ganz freiwillig!“, antwortete Anne Mettenheimer. „Gestern war’s spät, und meine Nachtruhe kriege ich auch noch nicht regelmäßig wieder. Aber das wisst ihr zwei ja längst. Die Fahndung nach dem Wagen läuft?“

Kiesel nickte: „Dunkler Kombi mit Mainzer Nummer, wahrscheinlich die 232 als Zahl auf dem Kennzeichen. Viel mehr haben wir nicht.“

„Okay. Berichtet ihr mir kurz, wie der Sachstand ist?“ Kiesel und Büttner nickten.

Büttner begann: „Dies hier ist Frau Paulus, sie hat die Entführung bemerkt. Sie hat ...“

„Ach, lassen Sie mich das erzählen!“, unterbrach die energische Schülermutter den Polizisten. „Kann man hier eigentlich rauchen?“ Anne schüttelte den Kopf. „Mannomann, dabei bräuchte ich jetzt mal schnell eine. Ich bin gleich wieder da!“

Die Frau stand auf, aber Anne und POK Kiesel hatten den gleichen Gedanken. Jens Kiesel stellte sich automatisch mit dem Rücken zur Tür, während Anne protestierte: „Das ist ja wohl nicht Ihr Ernst! Jetzt eine paffen gehen? Gute Frau, Sie haben beobachtet, wie ein Kind entführt worden ist, da geht es um Minuten und nicht um Ihren verdammten Nikotinspiegel. Setzen Sie sich also wieder an den Tisch!“

Offensichtlich hatte die Frau jetzt einen Schrecken bekommen, denn sie setzte sich ohne ein Wort wieder hin und schob lediglich die Packung nervös von einer Seite des Tisches auf die andere. Dann berichtete sie ohne Umschweife von ihren Beobachtungen: „Ich hatte meinen Justin eben aus dem Auto und bin noch stehen geblieben, weil ich mit der Mama vom Calvin morgens immer noch ein bisschen erzähle, bis die Schule anfängt. Da habe ich dieses dunkelblaue oder schwarze Auto bemerkt, das direkt vor dem Tor gehalten hat. Unverschämt, habe ich mir gedacht. Wir anderen müssen ja schließlich auch die paar Meter bis zum Eingang laufen, wieso nimmt der sich das Recht und hält genau da! Ich habe den Mann aber nicht gekannt, dabei kenn’ ich die meisten, die hier ihre Kinder abliefern. Und auch das Auto hab’ ich noch nie gesehen. Jedenfalls ist der Mann gar nicht ausgestiegen, sondern hat eins von den Kindern, die da liefen, direkt in sein Auto gelockt und ist ab. Einfach so. Das Kind hat sich nicht mal mehr gewehrt. So ein Verbrecher!“

„Und dass das nur Eltern waren, die ihr Kind abholten, das kann wohl nicht sein, oder?“

„Ha, wer schickt denn sein Kind erst zur Schule und holt es

dann noch vor acht Uhr wieder ab?", konterte die Mutter passend.

„Frau Paulus, das Kind kannten Sie dann aber, oder?"

„Ich hab' die Kinder da außen rum gefragt, aber die wussten auch nur, dass das Mädchen Kim heißt und erst seit dieser Woche neu in der dritten Klasse ist. Kennt man ja, wenn die Mutter sich eine neue Wohnung sucht und die Kinder mit umziehen müssen."

Anne bemerkte, dass POK Büttner schräg hinter Frau Paulus mit den Augen rollte. Kiesel dagegen ließ sich absolut nichts anmerken. Er notierte ernsthaft die Angaben der Zeugin.

Nach einigen weiteren Sätzen war klar, dass Frau Paulus sehr viel über fast alle Menschen wusste, nur eben nicht über diesen Mann und dieses Kind. Anne schickte sie nach Hause und bat sie, nicht allzu viel herumzuerzählen, schließlich hatte es keinen Zweck, sämtliche Schülereltern aufzuscheuchen. Wenngleich sie nicht glaubte, dass ihrer Bitte tatsächlich entsprochen würde. Dazu war Frau Paulus als Zeugin zweifelsohne zu wichtig für das aktuelle Ortsgeschehen.

Die Kommissarin erkundigte sich anschließend bei der Rektorin nach Kim. Diese griff nach einem Ordner mit der Aufschrift „3c", schlug ihn auf und blätterte kurz. Dann sagte sie: „Kim. Da steht's: Erziehungsberechtigt ist die Mutter, Annette Lutz, Neißestraße."

Nun klingelte Anne Mettenheimers Handy. „Ja, Norbert?", fragte sie.

Norbert Olmer schien aufgeregt, denn selbst Helene Gärtner konnte noch hören, was er in den Äther brüllte: „Anne, in anderthalb Minuten bin ich an der Seebachschule und hole dich ab. Die Kollegen haben ihn, wir fahren hin!"

„Ist gut", konnte Anne nur noch sagen, dann war die Verbindung unterbrochen.

Zur Rektorin sagte sie: „Hier ist meine Handynummer, falls sich hier vor Ort etwas tut. Ansonsten werde ich mich melden, wenn ich wieder zurück bin. Und schon mal danke für die Auskünfte!" Dann stürmte sie aus dem Büro, denn im selben Moment bremste draußen der weiße Dienst-Passat von Norbert Olmer mit einem Blaulicht auf dem Dach. Helene Gärtner hatte eigentlich noch sagen wollen, was ihr zu Kim in den ersten zwei Schultagen schon aufgefallen war, aber dazu kam sie nicht mehr. Der Wagen der Kripo schoss vom Bordstein, als gebe es hier keine Geschwindigkeitsbegrenzung. Nun galt es erst einmal, die Wogen in der Schule wieder zu glätten. Aber wie machte man das? Gärtner seufzte erneut. Auf manche Situationen war man auch nach mehreren Jahrzehnten im Dienst einfach nicht vorbereitet.

„Was hast du über das Mädchen?“, fragte Olmer, während er viel zu schnell die Bundesstraße 9 in Richtung Mainz entlangraste und andere Fahrzeuge hemmungslos überholte.

„Sie heißt Kim, wohnt mit ihrer Mutter in der Neißestraße. Der müsste jemand Bescheid geben. Rolf vielleicht?“

„Okay, mach das. Aber er soll behutsam vorgehen, sag ihm das.“

Anne nickte kurz und wählte Rolf Ibens Nummer, um den Auftrag weiterzuleiten. Danach fragte sie: „Und wie haben die Kollegen den Typen nun so schnell gefunden?“

„Na, übers Kennzeichen. Kombi, dunkel, Mainzer Nummer mit 232, da ist die Auswahl nicht übermäßig groß. Eine Streife hat ihn zwischen Alsheim und Guntersblum gesehen und zusätzlich eine Halterabfrage gemacht. Der Mann heißt Steffen Wildner und wohnt in Oppenheim.“

„Und wo ist er jetzt?“

„Ganz offensichtlich auf dem Weg nach Hause. Die Streife ist mit etwas Abstand an ihm dran.“

„Gut, dann kommt ja endlich Bewegung in unseren Fall“, sagte Anne erleichtert.

„Na, ich weiß noch nicht so recht“, sagte Norbert Olmer. „Irgendwie liegt die Sache hier doch anders. Bei den ersten beiden Kindern hat er bewusst gewartet, bis sie allein waren. Hier nun holt er das Kind inmitten von Dutzenden von Zeugen. Ist doch merkwürdig, findest du nicht?“

„Klar. Aber möglicherweise gerät er gerade in Panik, unter Druck, irgendsowas."

„Möglich. Außerdem passt das Auto zu unserem Täter."

„Und das, obwohl wir den ersten dunklen Kombi einkassiert haben."

„Aber siehst du, genau das meine ich: Wenn der schon mal ein Auto gestohlen hat, um die Tat zu vertuschen, dann nimmt er doch nicht beim dritten Mal sein eigenes Auto!"

„Stimmt!", nickte Anne. „Eher umgekehrt, sollte man denken: anfangs ganz spontan noch das eigene, später zur Sicherheit ein geklautes. Immerhin würde Sonjas These vom Täter mit dem dunklen Auto komplett stimmen."

Olmer zog die Augenbrauen hoch: „Da kann man auch dran glauben oder es lassen." Schwungvoll bog er in Oppenheim von der B 9 auf den Abzweiger ins Neubaugebiet ab. Wenige Minuten später hielt er in einer Straße, in der lauter frisch verputzte und in bunten Farben gestrichene Einfamilienhäuser standen. Nur wenige Hauseigentümer waren bislang dazu gekommen, auch den Garten anzulegen, weshalb die meisten Häuser noch völlig allein mit ihren angebauten Garagen die Grundstücke füllten. Die Streife wartete an der Straßenecke und berichtete, Steffen Wildner sei völlig vorschriftsmäßig bis hierher gefahren und habe dann vor zwanzig Minuten das Haus betreten. Das Kind sei hinter ihm her gelaufen und sei seitdem mehrfach auch am Küchenfenster neben der Haustür zu sehen gewesen. Einer der Beamten hatte einen Blick von außen in die Küche gewagt, und er wusste, dass Wildner und das Kind am Küchentisch saßen und Brötchen schmierten. „Als wollten sie verreisen", wunderte sich der Polizist.

„Okay, dann werden wir jetzt einfach mal klingeln gehen und abwarten, was passiert. Sie sichern vorn?"

Die beiden Kollegen nickten und sagten, dass auf der Rückseite des Grundstücks mittlerweile auch ein Wagen stehe, der eine eventuelle Flucht verhindern werde.

Anne Mettenheimer und ihr Chef gingen also hinüber zum terracottarot gestrichenen Haus von Wildner und klingelten. Zuerst tat sich nichts. Anne blickte durch das Küchenfenster neben der Haustür und sah, wie Wildner und das Kind gemeinsam einen Rucksack packten, den er dann dem Kind in die Arme drückte. „Der will weg, Norbert!“, sagte sie leise. Dann öffnete sich jedoch die Haustür und Steffen Wildner stand vor ihnen, ein braun gebrannter, muskulöser Mann in speckigen Jeans und einem dunkelblauen Troyer. „Ja?“, fragte er.

„Guten Tag, mein Name ist Olmer, dies ist meine Kollegin Mettenheimer. Wir sind von der Kripo Worms und hätten ein paar Fragen an Sie.“

Anne glaubte ein nervöses Flackern in Wildners Augen zu bemerken. Doch er fuhr sich erst durch seine dichten Locken, bevor er fragte: „Worum geht's?“

„Um Kim.“

„Ja, und?“

„Haben Sie Kim hier?“

„Ich geb's ja zu. Na und? Da ist doch nichts dabei.“

„Dürfen wir sie sehen?“, fragte Anne.

In diesem Moment schlug Wildner die Haustür zu, nicht einmal Olmers vorsorglich auf die Schwelle gestellter Fuß hielt ihn auf. „Herr Wildner, machen Sie doch keinen Quatsch!“, rief Anne und hämmerte an die Tür, hinter deren geriffeltem Glas keine Bewegung mehr auszumachen war. Stattdessen hob sich das Garagentor elektrisch und der Kombi schoss darunter hervor. Anne alarmierte die Kollegen, noch während sie zum Auto rannte: „Er hat das Kind dabei, also bitte Vorsicht!“. Wieder startete Olmer mit quietschenden Reifen, hinter ihm die beiden Streifen. Wildner fuhr mit einem Höllentempo nicht etwa in die Stadt, sondern hinaus auf einen der asphaltierten Wirtschaftswege Richtung Rheinufer. „Was will der da, da findet er doch überhaupt keine Deckung, keinen Schleichweg!“, wunderte sich Olmer.

„Totale Verzweiflung, würde ich sagen.“ Anne klammerte sich an den Griff der Beifahrertür, als Norbert Olmer eine Kurve extrem schnell nahm. Ein Schlagloch katapultierte sie trotz des Gurtes bis an die Decke des Wagens, aber dann bremste Olmer scharf. Sie standen nun vor einem Gelände, das rundum dicht eingewachsen war. Wildner hatte sein Auto vor dem halbhohen zweiflügeligen Metallgittertor stehen lassen und das Kind mitsamt Rucksack darüber gehoben, bevor er selbst über das Tor gestiegen war. Beide rannten sie nun zu einer Hütte aus verwittertem Holz, die am Ufer eines Weihers stand.

„Das hier muss ein Angelverein sein", meinte Olmer.

„Nein, das ist die Hütte des Jagdpächters, den kenn' ich zufällig", sagte einer der Streifenpolizisten.

„Gehen wir rein?", fragte ein anderer.

„Wie lange wollen wir warten? Natürlich gehen wir", brummte Anne.

Geduckt schlichen die beiden Kommissare und ihre vier Kollegen am Zaun entlang, um möglichst einen Einstieg zu finden, der von der Hütte aus nicht so gut einzusehen war wie das Tor. Schon nach fünfzig Metern wurden sie fündig. Hier war der Maschendrahtzaun schon lange heruntergebogen und so verrostet, dass er beinahe auseinander fiel. Schnell kletterten alle auf das Gelände und besprachen, wer sich wo positionieren sollte. Doch sie kamen nicht bis an ihr Ziel. Die Kommissare hatten sich rechts und links des Weges zur Hütte am Gebüsch entlang geschoben, als plötzlich ein Schuss krachte und ein Ast mehrere Meter oberhalb von Olmer getroffen wurde. Beide zogen die Köpfe ein. „Scheiße, der ist ja bewaffnet!", zischte Anne.

„Weg hier, oder ich knall' euch alle ab!", schrie Wildner aus der Hütte.

„Herr Wildner, lassen Sie doch den Unfug. Denken Sie doch auch mal an das Kind!", versuchte Olmer eine Beschwichtigung.

„Genau das tu' ich! Also weg hier, oder es fließt Blut!", brüllte der Mann und unterstrich seine Forderung mit einem weiteren Schuss, der diesmal deutlich näher über Olmer im Stamm einer Birke einschlug.

Der Chef des K1 trat den Rückzug an. Als er mit Anne und den anderen wieder draußen vor dem Zaun stand, sagte er: „Ich habe gerade das SEK angefordert. Wir warten also jetzt erst mal ab."

„Sollten wir nicht besser Sonja dazu holen statt des SEK?", fragte Anne.

„Der schießt einfach, was willst du da besprechen? Hast du gesehen, wie gut der zielen kann?"

„Ja, leider."

Die Zeit schien endlos zu dauern, bis das Sondereinsatzkommando aus Mainz den Weg zum Angelweiher gefunden hatte. Acht von zehn Fingernägeln an der Hand von Kommissarin Mettenheimer waren deutlich kürzer geworden vor Aufregung, und Norbert Olmer hatte so intensiv auf die Hütte gestarrt, dass er schon Bewegungen wahrnahm, wo überhaupt keine sein konnten. Das SEK wurde kurz informiert, dann verteilte es sich lautlos um die Hütte. Als die Eingangstür aufgebrochen war und die Rauchbombe ihren Dienst tat, ging alles ganz schnell und nicht mehr so leise: Steffen Wildner schrie wie ein verwundetes Tier und versuchte sich aus dem Griff der Einsatzkräfte zu befreien. Er war ebenso schnell entwaffnet wie das Kind aus der Hütte geholt war. Es zappelte in den Armen des Beamten, der es zum Rettungswagen trug, und schrie verzweifelt: „Nein, Papa, nein!"

Mit einem Mal hielt die gesamte Szenerie abrupt an. Niemand bewegte sich mehr. Steffen Wildner erstarrte zwischen den beiden Polizisten, die ebenso still stehen blieben. Der Mann, der das Kind getragen hatte, ließ es los. Es rannte auf Wildner zu, umschlang mit den Armen dessen Bauch und jammerte: „Papa, Papa!" Anne Mettenheimer begriff als Erste. „Bringt den Mann in den Bus!", schrie sie und rannte los, um das Kind, das jetzt völlig apathisch wirkte, an der Hand zu nehmen und ebenfalls in den Bus zu führen.

„Das geht schon, danke. Wartet draußen!", kommandierte Anne und ließ den in Handschellen gelegten Vater und sein Kind nebeneinander auf der Bank des Kleinbusses sitzen. Sie setzte sich mit Norbert Olmer gegenüber und zog die Schiebetür zu. Das Kind weinte und lehnte sich an den Vater, und mittlerweile liefen auch dem Mann die Tränen durchs Gesicht. „Nicht wegnehmen, den Papa, bitte!", schluchzte Kim.

„Dann erzähl du uns doch am besten, wieso nicht", bat Norbert Olmer. „Immerhin hat er auf uns geschossen, und das ist verboten, das weißt du!"

Das Kind nickte ernst, schwieg aber. Es sah den Vater an, der seufzte und sagte dann: „Meine Frau hat sich vor ein paar Monaten von mir getrennt. Es war bis dahin alles so gut, so komplett. Wir hatten diesen Bauplatz bekommen, dann noch einen günstigen Kredit, und als das Haus endlich stand, hat Annette mir gesagt, dass sie mich verlassen will und dass sie Kim mitnimmt."

„Dabei wollte ich gar nicht", flüsterte das Kind, das sich eng an den Vater geschmiegt hatte.

Norbert Olmer war noch nicht klar, wie es dann zur jetzigen Situation hatte kommen können. „Aber warum dann diese Geschichte vor der Schule?", fragte er.

„Meine Frau hat versucht, mein Besuchsrecht zu verhindern. Sie ist innerhalb von sechs Monaten dreimal umgezogen und hat mir nie die neue Adresse hinterlassen, damit ich sie und den Jungen nicht finde."

„Den Jungen?", riefen beide Kommissare wie aus einem Mund.

„Den Kim, ja. Wieso?"

Anne Mettenheimer bekam einen Lachanfall. So was Verrücktes! Olmer verstand weniger Spaß und rammte ihr seinen Ellbogen in die Seite. „Bleib ernst, ja!"

„Ist gut", japste Anne. „Ich fasse also zusammen: Sie wollten Ihren Sohn heimlich aus Osthofen mitnehmen, damit die Mutter nichts davon erfährt."

„Genau. Das haben wir schon öfter gemacht, einfach so einen Vormittag lang irgendwo geangelt."

„Und das fällt nie auf?"

„Nee!" Kim lächelte jetzt verschmitzt. „Ich find' schon immer wen, der mir die Hausaufgaben mitbringt. Und in der Schule sage ich, dass ich krank war. Die Unterschrift von der Mama kann ich nämlich echt gut."

„Und warum die Ballerei?", wollte Anne Mettenheimer wissen.

Der große Mann ließ den Kopf hängen. „Das nimmt mir jetzt wahrscheinlich endgültig das Recht, mein Kind zu sehen, oder? Ich hatte so eine Panik, als ich Sie an der Tür stehen sah! Ich hab' doch gedacht, wir starten gleich zu einem gemütlichen Ausflug, und dann ist auf einmal alles voll Polizei!"

„Haben Sie einen Waffenschein?", fragte Olmer.

„Hm. Ich bin Jäger, hier im Revier."

„Tja, was machen wir denn nun?", fragte Anne reichlich ratlos.

„Erst mal fahren wir alle zusammen nach Worms und machen ein paar Protokolle. Dann sehen wir weiter", beschloss Norbert Olmer und versprach Kim, dass er auf der Fahrt neben seinem Vater sitzen bleiben durfte.

Im Gebäude der Kriminaldirektion Worms in der Hagenstraße wartete bereits eine völlig aufgelöste Mutter auf ihr Kind. Als der Junge zu ihr gebracht wurde, stürzte sie sich auf ihn, schloss ihn in die Arme und drückte ihn fest. „Mein Armer", rief sie, „jetzt musst du nie mehr zum Papa!"

„Ich will aber!", protestierte Kim laut und wand sich aus der Umarmung. „Ich will zum Papa, nicht zu dir!" Er ließ sich auf einen Stuhl fallen, legte die Arme vor sich auf den Tisch und heulte hemmungslos die Tischplatte nass. Annette Lutz wollte gerade wieder zu Kim gehen, als Norbert Olmer sie sanft aus dem Zimmer schob.

„He, ist ja gut", flüsterte Anne und strich Kim übers bis über den Kragen reichende Haar. Er schluchzte noch ein paar Mal und sah dann auf. „Muss der Papa jetzt echt für immer ins Gefängnis?", fragte er.

„Nein, aber das muss der Richter dann entscheiden, für wie schlimm er das hält, was heute Morgen passiert ist. So lange wird er wohl erst mal im Gefängnis bleiben, dein Papa."

„Muss ich zur Mama?"

„Ja, klar. Aber ich habe gehört, dass die Oma auch gekommen ist, und die magst du doch gern, oder?"

Das verheulte Gesicht leuchtete auf: „Ja, die Oma, das ist gut!"

„Na, dann würde ich mal sagen, dass du gleich mit ihr nach Hause fährst", sagte Anne. „Aber sag denen in Osthofen endlich, dass du ein Junge bist, damit die Bescheid wissen, okay?"

„Okay", nickte Kim ernst und ging auf den Flur, wo seine Oma schon wartete.

Kopfschüttelnd besah sich Anne Mettenheimer noch einmal die Akte. Was so ein androgyner Vorname und nur ganz wenig zu lange Haare doch auslösen konnten! Und wie sollte man auch wissen, dass Kim Steffen Wildner Eltern mit zwei verschiedenen Nachnamen hatte! „Früher war alles einfacher!", fiel ihr dazu ein, aber laut gesagt hätte die Kommissarin das niemals.

Es dämmerte bereits, als die Pressekonferenz begann, die der Leitende zum morgendlichen Entführungsfall angesetzt hatte. Norbert Olmer als Leiter des K1 sollte neben Martin Sommer Auskunft geben. Der große Saal im Obergeschoss der benachbarten Stadtbibliothek, in den man wegen der Masse der angemeldeten Interessenten hatte ausweichen müssen, war randvoll mit aufgeregten Journalisten, und Sommer und Olmer hatten Mühe, sich den Weg bis zur Bühne zu bahnen, von der aus sie berichten sollten und auf die schon mehrere Kameras und Scheinwerfer gerichtet waren.

Anne Mettenheimer lehnte ganz hinten im Raum an der Wand und registrierte beeindruckt, dass neben dem SWR auch Kameras von RTL und SAT1 zu sehen waren. So viele Menschen mit Notizblöcken oder gleich Notebooks hatte sie auch selten zuvor bei einer Pressekonferenz erlebt.

Als sich die Unruhe der Platzsuchenden irgendwann gelegt hatte, schilderte Martin Sommer die Vorfälle am Morgen: „Vor einer Osthofener Grundschule wurde von Eltern beobachtet, wie ein Kind zu einem Mann in den Wagen stieg. Der Mann war niemandem bekannt, weshalb die Polizei informiert wurde. Die Ereignisse erschienen den Zeugen vor Ort in die aktuellen Fälle der beiden Mädchenmorde in der Gegend zu passen. Der Wagen des Mannes konnte schnell ausfindig gemacht werden, und da er zu seiner Wohnung fuhr, konnte ihn ein Team von uns dort antreffen. Leider geriet der Mann in Panik und flüchtete mit seinem Kind. Er verschanzte sich in einer Hütte einige Kilometer außerhalb seines Wohnortes, konnte aber überwältigt werden. Es gab dabei glücklicherweise keine Verletzten zu beklagen. Bei der Vernehmung des Mannes stellte sich heraus, dass es sich um den Vater des Kindes handelte, der getrennt von seiner Frau und seinem Kind lebt. Er hatte das Kind abholen wollen und war in Panik geraten, als er seine Verfolgung bemerkte. Das Kind ist mittlerweile wieder zu Hause. Es besteht keinerlei Grund, eine Verbindung zu den erwähnten Mordfällen herzustellen."

Aufgeregtes Stimmengewirr schwoll an, nachdem Sommer seinen letzten Satz gesagt hatte. Eine Frau stand auf und rief nach vorn: „Wie rechtfertigen Sie die Ermittlungspleite von heute Morgen?"

Anne Mettenheimer merkte noch von ganz hinten aus, dass Norbert Olmer sich extrem beherrschen musste. Er antwortete: „Wissen Sie, wir haben das Signal bekommen, dass ein Kind entführt worden sei, ein Mädchen. Also haben wir es aufgespürt und unverletzt zurückgeholt. Das kann man nun wirklich nicht Pleite nennen. Dass es sich aber in Wirklichkeit um einen Jungen handelte, der auch noch freiwillig mit seinem Vater unterwegs war, konnten wir nicht wissen. Im Fall einer Entführung muss von unserer Seite aus schnell gehandelt werden, damit die Spur zum Täter nicht verloren geht. Aber von Seiten der Zeugen hätte etwas mehr Sorgfalt sicher vorab klärend wirken können. Doch ich mache den Zeugen keinen Vorwurf. Die allgemeine Hysterie, dass ein Mädchenmörder den Wonnegau unsicher macht, die haben wir ja nicht zuletzt auch Ihnen zu verdanken." Olmer schwitzte stark und wollte sich gerade mit dem Taschentuch die Stirn abtupfen, als der Leitende seine Hand auf Olmers Unterarm legte und ins Mikrofon sagte: „Und genau deshalb bitten wir heute nochmals um sachliche Berichterstattung. Es ist kontraproduktiv, Hysterie zu schüren. Das K1 war heute deshalb völlig grundlos unterwegs, anstatt sich weiter der Aufklärung der ungelösten Fälle widmen zu können."

„Aber das hat Ihr K1 ja auch nicht im Griff!", tönte ein betont leger gekleideter Mann in Lederjacke.

Anne Mettenheimer bekam die Antwort von Martin Sommer nicht mehr mit, weil ihr Handy in der Hosentasche vibrierte.

„Ja, Mettenheimer!"

„Meier, Zentrale. Wo steckt ihr eigentlich alle?"

„Wir haben doch gerade die Pressekonferenz laufen. Riesen-Auftrieb."

„Ach so. Ist dein Chef in der Nähe?"

„Sozusagen. Der sitzt vorn im Scheinwerferlicht und lässt sich von der Presse ärgern."

„Pass auf, es ist Folgendes: Wir haben gerade eine Vermisstenmeldung aus Mettenheim rein gekriegt. Mädchen, zehn Jahre, braune Haare, braune Augen."

„Scheiße!"

„Genau. Und absolut ernst zu nehmen. Die Mutter ist völlig mit den Nerven runter und hat mit Horden anderer Eltern schon die ganze Gegend abgesucht."

„Okay, danke dir. Gibst du die Einzelheiten an Rolf und Dieter durch? Ich hol' dann Norbert aus dem Saal. Wir sind so gut wie unterwegs."

Anne schob das Handy wieder in die Hosentasche und bahnte sich ihren Weg nach vorn. Es war nicht ganz leicht, denn die meisten Journalisten wollten ja nicht unbedingt jemanden vor sich lassen und reagierten ungehalten. Schließlich hatte sie die Bühne erreicht, wo Olmer und Sommer an ihrem Tisch saßen. Sie streckte sich, während Norbert Olmer sich zu Anne nach unten beugte. Dann flüsterte sie ihm die Neuigkeiten zu. Er erschrak sichtlich, nickte dann ernst und raunte Anne zu: „Mach das Auto klar. Ich informiere Sommer, dann komme ich nach."

Anne nickte und quetschte sich wieder nach hinten durch die Menge.

Martin Sommer neigte seinen Kopf zu Olmer. „Das nächste

Mädchen ist weg. Erzählen Sie denen noch zehn Minuten irgendwas, ich will in Ruhe hier vom Hof kommen."

Ohne eine Miene zu verziehen, nickte Sommer leicht, straffte sich und sagte: „Meine Damen und Herren, wenn Sie Fragen haben, dann bitte ich Sie, diese jetzt zu stellen. Ich werde sie gerne und so gut wie möglich beantworten."

Derweil hatte sich Norbert Olmer aus dem Raum gestohlen und lief zu Anne, die im Treppenhaus schon mit dem Autoschlüssel winkte. Wenig später warf sich Olmer mit Schwung auf den Beifahrersitz und rief: „Also los!" Auf dem Weg nach Mettenheim ließ er sich über die wenigen Fakten berichten. „Hoffentlich haben die Kollegen vor Ort schon mehr aus den Zeugen herausgeholt", seufzte er.

„Und hoffentlich sind die diesmal wirklich glaubhaft!", meinte Anne.

Vor dem alten Rathaus an der Mettenheimer Hauptstraße hielten die Kommissare an. Hier hatten sich die Einsatzkräfte zu einer ersten Besprechung verabredet. Im Sitzungssaal, den sonst der Ortsbeirat nutzte, wurden die spärlichen Informationen zusammengetragen:

Vanessa Sturm hatte aus irgendeinem Grund den Schulbus verpasst. Vermutlich war sie noch auf der Toilette gewesen, da die Aufsicht sicher war, dass niemand an der Bushaltestelle neben der Alsheimer Schule stehen geblieben war. Offensichtlich hatte sie sich etwas später allein und zu Fuß auf der Landstraße auf den Heimweg gemacht. Da es dann zu regnen begonnen hatte, hatte der Entführer sie offensichtlich leicht überzeugen können, zu ihm ins Auto zu steigen.

„Wieso hat dieser Typ immer so ein Glück?", fragte Anne leise.

„Vielleicht wirkt er ja ganz nett", sagte eine junge Polizistin neben ihr.

Da die Mutter vergebens auf ihre Tochter gewartet hatte und das Mittagessen kalt wurde, ahnte sie, dass Vanessa den Bus verpasst hatte. Sie fragte zuerst bei zwei Freundinnen nach, aber die waren alle wohlbehalten zurückgekehrt, berichteten aber davon, dass Vanessa noch etwas vorgehabt habe. „Was das war, wissen wir nach intensiver Befragung mittlerweile auch“, grinste ein Kollege. „Sie ist verknallt in irgendeinen Jungen aus Alsheim, und das wollte sie mit dem dicken Edding noch heimlich an die Wand in der Toilette ..., na, ihr kennt das ja alle, oder?“

Mehrere Köpfe hoben sich lächelnd. Dann konzentrierten sich alle wieder. Die Mutter hatte also ihren Wagen vom Hof geholt und ihre Tochter entlang der Straße gesucht. Auch den Radweg, eigentlich für einen Fußgänger von der Schule aus recht abseits gelegen, suchte sie ab, natürlich erfolglos. Als sie nach Hause kam, traf sie die Nachbarin, die fragte, ob Frau Sturm einen neuen Freund habe. Sie habe nämlich auf dem Weg nach Alsheim gesehen, wie Vanessa zu ihm ins Auto gestiegen sei. Zum Glück hatte die Nachbarin gut beobachtet: Sie wusste von einem silberfarbenen Van mit Alzeyer Kennzeichen. AZ-PS, da war sie sich sicher, denn sie hatte noch überlegt, ob der Mann wohl Peter oder Paul und Schmidt oder Schulze heißen könne. Ein Wagen dieser Art war aber bislang nicht als gestohlen gemeldet. Die Besitzer aller silberfarbenen Vans wurden gerade überprüft.

„Bestimmt hat da einer noch gar nicht gemerkt, dass sein Auto geklaut ist“, sagte Rolf Iben, der, während er zuhörte, seinen Laptop aufbaute und die Kabel entwirrte.

Norbert Olmer berichtete weiter: „Matthes Horrweiler und Team sind draußen an der Landstraße. Sie haben die Stelle gefunden, an der Vanessa in den Wagen gestiegen sein muss. Vielleicht finden sich ja doch noch ein paar Spuren.“

„Glaubst du da noch dran?“, fragte Anne Mettenheimer völlig desillusioniert. „So, wie der bisher gearbeitet hat, finden wir auch hier wieder gar nichts.“

„Abwarten. Für das weitere Umfeld ist der Hubschrauber unterwegs und sucht die Gegend ab. Da werden wir allerdings nur noch Chancen haben, wenn der Entführer weit genug fährt. Falls er nur eine kurze Wegstrecke zurücklegt, wird der Hubschrauber einfach nicht rechtzeitig genug da sein. Zudem ist Sonja Drais, unsere Psychologin, auf dem Weg, um die Mutter des Kindes zu betreuen. Der Arzt war schon bei ihr und hat sie als nicht vernehmungsfähig erklärt. Frau Sturm ist alleinerziehend und muss völlig zusammengeklappt sein. Aber ich denke, Sonja vor Ort ist schon mal gut, auch wenn wir die Frau jetzt noch nicht sprechen können."

„So eine Sauerei!", schimpfte Rolf Iben plötzlich. Er hatte die Online-Ausgabe eines Boulevardblattes auf dem Bildschirm, um den sich nun alle im Raum drängten. „Drittes Mädchen tot? Wormser Kripo hat's nicht im Griff!" stand da in großen Lettern, und neben wenigen Fakten aus der Pressekonferenz hatte der Verfasser des Artikels schon mitbekommen, dass es einen dritten Fall gab und dass es sich um „Vanessa S. aus M." handelte. Ein Foto der Alsheimer Schule war darunter abgebildet. Das Foto eines wildfremden trampenden Teenies aus dem Archiv komplettierte den Bericht.

„So, dann stellt euch also alle drauf ein, dass wir hier bald keine Ruhe mehr haben werden", warnte Norbert Olmer. „Und bitte lasst euch zu nichts hinreißen. Ich danke euch für euren Einsatz bei den Zeugenbefragungen. Die werden wir jetzt zunächst auswerten. Möglicherweise hat auch Sonja Drais schon etwas zu berichten. Geht also nach Hause und schlaft euch gut aus!", entließ er die Einsatzkräfte.

Als auch der letzte grüne Anorak aus dem Rathaus abgezogen war, machten sich Dieter Wiesen und Rolf Iben an die Arbeit.

„Anne, du fährst nach Hause. Ende für heute. Nimm das Auto mit. Ich rufe dich morgen früh an, ob wir uns hier oder in Worms treffen."

Anne Mettenheimer nickte müde, klopfte ihren an PC und vor Notizblättern sitzenden Kollegen auf die Schultern und machte sich auf den Heimweg.

Sie fuhr noch an der Seebachschule vorbei, wo sie morgens vor gefühlten 24 Stunden ihr gutes altes Fahrrad stehen gelassen hatte. Doch der Platz vor der Schultür war leer. Eigentlich klar, ärgerte sich die Kommissarin: ein Fahrrad ohne Schloss stehen zu lassen, war in Osthofen beinahe eine Garantie für einen Diebstahl. Per Handy gab sie ihre „Vermisstenmeldung" bei den Kollegen in der Zentrale ab: „Es ist schwarz, über sechzig Jahre alt, noch von Miele. Weißwandreifen, Ledersattel."

Der diensthabende Kollege lachte: „Dass einer sowas tatsächlich noch klaut!"

„Mann, das ist ein Museumsstück!"

„Klar. Deshalb hast du es auch nicht abgeschlossen, oder?"

„Es war halt eilig heute Morgen. So ein Mist aber auch!"

„Vielleicht taucht es ja wieder auf."

„Du Optimist!"

Das Haus in der Tempelgasse lag im Dunkeln. Nur ein leichter, bläulicher Schimmer war hinter den Fenstern im Erdgeschoss zu erkennen. Anne Mettenheimer parkte den Dienstwagen vor diesen Fenstern. Im Haus hörte sie gedämpfte Stimmen, aber das waren, wie sich schnell herausstellte, Jack Lemmon und Walter Matthau, die sich gegenseitig bekriegten. Der Fernseher lief vor sich hin, es roch noch leicht nach irgendeinem gebackenen Abendessen, und das Holz im Ofen war auch längst zu Asche zerfallen. Paul war im Gegensatz zu Oscar und Felix auf der Mattscheibe sehr leise: Anne sah ihn schräg auf dem Sofa hängen und schlafen. Ihre Kinder fand sie ebenso schlafend in den Betten. Es war also alles gut gegangen, wunderbar! Auf dem Küchentisch fand sie einen Stapel aus Zeitung, Post und Werbung. Aber die Rechnung des Wasserwerks konnte jetzt wirklich noch warten. Der Kühlschrank hatte zwar schon bessere Tage erlebt, aber immerhin hielt er noch die Hälfte einer Gemüselasagne für Anne bereit, die sie sich aufwärmte und mit großem Hunger aß. Verschlafen wankte Paul in die Küche und lehnte sich an die Arbeitsplatte. „Hab' dich im Fernsehen gesehen", sagte er.

„Aber ich war doch gar nicht ..."

„War ja auch nur bei einem Kameraschwenk über den Journalistenandrang. Du hast gerade versucht, dich nach vorn durchzubuddeln. Sah witzig aus."

„Danke. War aber gar nicht so witzig. Es ist schon wieder ein Mädchen weg."

„Ich weiß. RTL hat groß berichtet. Die meisten haben halt sofort kapiert, dass, wenn Olmer mitten aus der Pressekonferenz geholt wird, irgendwas Wichtiges passiert sein muss. Das hatten die schon um acht in den Nachrichten."

„Komisch", wunderte sich Anne, „ich hab' gar keinen von denen in Mettenheim gesehen."

„Das bringt denen ja auch vorerst wenig. Erst, wenn eine Leiche gefunden wird oder die Eltern Amok laufen oder so was, dann wird's vor Ort interessant. Jetzt langt es ja, wenn sie auf euch schimpfen."

„Ja, das nervt. Wir arbeiten rund um die Uhr, und alles, was der Presse einfällt, ist Häme. Aber so ist das ja jedes Mal. Ich müsste mich eigentlich langsam daran gewöhnen."

„Soll ich dir zur Abwechslung mal erzählen, was hier so gelaufen ist?", fragte Paul.

„Au ja!"

„Deine Mama hat wohl wieder so richtig Spaß mit den Kindern gehabt. Sie hat sie heute kurzerhand zum Babyschwimmen angemeldet und mir erklärt, ich hätte mit ihnen daran teilzunehmen, weil das erst anfängt, wenn ich dann in Elternzeit bin. Dabei kann ich mir das nicht recht vorstellen mit gleich zwei nassen und glitschigen Babys im Wasser."

„Klare Sache!", lachte Anne. „Eins von beiden muss immer tauchen, während du das andere beim Schwimmen unterstützt."

„Na ja. Jedenfalls hat sie auch heute neue Leute kennengelernt und mir von diversen Krabbelgruppenangeboten berichtet. Muss ich dahin?"

„Keine Ahnung. Warst du als Baby in so was?"

„Glaube nicht."

„Ist trotzdem was aus dir geworden. Mach, wie du denkst."

„Ja, und apropos: Wir müssten vielleicht dann doch mal über unsere Hochzeit reden. Wenn die im November stattfinden soll, wird's eng. Wir haben Oktober!"

„Ja, und? Da lassen wir uns einen Termin auf dem Standesamt geben, klemmen uns die Kinder unter den Arm, sagen Ja und fertig."

„Ein bisschen feiern würde ich aber schon ganz gerne. Wenigstens mit den Eltern und engsten Freunden."

Anne holte sich die angebrochene Silvanerflasche aus dem Kühlschrank, goss zwei Gläser ein und sagte: „Das überfordert mich irgendwie alles."

„Ich weiß. Dann kümmere ich mich halt." Paul zog die Schublade unter dem Esstisch auf und holte Block und Bleistift heraus. „Termin?"

„Ein Freitag. Der Einundzwanzigste vielleicht?"

„Gut. Wen laden wir ein? Deine Eltern, meine Eltern, meine Schwestern mit Anhang, Julia und Gisbert, Ende. Okay?"

Anne nickte: „Okay."

„Also weiter. Treffen vor dem Standesamt, Trauung, dann Essen."

„Zu Hause bitte."

„Kein Problem. Aber wir lassen liefern. Da hab' ich auch schon eine Idee. Was ist mit den Klamotten?"

Nun musste Anne trotz der Müdigkeit lachen: „Kannst du dir vorstellen, wie wir zwei in so einer Hochzeitsboutique stehen?"

„Nee, gar nicht. Ich dachte, ich könnte meine schwarzen Jeans und irgendein besseres Hemd anziehen."

„Abgemacht! Und ich auch."

„Super. Dann kläre ich das mit dem Rathaus und dem Essen, und wenn das alles steht, lade ich die Leute einfach telefonisch ein."

„Prima! Ob es in Deutschland noch ein Paar außer uns gibt, das seine Hochzeit in weniger als zehn Minuten komplett geplant hat?"

„Niemals!", war sich Paul sicher. „Und genau deshalb scheitern auch die meisten Ehen und unsere wird halten, bis ... na, du weißt schon."

„Oder länger", grinste Anne und machte sich auf den Weg ins Bad.

Das Mädchen wachte auf und wunderte sich. Es lag nicht zu Hause in seinem Bett. Aber dann fiel es ihm wieder ein: der nette Mann, der es gestern heimfahren wollte. Aber war es mit ihm nach Hause gefahren? Das hätte es sich doch niemals getraut. Und dass er auch eine Tochter hatte, die hier auf dem Sofa gegenüber schlief, hatte er gar nicht erzählt. Das Mädchen stand auf und wollte sehen, wo der Mann war, aber die Tür war abgeschlossen. Außerdem war es ein Kellerzimmer. Eins ohne Fenster nach draußen, denn eine Holzplatte versperrte die Stelle, wo das Mädchen sonst versucht hätte, nach draußen zu gelangen.
Denn dass es flüchten musste, begriff das Mädchen sehr schnell, obwohl es noch völlig müde und schlapp war. Vielleicht würde es funktionieren, wenn der Mann in den Raum käme und glaubte, es schliefe noch, überlegte sich das Mädchen. Denn irgendwann müsste er ja Essen und Trinken bringen, ganz sicher. So etwas hatte das Mädchen neulich gelesen, und da hatte der Trick funktioniert. Aber erst mal müsste der Mann wiederkommen. Dabei war das Mädchen eigentlich viel zu müde, um irgendetwas zu unternehmen. Es lehnte sich ans Sofa an und schlief im Sitzen wieder ein.

Am nächsten Morgen hatte Anne Mettenheimer gerade noch Zeit, Emma und Lukas zu füttern, als Norbert Olmer anrief und ihr erklärte, dass er längst am Schreibtisch sitze und in einer halben Stunde Besprechung sei. Wenig später traf Käthe Mettenheimer ein und übernahm die Kinder, sodass die Kommissarin beizeiten nach Worms aufbrechen konnte. Dort stand eine recht verschlafene Sonja Drais am Fenster im Gang und hielt sich an einer Tasse Kaffee fest.

„Du bist aber früh!“, bewunderte Anne die Psychologin.

„Von wegen! Ich bin bei Vanessas Mutter geblieben und dann noch vor ihr eingenickt. Irgendwann habe ich mir dann gesagt, jetzt ist es auch schon egal, und hab's mir auf dem Sofa bequem gemacht.“

„Und nun? Gibt es irgendwelche Neuigkeiten von ihrer Seite?“

„Nein. Absolut kein Grund, warum ausgerechnet Vanessa entführt wurde.“

„Außer den üblichen Äußerlichkeiten“, sagte Anne. „Ich kapier’ das sowieso nicht, was das für ein Typ sein muss, der so gewieft vorgeht. Immer wird er gesehen, aber das scheint den gar nicht zu stören.“

Sonja schüttelte den Kopf: „Er scheint aber auch ein absoluter Durchschnittsmensch zu sein, und das kommt ihm sicher zugute, weil man ihn sonst besser beschreiben und identifizieren könnte. Weißt du, in der forensischen Psychologie geht man von fünf verschiedenen Varianten zur Beschreibung des Verhältnisses zwischen Persönlichkeit und Straftat aus. Da ist erstens persönlichkeitsfremdes Verhalten, das dem Allgemeinverhalten der Person widerspricht. Da kann ich noch nicht viel zu sagen. Oder aber, die Tat ist Ausdruck der Labilität unter bestimmten situativen und sozialen Umständen. Das können wir eher ausblenden, denn labil ist der Mensch nicht, der plant gut, handelt überlegt, nutzt sogar den Zufall noch geschickt. Manchmal ist eine Tat auch die Folge einer sozial-destruktiven Orientierung durch das Milieu, durch Anstiftung oder ähnliches. Aber das passt hier nicht. Persönlichkeitstypisches Verhalten ist beim aktiven Suchen gegeben, bei einer antisozialen Grundeinstellung. Aber unser Täter ist nicht antisozial. Er bringt die Kinder nach Hause, er misshandelt sie nicht. Er gibt ihnen zu essen und sorgt in einem gewissen Rahmen für sie. Er sorgt sogar noch für ihre Sicherheit, wenn sie schon tot sind. Ein Sonderfall wäre eine psychische Erkrankung, und davon gehe ich derzeit aus. Irgendein Trauma vielleicht.“

Norbert Olmer bat sein Team zur Besprechung. Er hatte frische Brezeln und Fleischwurst liefern lassen, und die Kaffeemaschine brodelte ununterbrochen.

„Matthes, was habt ihr?“

„Völlige Pleite. Vanessas Fußspuren bis zu einer bestimmten Stelle, ab dort dann nichts mehr. Das hilft uns nicht weiter, tut mir leid“, sagte Matthes Horrweiler achselzuckend.

„Rolf, Dieter, was haben die Zeugenaussagen ergeben?“

„Nichts. War völlig sinnlos“, brummte Dieter Wiesen übernächtigt.

Rolf Iben ergänzte: „Ich habe mir aus diesem Grund heute Nacht nochmal überlegt, welche Gründe der Täter gehabt haben könnte, die Mädchen im Steinbruch und am Schulmuseum abzulegen. Aber auch da bin ich nicht weitergekommen. Ich habe sämtliche Archive durchforstet, außer Berichten von Partys von Motorradrockern im Steinbruch ist da nichts passiert. Nichts. Es ist zum Davonlaufen!“ Frustriert zuckte er mit den Schultern und biss in seine Fleischwurst.

„Wenn wir“, überlegte Sonja, „von einer psychischen Erkrankung ausgehen, sollten wir vielleicht mal nach ähnlich gelagerten Fällen in der Vergangenheit suchen.“

Rolf Iben winkte ab: „Ist doch alles längst passiert.“

Anne Mettenheimer fragte genauer nach: „Hast du nach Morden gesucht, nach Entführungen oder nach verschwundenen Kindern?“

„Nach Morden und nach Entführungen.“

„Und wenn du mal nach Fällen mit vermissten Kindern suchst?“

„Warte mal, das habe ich am Rande auch schon getan. Da ist mir ein Fall begegnet von einem Mädchen aus Ober-Flörsheim. Das ist vor gut zwanzig Jahren mitten im Sommer verschwunden und nie wieder aufgetaucht.“

„Ober-Flörsheim?“, rief Anne hellwach. „Aber das ist doch klasse, das liegt doch auf der anderen Seite vom Steinbruch, zu Fuß genauso weit weg wie östlich Gundersheim.“

Rolf Iben war zu müde, um sich von Annes Euphorie anstecken zu lassen, und suchte deshalb in aller Ruhe in seinen Daten. „Da hab’ ich’s ja“, sagte er schließlich. „Familie Messner aus Ober-Flörsheim. Die Tochter hieß Thea, geboren 1980, verschwunden im August 1988, während ihre Eltern auf dem Feld arbeiteten und das Kind zu Hause war. Sie war das einzige Kind und wurde nie gefunden.“

„Was gibt es sonst zu dem Fall zu sagen?“, fragte Norbert Olmer.

„Noch weniger als zu unseren aktuellen Fällen, befürchte ich."
„Also ist nicht einmal klar, ob das Kind weggelaufen ist oder entführt wurde?", fragte Anne.
„Genau. Ich sag's ja, der Fall lohnt sich nicht."
„Ich will die Akte von damals trotzdem mal lesen", beschloss Sonja Drais.
„Gut", beendete Norbert Olmer die Besprechung.

Das Mädchen wachte auf und wusste sofort, dass es noch immer in diesem Keller lag, auf diesem Sofa, bei diesem Mann, der gestern erst so nett gewesen war und es dann doch nicht nach Hause gebracht hatte. Das Mädchen hatte Angst, dass der Mann wieder den Raum betreten würde. Als sich der Schlüssel im Schloss drehte, zog es die Beine hoch auf die Sitzfläche der Couch, wie um sich dahinter zu verstecken.
„Du bist ja wach!", wunderte er sich.
„Ich habe Hunger und ich will nach Hause!"
„Ja, bald. Du musst Geduld haben. Bald bist du wieder zu Hause!"
„Aber ich will was essen und trinken!"
„Die Limonade steht doch direkt vor dir, trink einfach."
Plötzlich schoss dem Mädchen durch den Kopf, dass es vielleicht genau diese Limonade gewesen war, die für die übergroße Müdigkeit gesorgt hatte.
„Wenn ich dir was zu essen holen soll, musst du erst mal noch etwas trinken. Trinken ist wichtig!", sagte der Mann leise.
Es stimmte also! Er wollte, dass sie weiterschlief. Es gab nur eine Möglichkeit, diesem Gefängnis zu entfliehen, dachte sich das Mädchen: den Täter täuschen. Es legte sich hin und setzte die Flasche an. Bald war sie zur Hälfte geleert und der Mann, der die ganze Zeit über an seinem blau im Halbdunkel leuchtenden Handy gespielt hatte, nickte zufrieden, als das Mädchen die Flasche wieder abstellte. Dass es die Limonade schräg aus dem Mund wieder hatte herauslaufen lassen und nun das Sofa an dieser Stelle völlig durchnässt war, konnte er noch nicht wissen. Außerdem

tat das Mädchen nun so, als schliefe es wieder ein. Es schloss die Augen, nicht ohne vorher ein paar Mal müde geblinzelt zu haben, und hörte nach einer Weile, wie er aufstand. Die Tür öffnete sich und schloss sich auch wieder, aber der Schlüssel war nicht umgedreht worden. Offenbar wollte er mit etwas zu essen wiederkommen. „Jetzt oder nie!", fiel dem Mädchen der Spruch ein, den seine Oma immer sagte, wenn ein bisschen mehr Mut als sonst gefragt war. Es fühlte sich nach wie vor todmüde, aber eine zweite Chance würde es sicher nicht bekommen. Es schlich zur Tür, öffnete sie leise und sah in den Raum dahinter. Es war der Flur des Kellers, und der Mann war nirgends zu sehen. Vorsichtig schloss es die Tür hinter sich. In eine Tür nebenan war ein kleines Fenster eingelassen, das musste der Ausgang in den Garten sein. Der Schlüssel steckte und ließ sich ganz leicht umdrehen. Das Mädchen trat hinaus in den Regen und schloss auch diese Tür wieder hinter sich. Es wollte schon losrennen, als ihm auf einmal einfiel, wie die „drei Fragezeichen" nach einer Geiselnahme entkommen waren. In der gut sortierten Leihbücherei in Mettenheim versorgte sich das Mädchen regelmäßig mit Detektivromanen, und im letzten oder vorletzten Fall, den es verschlungen hatte, waren die Kinder den Entführern hauptsächlich deshalb entwischt, weil sie sich ganz nah bei den Entführern versteckt hatten, statt möglichst schnell das Weite zu suchen. Das Mädchen stieg eilig die Stufen der Kellertreppe hinauf und sah sich kurz um. So könnte es gehen. Es drückte die Klinke der metallenen Pforte in der Mauer am hinteren Ende des kleinen Gartens herunter und ließ das Törchen offen stehen. Eilig lief es dann zu einer Pergola, unter der aufgestapelte Gartenstühle und ein Tisch davor standen. Über Stühlen wie dem Tisch hingen Schutzhüllen aus wetterfester Folie. Unter dem Tisch wäre mehr Platz, aber das wäre vielleicht zu einfach, überlegte das Kind und schob sich atemlos ganz hinten zwischen die Folie und den Stapel Stühle. Ihm blieb keine Zeit mehr, zu überlegen, ob es nun wirklich Pipi musste oder nur vor Aufregung, denn es lief dem Kind schon im Moment des Gedankens heiß an der Innenseite der Beine herunter. Da wurde die Kellertür geöffnet und der Mann rannte die Stufen hoch in den Garten. Das Mädchen wagte kaum noch zu atmen, während der Mann schnaufend stehen blieb und um sich blickte. Dann lief er durch die Pforte auf den Weg hinter dem Garten. Auch dort suchte er mit den Augen die Gegend ab und bog sogar einige Büsche auseinander, um zu sehen, ob das Mädchen sich nicht womöglich dort irgendwo versteckt hatte. Als ein vorbeikommender Hundebesitzer jedoch fragte, ob er etwas verloren habe, gab der Mann seine Suche auf, ging ins Haus zurück und fuhr kurz darauf in seinem Auto weg.

Das Mädchen war benommen und beinahe eingeschlafen. Es hatte endlos lange ausgeharrt, aber dann schlich es sich doch aus dem Versteck. Gerade rechtzeitig, denn der Mann kehrte zurück und parkte sein Auto auf der anderen Seite des Hauses. Gestern hatte er hier auf der Rückseite zwischen den Schrebergärten gehalten, aber das wusste das Mädchen nicht. Auch das Auto war ein anderes gewesen. Eilig lief das Mädchen durch die Pforte und an den Mauern und Zäunen hinter den benachbarten Häusern entlang, bis es zu einer Hauptverkehrsstraße kam.

Das Mädchen zitterte vor Kälte. Gestern hatte es geregnet, deshalb war es von dem netten Mann im Auto mitgenommen worden. Heute regnete es schon wieder. Das Mädchen hatte seine Jacke vergessen. Aber niemand registrierte, dass das Mädchen ohne Jacke im Regen die Bundesstraße überquerte und auf einem Feldweg weiter lief. Dort würde der Mann nicht fahren können, denn der Boden war aufgeweicht.

Nach etwa fünfhundert Metern erreichte das Kind ein Wäldchen, hinter dem ein großes Gebäude mitten im Feld stand. Überall saßen Leute in den Zimmern. Das Mädchen fror, und so betrat es das Gebäude und sagte zu einer Frau, die mit zwei Aktenordnern unter dem Arm durch das Foyer lief: „Ich bin abgehauen und ich will nach Hause!"

Die Frau sagte: „Meine Güte, du bist ja ganz nass! Komm, ich gebe dir erst einmal etwas Warmes zu trinken und schaue, ob ich irgendwo trockene Kleider für dich finde."

Sie nahm das Mädchen mit in ihr Büro und fragte: „Hast du eigentlich gar keine Schule?"

„Ich weiß es nicht."

„Ach. Und wie heißt du?"

„Vanessa. Meine Mama und ich, wir wohnen in Mettenheim." Das Mädchen legte sich mit dem Oberkörper auf den Schreibtisch und döste ein.

„Jesus!", entfuhr es der Frau, und sie rannte zu ihrem Chef.

Mein Mäuschen, wo bist du hin? Es tut mir so leid, dass ich schon wieder nicht richtig auf dich aufgepasst habe! Ich habe dich überall gesucht, sogar mit dem Auto, aber du bist weg. Jetzt habe ich dich nur noch einmal schlafend zu Hause. Hoffentlich geht es dir gut. Ich will doch, dass es dir gut geht! Ich beschütze dich gut!

Norbert Olmer und Anne Mettenheimer fuhren auf den Hof des Osthofener Wasserwerks, eines ausladenden Anwesens in reinstem Jugendstil, dessen Pracht nur durch diverse neuzeitliche Anbauten geschmälert wurde.

Man hatte sie gerufen, weil ein Mädchen gefunden worden war, durchnässt und mittlerweile schlafend, das sich Vanessa nannte. Der Notarzt kam fast gleichzeitig auf dem Parkplatz an. Im Flur vor dem betreffenden Büro hatte sich derweil eine Menschentraube gebildet, die die Kommissare nur mit Mühe auflösen konnten. „Nun gehen Sie doch zurück an Ihre Arbeit, wir werden Sie schon alle informieren, aber bitte lassen Sie uns jetzt unsere Arbeit tun!", versuchte es Olmer. Die beiden schoben sich hinter dem Arzt ins Büro und schlossen die Tür. Die Angestellte, der Vanessa zuerst begegnet war, hatte das Kind bis auf die Unterwäsche ausgezogen und in ihren eigenen Pullover und Mantel gewickelt. Sie zupfte sich eben noch die Bluse zurecht und sagte: „Das arme Kind! Es hätte sich den Tod geholt!"

„Immerhin", meinte Anne, „scheint es einem anderen Tod entkommen zu sein!"

Dann stellte sie sich vor: „Mettenheimer, K1 aus Worms, dies ist Hauptkommissar Olmer. Bitte schildern Sie uns doch, was vorgefallen ist."

Etwas später lag Vanessa Sturm im Rettungswagen, Anne Mettenheimer saß an ihrer Seite. Eine Streife, die auf dem Parkplatz des Wasserwerks benötigt worden war, um die in Windeseile aus allen Richtungen eintreffenden Schaulustigen fernzuhalten, raste mit den Kleidern des Mädchens nach Worms, wo Matthes Horrweiler sie unter die Lupe nehmen sollte. Und Norbert Olmer fuhr relativ frohgemut nach Mettenheim, um am Hoftor neben einem kleinen Häuschen auf der Hauptstraße zu klingeln. Niemand öffnete. Olmer klopfte an eines der Fenster und sagte: „Frau Sturm, ich bin Hauptkommissar Olmer von der Kripo Worms. Bitte lassen Sie mich rein. Ich halte Ihnen meinen Dienstausweis ans Fenster, damit Sie sehen können, dass ich nicht von der Presse bin. Bitte öffnen Sie, es gibt Neuigkeiten!"

Es dauerte noch eine Weile, aber dann öffnete sich das Hoftor einen Spalt breit. Eine ältere Frau musterte den Kommissar kritisch von oben bis unten und begutachtete auch ausgiebig seinen Ausweis. Dann nickte sie und ließ Olmer eintreten. „Seit gestern versuchen hier alle möglichen Leute, ins Haus zu kommen. Dabei ist es doch auch so schon schlimm genug! Ich bin die Oma von der Vanessa. Meine Tochter liegt drinnen und will am liebsten sterben. Ich hoffe, Sie haben gute Nachrichten."

„Doch, ja!", sagte Olmer und trat hinter der alten Frau in den niedrigen Flur des alten Bauernhäuschens. Die historischen Fliesen waren noch erhalten und verwandelten den Boden des Flurs wie in so vielen rheinhessischen Häusern in eine regelrechte Blumenwiese aus roten und blauen Ranken. Auch die Fußleisten, die „Lamperien", stammten noch aus alten Zeiten und passten zu den hölzernen Kassetten-Einsätzen, die unter den Fenstern im Zimmer zu sehen waren, das Norbert Olmer mit der Oma nun betrat. Auf einer Bank neben dem honigfarbenen Kachelofen lag in eine Decke gehüllt Irmi Sturm und weinte leise vor sich hin. „Ach, Kind!", seufzte ihre Mutter, setzte sich auf den Rand der Bank und legte ihrer Tochter eine Hand auf die Schulter.

Norbert Olmer setzte sich auf einen Stuhl daneben. „Ich bin Hauptkommissar Olmer“, stellte er sich erneut vor. „Frau Sturm, es gibt gute Neuigkeiten. Vanessa ist gefunden worden und bereits auf dem Weg ins Krankenhaus.“

Irmi Sturm fuhr von der Bank auf und umarmte ihre Mutter. Jetzt weinten beide vor Freude. Schluchzend fragte die Jüngere: „Warum Krankenhaus? Was hat er ihr angetan?“

„Keine Sorge, wahrscheinlich gar nichts“, sagte Norbert Olmer. „Vanessa war nur ohne Jacke im Regen unterwegs und ziemlich nass und ausgekühlt, als sie gefunden wurde. Ansonsten, sagt der Notarzt, sei sie in einem guten Zustand, und von Misshandlung gehe er auf den ersten Blick auch nicht aus. Ich hatte eigentlich vor, Sie jetzt gleich zu Ihrem Kind mitzunehmen.“

„Ja. Sofort. Einen Moment!“, rief Irmi Sturm und rannte ins Bad. Kurz darauf war sie umgezogen, gekämmt und reisefertig. Sie umarmte nochmals ihre Mutter und lachte ebenso glücklich wie aufgeregt. „Warte!“, rief die Oma noch und reichte Frau Sturm ein Kuscheltier, einen Plüsch-Pinguin. „Den kann die Vani jetzt bestimmt gut gebrauchen“, sagte sie und schloss das Hoftor hinter Olmer und ihrer Tochter.

In der Klinik auf der Herrnsheimer Höhe hatte Vanessa schon ein Einzelzimmer im gelb gestrichenen Trakt der Kinderklinik bekommen. Der Chefarzt winkte Anne Mettenheimer aus dem Zimmer, als Irmi Sturm es betrat. Anne nickte der Frau kurz zu, aber die hatte nur noch Augen für ihr Kind.

Der Arzt schloss die Tür und bat die Kommissare in sein Büro. Dort berichtete er: „Vanessa ist nicht missbraucht worden, das steht fest. Sie hat sich nur bruchstückhaft an das erinnern können, was sie erlebt hat. Aber das haben Sie ja gehört“, sagte er mit Blick auf Anne Mettenheimer.

„Ja. Sie hat von sich aus sofort erzählen wollen, was los war“, sagte Anne. „Die lag kaum im Rettungswagen, da hat sie gesagt, dass das andere Mädchen bestimmt auch nach Hause will.“

„O Gott, also hat er doch noch eins entführt!“, rief Olmer.

„Vielleicht Lea Zeyer. Sonst ist ja keins vermisst gemeldet. Aber das heißt, dass sie noch lebt, und das ist ja schon mal was!“, sagte Anne. „Die Vanessa hat mir auch von den Traktoren erzählt, die sie Tag und Nacht gehört hätte und die sie so genervt hätten.“

„Traktoren?“, fragte Olmer irritiert.

„Könnte doch sein, oder? Immerhin ist sie im Acker zwischen Rheindürkheim und Osthofen aufgetaucht. Also wird sie wahrscheinlich in einem der beiden Orte gefangen gehalten worden sein. Da kann man doch schon mal Traktoren hören“, sagte Anne.

„Aber Tag und Nacht?“, gab der Arzt zu bedenken.

„Vielleicht ja diese Feldberieselung, die den ganzen Sommer über läuft“, überlegte Olmer.

„Aber doch nicht mehr Ende Oktober!“, meinte der Arzt.

Anne sprang auf: „Nein, ich hab's! Sie war in Rheindürkheim, da hört man die Rheinschiffe tuckern.“

„Das ist eine gute Idee!“, freute sich Norbert Olmer und tippte auf seinem Handy herum. „Ja, ich bin's“, sagte er dann. „Rolf, geh zum Leitenden und sag ihm, er soll sich um die Genehmigung zu ein paar Kontrollstellen rund um Rheindürkheim kümmern. Falls der Kerl nicht schon weg ist. Ja, genau, es geht um den silberfarbenen Van. Die Streife soll auch mal die Augen offen halten, ja!“

Die Kommissare verabschiedeten sich in der Klinik und fuhren zurück ins Büro, wo sie gespannt auf Meldungen von den Kontrollstellen in Rheindürkheim warteten.

Dutzende von Männern, die Rheindürkheim verließen oder aufsuchten, wurden kontrolliert, aber ohne Ergebnis. Die Suche nach dem Wagen verlief völlig erfolglos. Mehrere Streifen kontrollierten alle silbernen Vans, die in Rheindürkheim gemeldet waren, zu Hause, doch auch das lohnte sich nicht. Das Tatfahrzeug wurde erst Tage später von einem Spaziergänger auf einem im Herbst einsamen Parkplatz am Hammer Rheinufer bemerkt.

Es war auf einen Mann aus Kettenheim zugelassen, der sich laut Auskunft seiner Schwiegermutter mit Frau und zwei Kleinkindern im Urlaub befand. Die Familie war mit ihrem silberfarbenen Van an den Alzeyer Bahnhof gefahren, um von dort aus mit der

Bahn weiterzureisen. Leider fand sich niemand, der den Autoknacker beobachtet hatte. „Das sind die Momente, in denen man doch von lückenloser Kameraüberwachung träumt“, sagte Rolf Iben. Aber Anne sprach dagegen: „Und dafür kann der Rest der Menschheit nie wieder unbeobachtet in der Nase bohren, das ist ja auch nichts!“

Der Kinderarzt rief an und berichtete von einem hohen Pegel an Barbituraten, der in Vanessas Blut nachgewiesen worden war. „Das war ganz schön viel“, sagte er. „Gut, dass das Kind kerngesund ist, sonst hätte es diese Menge vielleicht gar nicht überlebt. Mittlerweile ist Vanessa wieder recht munter. Sie scheint wirklich nicht mehr viel zu wissen, was natürlich auch wieder gut ist, weil sie dann nicht so stark traumatisiert ist wie andere Entführungsopfer. Wenn Sie möchten, können Sie sie heute Abend sprechen, dazu ist sie absolut fit genug.“

Anne Mettenheimer und Norbert Olmer befragten das Mädchen also am frühen Abend, als es einigermaßen ausgeschlafen war. Es hielt die Hand seiner Mutter, die mit dunklen Ringen unter den Augen völlig übernächtigt am Bettrand saß, aber lächelte, als die Kommissare eintraten. Der Pinguin thronte mitten auf der Bettdecke.

„Wie hat der Mann ausgesehen?“, wollte Olmer zuerst wissen.

„Och, so normal groß. Und dunkle Haare und eine blaue Jacke, glaube ich. Oder war sie schwarz? Hm, ich weiß nicht so genau. Aber er war am Anfang total nett und hat gesagt, er fährt mich nach Hause, weil es doch so geregnet hat.“

„Was hast du denn getan, als du gemerkt hast, dass er nicht nach Mettenheim fährt?“

„Ich hab’ ihm das gesagt, und dass er zurückfahren soll. Da hat er dann in einem Feldweg umgedreht und wollte noch schnell was hinten aus dem Auto holen, und dann weiß ich nichts mehr. Ich bin dann erst in seinem Keller wieder aufgewacht. Da hat er mir gesagt, er holt mir was zu essen. Und er hat wohl gedacht, dass ich noch müde genug bin, jedenfalls hat er die Tür offen gelassen, da bin ich abgehauen. Die andere hat aber weiter geschlafen. Die konnte nicht mit."

„Das war aber sehr mutig von dir!"

„Ach, da habe ich nur nachgemacht, was ich neulich in einem Detektivbuch gelesen habe. Da sind drei Kinder entkommen, weil sie sich ganz nah bei ihrem Entführer versteckt hatten, so nah, dass er sie dort nicht einmal gesucht hat. Da bin ich einfach zwischen den Gartenmöbeln hocken geblieben und habe das Gartentor offen stehen gelassen, damit der glaubt, dass ich schon längst weg bin."

„Wow!", staunte Anne Mettenheimer ehrlich beeindruckt. „Aber sag mal, erinnerst du dich noch an irgendetwas? Wie hat es gerochen? Hast du was Besonderes gehört?"

Vanessa setzte sich auf: „Ja, klar! Das mit den Traktoren draußen hab' ich ja schon erzählt. Aber drinnen hat es ein paar Mal so komisch geklappert. Ich weiß nicht genau, wie ich das beschreiben soll."

„Kennst du vielleicht ein Geräusch, das so ähnlich ist?"

Vanessa dachte kurz nach und lächelte dann: „Ja, jetzt weiß ich's. Immer, wenn die Mama sich aufregt, weil ich wieder nicht rechtzeitig und gut genug aufgeräumt habe, geht sie einfach so mit dem Staubsauger durch mein Zimmer. Da erwischt sie dann öfter mal ein paar Legosteine oder so. Und genau so hat das da geklappert."

„Das ist gut, Vanessa, dass du dich an so was erinnerst! Und, sag' mal, weißt du noch, wie der Garten und die Mauer ausgesehen haben, als du geflohen bist? Oder war an den Nachbargrundstücken irgendetwas, was dir im Gedächtnis geblieben ist?"

„Also, die Gartenmöbel, das waren diese weißen Stühle, die man so aufeinander stellen kann."

Anne nickte: „Die allgegenwärtigen Monoblocks."

„Aber die Mauer und so, nein, das weiß ich nicht mehr. Es war ja auch noch ganz dunkel draußen und ich hab' nur geguckt, dass ich da schnell wegkomme."

Norbert Olmer gab Vanessas Mutter seine Karte: „Wenn Ihnen

beiden noch etwas einfällt, können Sie sich Tag und Nacht bei uns melden. Wir wollen den Täter ja möglichst schnell erwischen, und dazu ist jeder kleine Tipp wichtig."

Mutter und Tochter nickten ernst.

„Merkwürdig", meinte Anne auf der Rückfahrt nach Worms. „Saugt einer Legosteine auf, während im Nebenzimmer zwei betäubte Kinder schlafen?"

„Na ja, Vanessa sagte nur, es habe so ähnlich geklungen", meinte Norbert Olmer.

Die Lösung dafür hatte Matthes Horrweiler, in dessen Büro die Kommissare über die Befragung des Kindes berichteten: „Leute, ich hab's! Bei mir zu Hause klappert das manchmal auch so, und anfangs war ich total irritiert. Aber das passt genau, weil das Mädchen ja im Keller gefangen gehalten wurde. Das ist das Ansaugen von Holzpellets aus dem Sammelbehälter durch ein Plastikrohr in den Brenner. Ihr müsst nach einem Haus mit Pelletsheizung suchen!"

Anne umarmte Matthes spontan für diesen Beitrag. „Super!", schrie sie und rannte an ihr Telefon.

„Was hat sie denn nun schon wieder?", wunderte sich Olmer.

Wenige Augenblicke später kam Anne wieder herein gestürmt: „So, das läuft."

„Ja, was denn bloß?"

„Ich kenne den Schornsteinfeger von Rheindürkheim. Der durchforstet jetzt seine Unterlagen und meldet sich, sobald er die Liste mit Pelletsheizungen fertig hat."

„Klasse, dich kann man schicken!", lobte der Chef. „Dafür kannst du jetzt auch Schluss machen. Ab, nach Hause!"

Mama Mettenheimer hatte an diesem Abend für alle gekocht. Aus gegebenem Anlass hatte sie in Windeseile ein Menü zusammengestellt, eingekauft und ihren Gatten nach Osthofen in die Tempelgasse beordert. Als Anne ahnungslos ihr Haus betrat, duftete es nach gebratenem Fleisch und Ofenkartoffeln. „Mann, Paul, das riecht aber gut!", rief sie und hängte ihre abgeschabte Lederjacke an den alten Garderobenhaken im Flur. Paul kam mit Lukas auf dem Arm die Treppe herunter und machte ein betretenes Gesicht. „Was ist los?“, fragte Anne.

„Ich muss dir was gestehen“, flüsterte er. „Ich hab’ mich vorhin verplappert wegen der Hochzeit und so. Es ist einfach so rausgerutscht. Und jetzt kocht deine Mutter in unserer Küche, weil wir ja schließlich zusammen planen müssen, wie das Fest der Feste ablaufen wird. Ich habe keine Ahnung, wie wir da wieder rauskommen sollen.“

„Klasse!“, sagte Anne. „Ich bin völlig erledigt und könnte im Prinzip sofort ins Bett fallen. Wenigstens riecht’s mal gut!“

Paul reichte Lukas an Anne weiter und öffnete die Zimmertür für beide. „Anne!“, tönte es aus dem überheizten Raum voller Essensgerüche. „Wir freuen uns ja so!“ Käthe Mettenheimer legte ihren Pfannenwender aus der Hand, wischte die Hände an der Schürze ab und umarmte Anne und Lukas. „N’ Abend!“, sagte Anne verdutzt. „Was ist hier eigentlich los?“

„Na, das müssen wir doch feiern, dass ihr endlich heiratet!“, rief die Köchin glücklich.

„Hallo Papa!“

„Hallo Anne! Was machen die Banditen?“

„Papa!“

Grinsend reichte Hermann Mettenheimer seiner Tochter über den Esstisch hinweg die Hand. „Ich weiß, das frag’ ich immer. Aber was soll ich dich auch sonst fragen? Du steckst ja schon wieder komplett im Job, oder?“

„War ein Notfall. Aber ich bin froh, dass ich wieder arbeiten gehe. Immer nur diese Mutter-Kind-Themen, nein, das war nichts. Als habe man nach einer Geburt kein Hirn mehr. Alles dreht sich nur noch um Windeln und Brei und den Entwicklungsstand der Kinder. Jetzt bin ich abends genauso platt, habe aber wenigstens zwischendrin mein Hirn mal benutzt.“

Hermann Mettenheimer lachte und winkte Anne, sich doch neben ihn zu setzen. Lukas streckte auch gleich die Arme nach seinem Opa aus, der aber zuallererst seiner Tochter einen Rotwein einschenkte. „Ihr habt da ja eine Rarität im Keller liegen!“, sagte er.

„Wieso?“ Anne roch am Roten und nahm die Barrique-Note wahr.

„Das ist der Frühburgunder vom Liebenauer Hof, der gerade den Deutschen Rotweinpreis gekriegt hat. So was habt ihr einfach so im Regal liegen, fantastisch!“

„Ach, ich glaube, davon haben wir neulich mal eine Kiste voll mitgenommen, nachdem er uns bei irgendeiner Weinprobe so gut geschmeckt hatte.“

„Aber das war zum Glück vor der Prämierung!“, lachte Paul.

„Kinder, setzt euch!“, rief Käthe Mettenheimer. „Die Suppe kommt!“

Anne trug Lukas ein paar Schritte weiter und legte ihn zu seiner Schwester auf die große Decke voller Spielsachen. Glucksend griff Emma nach ihrem Bruder, erwischte sofort seine spärlichen Haare und zog kräftig daran. Während sie glücklich lachte, brüllte Lukas schmerzerfüllt. „Das kann ja lustig werden mit euch, wenn ihr euch jetzt schon in den Haaren habt!“, grummelte Anne, löste Emmas kräftigen Griff und drückte beiden Kindern ihre Rasseln in die Hand. Dann setzte sie sich wieder neben ihren Vater und tauchte den Löffel in ihre Kürbissuppe ein. „Hmm, göttlich!“, schwärmte sie.

„Guten Appetit!“, wünschte die Köchin. Paul war anzusehen, dass er nur darauf wartete, dass „das“ Thema bald angesprochen würde, aber Anne war viel zu müde und viel zu froh über ein unerwartetes abendliches Festessen, um sich irgendwelche Gedanken zu machen. Sie genoss einfach das Essen und lobte ihre Mutter überschwänglich dafür.

„Ja, ich dachte, es ist ein guter Anlass, da habe ich eben schnell noch eingekauft für uns alle“, sagte Mama Mettenheimer. Der Braten zerfiel fast von allein in seine zartrosa Scheiben, und die Ofenkartoffeln leuchteten golden auf allen Tellern. Dann fragte Käthe Mettenheimer: „Wie ist das denn nun mit eurer Hochzeit? Paul hat mir ja kaum etwas verraten. Wir freuen uns ja so für euch! Aber das muss natürlich alles gut geplant sein! Habt ihr schon einen Saal? Also, ich könnte da ..."

„Mama!", fuhr Anne scharf dazwischen.

„Ja?"

„Wir heiraten, nicht du. Das kriegen wir schon hin, glaub mir."

„Ja, aber welchen Saal nehmt ihr denn?"

„Gar keinen. Unsere Scheune."

„Was? Anne, das kannst du nicht tun! Denk doch mal an die Verwandtschaft!"

„An die Verwandtschaft?"

„Wie ich dich kenne, setzt du die Leute einfach an Biertische. Das kannst du gerade den Älteren nicht antun. Stell dir mal die Tante Rosi in eurer kalten Scheune am Biertisch vor! Das ist doch nicht schön, Anne!"

„Keine Sorge, Mama, die Tante Rosi, die kommt auch gar nicht."

„Ach, hat sie etwa was Besseres vor?"

Hermann Mettenheimer entschloss sich zum Eingreifen: „Käthe! Nun überlass das doch den Kindern, wie sie ihr Fest planen! Uns geht der Rahmen absolut nichts an. Wir helfen euch gerne. Sagt einfach, was wir tun sollen, wir sind bereit!"

„Aber Hermann!"

„Danke, Papa!"

„Käthe, Moment mal!", sagte nun Paul. „Anne und ich haben uns überlegt, dass wir gar keine Lust auf ein riesiges Fest mit viel Verwandtschaft haben. Wir laden nur den engsten Kreis ein, der wahrscheinlich sogar hier ins Zimmer passt, und fertig."

„Nein!" Käthe Mettenheimer rang nach Luft. „Da heiratet mein einziges Kind, und dann das!"

Paul versuchte es noch einmal: „Liebe Schwiegermutter, was ist dir eigentlich wichtiger, die Befriedigung der Verwandtschaft oder ein glückliches Brautpaar?"

„Aber das geht doch beides! Kinder, das könnt ihr nicht machen!"

„Aber klar können wir!“, sagte Anne lauter als geplant. „Du kannst ja absagen, wenn's dir zu peinlich ist!“

„Pah!“ Käthe Mettenheimer stand auf und räumte an der Arbeitsplatte in der Küche irgendwelche Dinge von rechts nach links und wieder zurück.

„Noch Weincreme?“, unterbrach Paul die Stille.

Ihm gefiel die Streiterei ebenso wenig wie Hermann Mettenheimer, der irgendwo in der Tiefe seines Weinglases nach Ruhe suchte und schließlich sagte: „Also, dann erzählt doch mal, wie ihr euch eure Hochzeit vorstellt.“

Anne schnaufte tief durch. „Die Eltern, Pauls Schwestern, Julia und Gisbert werden eingeladen. Wir feiern hier im Zimmer, lassen uns das Essen aber liefern. Ganz klein und gemütlich.“

Grinsend sah der Brautvater auf: „Und bestimmt nicht mit Schleier und Schleppe, was?“

„Du kennst mich.“

„Eben. Also, Käthe, jetzt komm doch mal wieder an den Tisch! Ich finde das genau richtig, wie die beiden das vorhaben. Meinen Segen habt ihr! Paul, mach mal endlich einen Schampus auf!“ Und dann stand Hermann Mettenheimer auf und umarmte nacheinander seine Tochter, seinen Schwiegersohn und auch seine Frau, die sich allerdings noch ziemlich sträubte. Paul rannte in den Keller und kam mit einer Flasche Sekt zurück. Natürlich schoss der Korken bis an die Decke. Ein kleines Stückchen Putz fiel ab, aber der gut gelaunte Brautvater erklärte den Flecken zum Erinnerungsstück an einen denkwürdigen Abend. „Prost, meine Lieben!“, rief er aufgekratzt und stieß mit allen an.

„Wer bringt euch denn das Essen?“, fragte Käthe Mettenheimer kurz darauf.

„Wissen wir noch nicht“, meinte Anne.

„Was? Aber ihr wollt doch schon im November heiraten, und da habt ihr noch nichts festgemacht?“

„Käthe!“

„Schon gut. Ich mein' ja nur.“

Als die Eltern Mettenheimer auf dem Heimweg waren und Paul

und Anne noch die Küche aufräumten, meinte Paul plötzlich: „Sie tut mir beinahe leid."

„Komm, das war doch zu erwarten, dass sie sich zum Wedding Planner aufschwingt."

„Aber sie hat ja auch schon jahrelang versucht, dich unter die Haube zu bringen, da wachsen ja eine Menge Vorstellungen."

„Ha, und jetzt zieh' ich nicht mal 'ne Haube auf!", kicherte Anne.

„Aber eine Vorstellung hat sich ja wenigstens zu hundert Prozent erfüllt", sagte Paul und lehnte sich in den Türrahmen.

„Welche denn? Ich hab' keine Ahnung!" Anne zuckte mit den Schultern.

„Na, die nach dem besten und schönsten Schwiegersohn!"

„Boah!" Anne warf das feuchte Geschirrtuch nach Paul und schüttelte den Kopf: „Klarer Fall von Selbstüberschätzung!"

Als Anne Mettenheimer zum Dienst kam, schrie Matthes Horrweiler ihr über den Gang entgegen: „Die Sonja hat vorhin angerufen und war völlig aufgeregt. Sie will euch unbedingt sprechen und kommt gleich vorbei."

„Extra aus Mainz?", wunderte sich Anne.

„Es klang sehr wichtig", sagte Matthes.

„Aber dir hat sie nichts gesagt?"

„Ach was! Die will nur mit euch reden. Ich bin ja auch nur der Mann fürs Grobe!"

„Du Armer!", lachte Anne und nahm Matthes seine Kaffeetasse ab. „Danke! Ich hoffe, er ist nicht gezuckert!"

Horrweiler protestierte nur leise grummelnd und ging müde wieder nach nebenan, um sich einen neuen Kaffee zu holen.

Die Automatik der Flurtür war zu langsam: Sonja Drais drückte sie mit Wucht auf und stürmte geradezu ins Büro der Kommissare Olmer und Mettenheimer.

„Hört mir zu, es ist wichtig!", rief sie, noch während sie die Tür zuwarf und ihren Mantel über die Aktenstapel auf einem Rollwagen fallen ließ.

„Sonja, schön, dich zu sehen! Willst du einen Kaffee?“, fragte Anne.

„Ruhig, es eilt!“ Drais kramte ein paar Papiere aus ihrer Umhängetasche.

Die Kommissare warfen sich amüsierte Blicke zu, warteten aber gespannt.

Sonja warf die Papiere auf die Tischplatte und ließ sich auf einen der Stühle am Besprechungstisch fallen. „Ich habe mir doch den alten Fall aus Ober-Flörsheim nochmal vorgenommen“, sagte sie atemlos. „Darin war die Rede davon, dass das Kind einfach so verschwunden ist und es keine Zeugen gab. Weiter hinten in der Akte taucht aber die Aussage eines Jungen auf, der damals bei der Familie Messner gelebt hat und den sie als Pflegekind aufgenommen hatten, schon bevor Thea als leibliches Kind geboren wurde. Diese Aussage wurde erst Monate nach dem Verschwinden des Mädchens aufgezeichnet.“

„Wieso das?“, wunderte sich Norbert Olmer.

„Ganz einfach: Der Junge wollte absolut nichts sagen. Und da die Eltern Messner ihm die Schuld am Verschwinden von Thea gaben, denn er muss den ganzen Tag über mit ihr zusammen gewesen sein, gaben sie die Pflegschaft wieder ab, und der Junge musste zurück ins Kinderheim, woher sie ihn 1978 als Einjährigen bekommen hatten.“

„Wie furchtbar!“, sagte Anne. „Und später hat er dann geredet?“

„Er muss im Heim aufgefallen sein, weil er sich nicht nur nicht einfügen konnte, sondern auch nachts oft schreiend aufgewacht war, weshalb die Heimleitung ihn nach einiger Zeit zum Arzt brachte, der auch sofort eine Therapie anordnete. Danach hat der Junge eine Aussage gemacht. In der heißt es, die Kinder seien gewandert, und zwar nicht in Richtung der Eltern, die auf dem Feld arbeiteten. Das war nämlich das Erste gewesen, was er seinen Eltern gesagt hatte und bevor er sämtliche weiteren Aussagen verweigerte. Vielmehr hätten sie zum Gundersheimer Steinbruch gewollt. Als sie dort angekommen wären, hätte ein Mann die

Schwester im Auto mitgenommen. An alles Weitere konnte oder wollte sich der Junge nicht erinnern."

„Jetzt verstehe ich, warum du so aufgeregt bist! Der Steinbruch kommt ins Spiel!", sagte Anne überrascht.

Sonja nickte: „Ganz genau! Ein Junge, der auf dem Weg zum Steinbruch war und dessen Schwester verschwindet, weshalb er nicht nur sie, sondern auch das Elternhaus verliert. Das soll wohl kein Trauma auslösen! Ach ja, und dann guckt euch mal noch das Foto von Thea Messner an!", sagte Sonja triumphierend und legte das Bild eines Mädchens mit braunen Haaren und braunen Augen vor den Kommissaren auf den Tisch.

„Ui!", war der sparsame Kommentar von Norbert Olmer. Anne Mettenheimer hingegen fragte: „Heißt der Junge auch Messner?"

„Nein", sagte Sonja. „Der heißt Thorsten Jordan und ist jetzt etwas über dreißig. Wäre doch vielleicht eine Spur."

„Richtig gute Arbeit, Sonja!", lobte der Chef. „Ich mache mich gleich mal dran und versuche rauszukriegen, was aus dem geworden ist."

Derweil bat Sonja Anne, kurz mit ihr auf den Gang zu kommen. Draußen fragte Anne: „Was ist so geheim?"

Sonja Drais warf ihre Haare über die Schultern zurück und begann ihren Mantel zuzuknöpfen. „Ich muss dich mal was fragen, so von Frau zu Frau."

„Au weia", lachte Anne. „Da hast du ja genau die Richtige erwischt!"

„Nein, ernsthaft! Pass auf, es ist so: Seit wir damals zusammengesessen und die beiden Mordfälle diskutiert haben, scheine ich einen neuen Verehrer zu haben."

Anne ging die männlichen Beteiligten der Runde im Geiste durch und wusste schnell, um wen es sich handeln musste. „So so, Kippe steht auf dich, oder?"

„Hm, genau. Und ich weiß jetzt nicht so recht, wie ich ihm beibringe, dass er zwar ein netter und gebildeter Mensch ist, dass er mich aber als Mann so überhaupt nicht interessiert."

„Und du glaubst, ich könnte dir da helfen?"

„Na ja, ich hab' so was gehört, dass du mit ihm ..."

„Aha, der Buschfunk! Das war damals irgendwie ein Versehen, glaube ich. Wir waren auseinander, bevor wir richtig zusammen waren. Von daher kann ich dir eigentlich nichts darüber sagen, wie du seine zarte Seele am besten ansprichst. Seitdem reden wir nur dienstlich miteinander und beschränken uns aufs Frotzeln. In aller Ruhe geklärt worden ist da nämlich gar nichts, weißt du."

„Ach so. Na gut, dann muss ich mir halt allein eine Strategie überlegen. Der ruft mich im Moment mindestens zweimal pro Woche an und versucht, mich auf irgendein Konzert oder in eine Kneipe einzuladen. Dabei will ich doch gar nicht. Nicht mal ohne ihn!"

„Das wäre doch ein guter Ansatzpunkt. Erklär ihm, dass du generell nicht auf Konzerte und in Kneipen gehst, dann muss er das nicht mal auf sich beziehen."

„Mensch, Anne, das siehst du jetzt aber zu einfach. Dann lädt er mich ab sofort eben andauernd zum Kino, zum Canasta-Abend, zum Essen gehen oder sonst was ein."

Anne lachte. Dabei wollte sie Sonja eigentlich gern helfen. „Sag ihm doch einfach, dass Lothar da nicht so mit einverstanden wäre."

„Lothar?", fragte Sonja stirnrunzelnd.

„Kennst du den nicht?" Anne gluckste, bevor sie weiter redete: „Lothar ist 45, sieht blendend aus, ist Unternehmensberater mit eigener Firma, spielt Golf, hat eine Segelyacht in Saint Tropez liegen und trägt dich auf Händen."

„Mich?" Sonja Drais war völlig ratlos, während Anne langsam in Fahrt geriet: „Jawohl, und von einem gemeinsamen Kind träumt er auch."

„Was? Wer?"

„Sonja, du musst eben einen Konkurrenten erfinden. Und Lothar, mal ehrlich, den kann Kippe niemals toppen."

Nun lachte auch Sonja Drais: „Gute Idee! Mal sehen, vielleicht bekommt Kippe demnächst einfach eine Verlobungsanzeige zugeschickt. Willst du auch eine?"

„Klar! Der arme Kippe!"
„Ja, aber wenn du überlegst, wie hartnäckig der ist! Ich weiß mir wirklich keinen Rat mehr."
„Das könnte deine große Liebe sein, Sonja!"
„Nein, lass mal. Daran glaube ich sowieso nicht mehr. Also, danke für deinen Tipp. Tschüs!"
„Vielen Dank auch für deine Recherche, die bringt uns wirklich weiter. Bis bald!" Anne winkte noch einmal kurz, dann lief sie in ihr Büro, wo das Telefon klingelte.
„K1, Mettenheimer!"
„Peters hier!"
„Herr Peters, und?"
„Es sind mittlerweile 59 Haushalte in Rheindürkheim, die eine Pelletsheizung haben. Wenn Sie mir Ihre Faxnummer verraten, haben Sie die Liste gleich bei sich."
„Super! Herr Peters, Sie haben einen gut bei mir."
„Schon in Ordnung", brummte der Schornsteinfeger. „Sie können ja mein nächstes Knöllchen beim Falschparken vergessen."
„Äh ..."
„Schon gut, war ein Witz. Ich hab' das gern gemacht. Wenn ich dadurch helfen kann, ein Verbrechen aufzuklären, gerne wieder." Anne Mettenheimer bedankte sich und gab die Faxnummer durch.
Wenig später ratterte das Gerät im Sekretariat und spuckte drei Seiten aus. Anne stand schon wartend daneben, griff die Papiere und ging zurück in ihr Büro. Dort hatte Norbert Olmer Neues zu berichten: „Es gibt fünf Thorsten Jordans in Rheinhessen. Der einzige vom Geburtsdatum her passende lebt tatsächlich in Rheindürkheim. Anne, wir haben ihn!"
„Langsam, Norbert! Das ist der Typ, der vor zwanzig Jahren eine Schwester verloren hat, der angeblich Ähnliches widerfahren ist wie den Mädchen heute. Und Sonja meint, es könne sein, dass der heute etwas abarbeiten will. Aber das ist nur ein ganz vager Verdacht."
Olmer grinste: „Dass du mich mal bremsen würdest, ich staune!

Sonst bist du doch diejenige, die sofort die Dienstwaffe zückt und zugreift."

„Ja ja, ich werde halt auch langsam älter und weiser", grinste die Oberkommissarin und wedelte mit ihrem Fax. „Wir gucken erst mal die Liste hier durch, die hat der Schornsteinfeger von Rheindürkheim eben geschickt. Wenn sich da eine Übereinstimmung ergibt, bin ich dabei."

Olmer nickte und beugte sich mit Anne über das Papier.

„Mist, kein Jordan dabei!", schimpfte Anne. Auch Olmer war enttäuscht. „Okay, dann werden wir jetzt sämtliche Besitzer von Pelletsheizungen und gleichzeitig diesen Herrn Jordan besuchen."

„Puh, alle sechzig?"

„Klar, alle sechzig. Und auf deren Autos, Gartenstühle und Grundstücksgrenzen werden wir nebenbei auch noch achten."

Rolf Iben war eben hereingekommen und lachte: „Lieber Chef, darf ich dir einen Vorschlag machen?"

„Nur zu!"

„Schon mal was von Computern gehört? Da findest du jeden einzelnen Quadratzentimeter dieser Erde als Satellitenbild. Das würde uns bestimmt helfen, vorab einige Grundstücke auszuschließen und andere in die engere Wahl zu nehmen."

Anne lachte: „Rolf, wenn wir dich nicht hätten! Ich hab' mich schon zu sechzig Familien pilgern sehen!"

„Dann führ uns mal vor, wie das geht", sagte Norbert Olmer. „Ich bin ja eher von der alten Schule und gucke mir alles vor Ort an."

„Aber du musst zugeben, dass diese zeitsparenden technischen Angebote auch schon nicht mehr brandneu sind", meinte Iben mit starrem Blick auf den Bildschirm.

„Ja ja, sag's mir ruhig, dass ich zum alten Eisen gehöre!", murrte der Chef des K1. Beeindruckt studierte er kurz darauf Rheindürkheim von oben. Anhand der eingeblendeten Straßennamen auf den Satellitenbildern gingen die drei Kommissare die Adressen durch und stellten fest, dass zum Glück nur vierzehn der Pelletsheizungen in einem Haus standen, das mit der Rückseite an Gärten oder Felder angrenzte.

„Das sieht ja schon besser aus“, freute sich Anne. „Rolf, komm, jetzt gucken wir noch eben, welche Autos in den jeweiligen Häusern gemeldet sind.“ Doch diese Suche erwies sich als sinnlos: Einen silberfarbenen Van fuhr keiner der Hausbesitzer, während gleich von zehn von ihnen dunkle Kombis oder Mittelklassewagen gefahren wurden.

Rolf Iben und Dieter Wiesen übernahmen die eine Hälfte der Adressen, Anne Mettenheimer und Norbert Olmer den zweiten Teil.

„Wir fahren zuerst zu diesem Jordan!“, verlangte Olmer. Thorsten Jordan, ein äußerlich völlig unauffälliger Mann in den Dreißigern, war auch gleich an der Haustür, als die Kommissare klingelten. „Wie, Sie kommen extra hierher, um mich zum Verschwinden meiner damaligen Stiefschwester zu befragen?“, wunderte er sich. „Ich habe damals alles zu Protokoll gegeben. Ich bin sehr froh, dass die Zeit vorbei ist und dass ich zu dieser Familie auch keinen Kontakt mehr habe. Die haben mir massive Schuldgefühle eingeredet! Die Therapie, die die Heimleiterin mir damals verordnet hat, war das einzig Richtige. Und jetzt entschuldigen Sie mich bitte, ich bekomme gleich Besuch und möchte noch das Essen vorbereiten.“

„Freundlich, aber bestimmt“, sagte Anne, als sie wieder zum Auto gingen. Ähnlich erging es ihnen mit den anderen Leuten auch. Verständnisvoll zeigten manche sogar ungefragt Heizung und Kellerräume, sowie die Kellertüren zum Garten hin. Niemand verlangte nach einem Durchsuchungsbeschluss, denn alle wollten der Kripo gern weiterhelfen.

Anne tippte schon den Bericht über diesen Ausflug in den Computer, als Iben und Wiesen wieder ins Büro kamen. „Und?“, fragte sie erwartungsvoll.

„Pah!“, stieß Dieter Wiesen aus.

Rolf Iben wurde konkreter: „Alle waren super-freundlich. Nur einer hat sich beschwert, es wären doch vor ein paar Minuten schon Kollegen von uns da gewesen, ob wir denn immer noch nicht genug über seine Schwester wüssten. Dabei wollten wir doch nur was zu seiner Heizung fragen. Ich hab' ja nicht ganz verstanden, worüber der sich aufgeregt hat."

„War das dieser Jordan?", fragte Anne aufgeregt.

„Ja, das stand an der Tür. In unserer Liste heißt der Hausbesitzer allerdings Müller."

Norbert Olmer blätterte kurz in den Unterlagen auf seinem Schreibtisch und sagte dann: „Da, ich wusste es doch! Thorsten Jordan hat die gleiche Adresse wie die Familie Müller in Rheindürkheim. Deshalb waren wir auch zweimal dort: einmal zum Fall Thea Messner, einmal wegen der Heizung."

Anne fragte: „Ist er da Untermieter? Aber dann kann man doch keine Kinder im Keller versteckt halten!"

„Na ja, es gibt auch noch die Möglichkeit, dass der Schornsteinfeger nur den Namen des Hausbesitzers notiert hat, der aber längst nicht mehr dort wohnt. Thorsten Jordan ist erst seit einem halben Jahr dort gemeldet."

„Okay, dann also los!", rief Anne.

„Ja, los geht's! Aber erst mal nur wir und etwas Verstärkung im Hintergrund. Und vor allem ganz, ganz unauffällig, hörst du?"

„Ja, klar. Aber trotzdem schnell! Er hat schließlich vielleicht noch die Lea bei sich!"

„Vermutlich, Anne. Vermutlich."

„Kommst du jetzt endlich?"

„Ist ja gut!" Norbert Olmer folgte seiner eiligen Kollegin, und kurz darauf waren die beiden mit Rolf Iben und Dieter Wiesen im Schlepptau nach Rheindürkheim unterwegs.

Das Haus lag direkt am Rhein. Nur die Straße und eine steile Böschung trennten es vom Strom. Gerade tuckerte die „Kathrijn" mit holländischer Flagge mühsam flussaufwärts. Das Tageslicht kämpfte seit den frühen Morgenstunden mit zähem Nebel, und hier am Rheinufer hielten sich die Schwaden besonders hartnäckig. Feuchtkalt auf der Haut prickelnde Luft umhüllte die Kommissare, als sie ein paar Häuser von ihrem Zielobjekt entfernt vor dem Rheindürkheimer Sportplatz parkten. Eine Streife hielt hinter ihnen. Die Kommissare gingen zum Haus aus alten gelbbraunen Backsteinen, während die Streifenpolizisten versprochen hatten, auf der Rückseite des Gebäudes Posten zu beziehen. „Siehst du, hinter den Häusern sind ein paar Gärten, sonst nichts“, sagte Olmer.

„Das ist doch hier das berühmte Gleisdreieck“, meinte Anne. „Da wird doch seit Jahren debattiert, ob und wie es bebaut werden soll, und zum Glück wird es deshalb erst mal gar nicht zugeklatscht mit noch mehr Industriegebäuden oder noch mehr kleinbürgerlichem Reihenhaus-Glück. Hast du den Beschluss dabei?“, fragte Anne.

Norbert Olmer nickte. Der diensthabende Staatsanwalt hatte problemlos innerhalb weniger Minuten einen Durchsuchungsbeschluss ausgestellt. Wiesen klingelte. Es tat sich nichts. Auch nach dem zweiten Klingeln öffnete niemand. „Schade, ausgeflogen!“, sagte Norbert Olmer und tippte die Nummer der Feuerwehr in sein Handy. „Wo bleibt ihr?“, fragte er. „Ah, okay. Dann bis gleich.“

„Im Fernsehen würden die jetzt einen Dietrich oder die berühmte Scheckkarte aus der Hosentasche ziehen. Und wir stehen hier in der Kälte rum und warten.“ Anne Mettenheimer war ungeduldig. Auch, weil sie wusste, dass möglicherweise noch ein Kind im Haus gefangen gehalten wurde.

„Immer langsam, du weißt doch!“, bat ihr Chef. Also gingen sie um das Haus herum und sahen in alle Fenster im Erdgeschoss. Die des Kellers waren allesamt vergittert und blind. „Völlig normal, das alles“, murmelte Anne beinahe enttäuscht.

„Was hast du erwartet?“

„Stimmt ja. Hoffentlich kommt der Schlüsselmann bald!“

„Sie, was machen Sie denn da?“, fragte eine durchdringende Stimme vom Nachbargarten aus. „Ich ruf’ gleich die Polizei!“

Norbert Olmer nahm der aufmerksamen Nachbarin den Wind aus den Segeln: „Gut, dass Sie so wachsam sind! Wir sind übrigens selbst von der Polizei. Hier, sehen Sie, mein Ausweis!"

„Aha, na dann! Hat er was ausgefressen, der Herr Jordan?"

„Nein, nein. Wir müssen nur etwas überprüfen."

Es war einfach unnötig, die Frau jetzt schon einzuweihen. Sie würde als Zeugin sowieso noch genug berichten müssen.

„Sie, der wohnt ja noch nicht lang hier!"

„Ach ja?" Anne Mettenheimer zeigte sich neugierig. „Was macht der denn so?"

„Ei, nix!"

„Wie, nix?"

„Der war mal auf Montage bei den Arabern da irgendwo, aber seit er hier wohnt, hat er keine Arbeit mehr. Ich weiß aber auch nicht, ob er richtig sucht, der Herr Jordan. Der müsste ja eigentlich was finden, so jung und gesund, wie der noch ist!"

Endlich hielt der Wagen der Berufsfeuerwehr vor dem Haus. Anne winkte den Mann nach hinten an die Kellertür. „Ich glaube, hier kommen wir schneller zum Ziel", meinte sie und stieg die wenigen Stufen aus verwittertem Waschbeton hinab. Dieter Wiesen bezog Stellung vor der Haustür. „Falls Jordan doch im Haus ist und nun vorne raus abhauen will, stehe ich da besser." Olmer nickte und trat durch die jetzt geöffnete Kellertür ins Haus. Vorsichtig schlichen die drei Kommissare durch die Kellerräume. Der erste Raum war die Waschküche. Neben der Waschmaschine befand sich ein Regal mit Vorräten, hauptsächlich Doseneintopf und Würstchen im Glas. Der Heizungskeller sah aus wie überall: ein Brenner, ein Steuerungsgerät, daneben ein Wäscheständer und ein alter Klappstuhl. In einem Raum zur Straße hin befand sich ein riesiger Behälter mit Holzpellets, die durch einen dicken Schlauch nach nebenan in den Heizungsraum und in den Brenner gesaugt werden konnten.

Eine Metalltür war abgeschlossen. Anne wollte schon zum Schlüssel greifen, der oben neben dem Türrahmen an einem Nagel an der Wand hing, doch Rolf Iben bremste: „Du weißt doch, erst mal das ganze Objekt durchsuchen. Womöglich ist Jordan noch da!", flüsterte er. Anne nickte, obwohl sie vermutete, dass genau hinter dieser Tür das Kind zu finden wäre – wenn überhaupt. Die Treppe ins Erdgeschoss war zum Glück gemauert, denn nichts hasste Anne mehr als eine knarrende Treppe während einer Durchsuchung bei Gefahr im Verzug.

Iben, Olmer und Mettenheimer schlichen durch alle Räume, aber sie fanden niemanden. Im Obergeschoss des alten Häuschens, hier herauf knarrte die angejahrte Holztreppe gewaltig, befanden sich nur zwei kleine Kammern, in denen außer Bett, Kleiderschrank und Schreibtisch keine Möbel zu finden waren – und erst recht kein Mensch. „Der ist hier nicht!“, sagte Anne laut nach der angespannten Zeit der ersten Durchsuchung. „Zurück in den Keller, ich will hinter diese verschlossene Tür gucken!“ Sie lief eilig beide Treppen hinab und nahm den Schlüssel vom Nagel. „Warte!“, zischte Olmer noch, um hinter Anne für Sicherung zu sorgen, aber sie kümmerte sich nicht um den Rückraum, sondern öffnete die Tür. Muffige Luft schlug ihr aus dem Dunkel entgegen. Nur ein schummriges Nachtlicht in einer Steckdose beleuchtete den fensterlosen Raum, in dem Anne ein altes Sofa ausmachen konnte. Eine zierliche Gestalt lag auf den Polstern und begann sich zu bewegen. Wie erstarrt blickten die Kommissare auf das Kind, das verschlafen den Kopf hob und „Mama?“ krächzte.

„Lea?“, fragte Anne Mettenheimer.

„Ja, aber wo ist Mama?“

„Du bist Lea Zeyer?“

„Ja, aber wo bin ich hier eigentlich? Ich hab’ so’ nen Durst!“

„Rolf, kannst du mal eben einen Becher Wasser organisieren?“, bat Anne. Iben nickte und verschwand.

„Lea, wir sind von der Polizei und wollen dich gern erstmal zum Arzt mitnehmen, aber Mama und Papa sagen wir auch Bescheid, dann siehst du sie gleich wieder.“

„Hmm“, nickte das Mädchen träge.

„Kannst du aufstehen?“

„Ich bin so müde. So müde.“ Lea legte sich wieder hin, zog die Beine an und wollte einschlafen, doch Anne Mettenheimer zog sie zurück in die Senkrechte. „Lea, bleib wach!“, rief sie und bewegte dem Kind die Arme, um den Kreislauf anzuregen. Minuten später stürmten der Notarzt und seine Sanitäter in den Keller und kümmerten sich um das Kind. Rolf Iben hatte in der Zwischenzeit die Fahndung nach Thorsten Jordan abgesetzt und die Spurensicherung ins Haus bestellt. Die Suche nach Jordan würde sich schwierig gestalten, weil auf ihn kein Auto zugelassen war, das man nun suchen konnte. Und sämtliche Fotos und Personenbeschreibungen, die es über ihn gab, liefen immer wieder darauf hinaus, dass er eben in allen Bereichen „mittel" eingeschätzt wurde: mittelgroß, mittelalt, keine signifikanten Merkmale. Rolf Iben nahm an der Haustür gerade Matthes Horrweiler mit seinem Koffer zur Spurensicherung in Empfang, als vor dem Haus ein schwarzer Opel auftauchte. Er fuhr ebenso langsam wie alle Neugierigen, die mitbekommen wollten, was sich in ihrer Nachbarschaft so Außergewöhnliches tat. Beinahe sah es so aus, als wolle er vor dem Haus parken. Rolf Iben sah genauer hin: „Matthes, das ist er!", flüsterte er aufgeregt. „Schnell, das Kennzeichen!"

Der Wagen hielt dann doch nicht an, sondern gab schnell Gas, als der Fahrer den Überblick darüber gewonnen hatte, was sich auf seinem Grundstück offensichtlich abspielte. Iben gab das Kennzeichen an die Zentrale durch, Horrweiler raste zu den Kollegen auf der Straße und schrie aufgeregt: „Da vorn, da fährt er! Der schwarze Opel! Los doch, den kriegt ihr noch!" Die Polizisten sprangen in ihren Wagen, den sie mittlerweile vor dem Haus stehen hatten, und nahmen die Verfolgung auf.

„Anne, du fährst mit dem Kind, alle anderen hinter dem Mann her!", rief Norbert Olmer, der mit wehender Krawatte aus dem Haus und die Eingangstreppe hinunter zum Wagen rannte.

Anne Mettenheimer war beinahe ein bisschen enttäuscht, dass ihr eine wilde Verfolgungsjagd entgehen sollte, aber irgendjemand musste ja auch mit Lea in die Klinik fahren. Sie setzte sich neben der Trage hin und rief in der Zentrale an. „Such mir mal die Nummer von Familie Zeyer in Gundersheim raus", bat sie den diensthabenden Kollegen.

Nun konnte Anne Leas Eltern anrufen.

Ihre Mutter nahm gleich nach dem zweiten Tuten ab: „Ja?“

„Frau Zeyer? Kriminaloberkommissarin Mettenheimer am Apparat.“

„Ja! Ist etwas passiert? Gibt es Neuigkeiten?“ Marion Zeyers Stimme überschlug sich fast. Natürlich wusste sie, dass sie nicht einfach so am helllichten Tag von der Kripo angerufen wurde.

„Lea lebt.“

„O Gott! Ich meine, wie wunderbar! Wo ist sie? Wie geht es ihr?“

„Wir bringen sie gerade in die Klinik. Kommen Sie hin?“

„Ja, natürlich!“ Den Rest verstand Anne Mettenheimer nicht mehr, denn er ging in Schluchzern und Gestammel unter.

„Kommt ihr jetzt jeden Tag?“, fragte ein übereifriger Assistenzarzt in der Notaufnahme.

„Haa – haa!“ Anne Mettenheimer fand die Bemerkung überhaupt nicht lustig. Lea bekam von alledem kaum etwas mit, sie war wieder eingeschlafen. Zur ersten Untersuchung kam ihre Mutter nur knapp zu spät. Aufgeregt rannte Marion Zeyer den Gang entlang auf Anne zu. „Sind Sie die Kommissarin, die angerufen hat? Wo ist Lea?“

„Frau Zeyer, beruhigen Sie sich erst mal ein bisschen! Lea ist vermutlich nichts weiter passiert.“

„Nichts weiter passiert nennen Sie so was?“

„Ich meine, sie ist nicht misshandelt worden. Sie hat vermutlich die ganze Zeit verschlafen.“

„Wo ist sie denn nun?“

„Hier entlang, kommen Sie!“

Als klar war, dass Lea vermutlich an diesem Abend nicht mehr aussagen würde, weil sie dauernd wieder einnickte, rief Anne endlich Norbert Olmer an.

Der hatte keine guten Neuigkeiten: „Wir sind an ihm dran, aber er steht jetzt auf der Rheinbrücke und droht zu springen.“

„Soll er doch!“, rutschte es Anne spontan heraus. Sie stellte sich das Stirnrunzeln ihres Chefs am anderen Ende der Leitung vor und ergänzte: „Aber eigentlich wär's besser, der würde noch was erzählen."

„Natürlich!"

„Und was macht ihr jetzt? Soll ich noch rauskommen?"

„Rolf redet mit Engelszungen auf den Mann ein, aber er kommt auch nicht näher an ihn ran. Fahr du zurück ins Büro. Hier kannst du sowieso nichts mehr tun. Wir treffen uns dann nachher dort."

„Ist gut."

Anne bestellte sich einen Wagen zur Abholung, und während sie wartete, stellte sie sich vor, wie Rolf Iben vor dem Verdächtigen stand, der sich schwankend auf dem Geländer der Rheinbrücke hielt und den der nächste kräftige Windstoß in die Fluten befördern konnte. Ihr Bild wollte nicht recht gelingen: Sie hatte vergessen, zu fragen, ob er auf der alten oder der neuen Rheinbrücke stand. Das war im Moment eine Frage von essenzieller Bedeutung, denn die neue Rheinbrücke, seit wenigen Wochen für den Verkehr freigegeben, müsste komplett gesperrt werden, während man auf der alten Brücke jede Menge Platz hätte. Sie wurde gerade renoviert, und niemand würde hier aufgehalten, nur weil ein lebensmüder Mehrfachmörder hier sterben wollte. Wie ärgerlich! Und da sie sicher war, dass im Büro nur unangenehme Arbeiten auf sie warten würden, sagte Anne Mettenheimer zum Kollegen am Steuer: „Fahr mich doch lieber ans Rheinufer als in die Hagenstraße!" Schon von Weitem sah sie, dass der Mann auf der alten Rheinbrücke stand. „Ist ja auch stilvoller für einen Abgang!", dachte sie sich und rannte die Rampe hinter der Absperrung hoch. Auf der neuen Rheinbrücke hatten uniformierte Kollegen alle Hände voll zu tun, den Stau durch Gaffer aufzulösen und für einen einigermaßen fließenden Verkehr zu sorgen. Trotz des Nebels und der sich früh herabsenkenden Dämmerung versuchten einige beim Vorbeifahren aus dem Autofenster Aufnahmen mit dem Handy zu machen. Ob die privaten Sender für so was gut zahlten? Nun bekam Anne tatsächlich die Stirnfalten ihres Chefs zu sehen: „Ich hab's ja geahnt, dass du hier auftauchen würdest!", brummte er.

„Wie lange steht der schon da oben?“, fragte Anne.

„Keine drei Minuten. Erst hat er immer am Geländer gelehnt und alles Mögliche gebrüllt, was wir wegen des Verkehrs aber kaum verstehen konnten. Rolf ist dann näher ran gegangen, und dann haben wir auch den nicht mehr verstanden. Eben ist Jordan aufs Geländer geklettert und will wohl wirklich Ernst machen. Ich hoffe, Rolf kann da noch eingreifen.“

Gespannt beobachteten nicht nur Anne und Olmer, sondern auch Dieter Wiesen und alle anderen anwesenden Polizisten das Geschehen. Im Hintergrund hatte sich bereits der Notarztwagen bereitgestellt, und einige Male kippelte Thorsten Jordan bedenklich. Als er einmal rückwärts schwankte, stürzte sich Rolf Iben auf den Mann und zog ihn zurück auf die Brücke und dort auf den Boden. Jordan zappelte und schlug wie wild um sich, aber er hatte keine Chance mehr. Dieter Wiesen kam seinem Kollegen eilig zu Hilfe, und viele weitere Hände packten mit an, sodass der Verdächtige schnell in den Kleinbus verfrachtet und abtransportiert werden konnte. „Gut gemacht, Rolf!“, lobte Norbert Olmer und nickte Iben zu.

„Klasse!“, rief Anne und klopfte Rolf auf die Schulter. Und Dieter Wiesen sagte: „So kenn’ ich dich gar nicht. Was für ein Einsatz!“

„Das soll wahrscheinlich ein Lob sein, oder?“, grinste Rolf und klopfte sich den Straßenstaub von der Kleidung.

„Das erzählen wir deiner Mama, die wird vielleicht stolz sein!“, lachte Anne. Rolfs Eltern betrieben eine urige Weinkneipe am Alzeyer Roßmarkt, und sie verfolgten den Werdegang ihres einzigen Kindes mit ungeheurem Stolz. Diese Festnahme wäre ohne Zweifel die Krönung der elterlichen Bilanz.

„Anne, wart’ mal eben!“, rief einer der diensthabenden Kollegen aus der Zentrale durch den Flur.

„Ja?“

„Du hast doch dein Fahrrad als gestohlen gemeldet. Wir haben es gefunden.“

„Klasse! Wo kann ich's abholen?"

Der Beamte griente breit und sagte: „Na ja, das würde ich mir überlegen."

„Nun sag schon!"

„Der Kollege aus Osthofen hat gerade angerufen. Ein Miele-Rad, steinalt, schwarz."

„Ja, genau!"

„Es lag im Seebach gut hundert Meter vor dem Wertstoffhof, allerdings ohne Laufräder und Sattel."

„Mist, der gute Brooks!", fluchte Anne. Immerhin, der Rahmen des über sechzig Jahre alten Rades war ohnehin unverwüstlich. Mit etwas Mühe wäre das gute alte Stück wieder instand zu setzen. „Also kann ich es in Osthofen abholen?"

„Kannst du. Herzlichen Glückwunsch, das passiert den wenigsten beklauten Radlern!"

„Danke, Kollege!"

„Anne, hast du gerade Zeit?", fragte Sonja Drais, als Kommissarin Mettenheimer sich gemeldet hatte.

„Hallo Sonja, klar! Was gibt's?"

„Ich hatte dir doch neulich von den verschiedenen Varianten erzählt, die das Verhältnis zwischen Persönlichkeit und Straftat beschreiben. Erinnerst du dich?"

„Natürlich! Jordan haben wir in die Sparte psychische Erkrankung gesteckt."

„Genau. Aber jetzt weiß ich mehr. Ich habe mittlerweile drei lange Gespräche mit dem Mann führen können."

„Ui, dann erzähl mal!", bat Anne aufgeregt.

„Ich halte Jordan für schizophren", sagte Sonja Drais.

„Aha, diese Sache mit Dr. Jekyll und Mr. Hyde also!"

„Nein, gar nicht! Das ist ja das Problem, dass schizophrene Menschen immer falsch eingestuft werden. Sie haben keine gespaltene Persönlichkeit. Aber das meinen ausgerechnet Akademiker immer wieder, denn sie leiten den Begriff oft wortwörtlich ab. Schizo kommt aus dem Griechischen und heißt sich

abspalten. Aber das trifft den Kern der Krankheit nicht."
„Ah", hauchte Anne Mettenheimer beeindruckt in den Telefonhörer.
„Schizophrenie kann anfallartig verlaufen. Will heißen, du hast manchmal jahrelang kein Problem, und plötzlich geht's los. Typische Symptome sind Ich-Störungen, Sinnestäuschungen, inhaltliche Denkstörungen, Wahnvorstellungen. Viele hören auch Stimmen, gelegentlich befehlende, oft beleidigende oder Gedanken kontrollierende Stimmen. Die können urplötzlich aus dem Nichts auftreten, aber auch mitten in Sätzen, die sie gerade von anderen Menschen hören."
Die Kommissarin staunte: „Was es alles gibt!"
„Ja", bestätigte die Psychologin. „Und bei Jordan gibt es noch eine Menge zu entdecken. Seine Probleme ordne ich bei den sogenannten Positivsymptomen ein, denn die Negativsymptome, nach denen die Krankheit auch verlaufen könnte, lassen die Betroffenen eher eingeschränkt handeln und reagieren."
„Denen fehlt quasi die Energie zu dem, was Jordan alles getan hat."
„So könnte man das sagen, ja."
„Aber wie kommt es zu solchen Ausrastern?"
„Das kann genetische Veranlagung sein. Darüber weiß ich bei unserem Täter aber noch nicht viel. Wer anfällig für Schizophrenie ist, bei dem kann sie ausgelöst werden, wenn bestimmte Stressfaktoren zusammenkommen. Bei den ganz Armen beginnt das mit dem Geburtsstress. Andere haben den ersten Schub nach einer schweren körperlichen Krankheit, aber auch eine unglückliche Kindheit kann der Auslöser sein. Und bei manchen Menschen werden Anfälle sogar durch beispielsweise eine neu auftretende Laktoseintoleranz ausgelöst."
„Also im Prinzip alles und nichts."
„Genau. Wobei in unserem Fall der Tod der Halbschwester und die Abschiebung ins Heim extrem gute Gründe für den Ausbruch der Krankheit gewesen sein könnten."
„Aber wieso wird er dann erst so viele Jahre später aktiv?"

„Möglicherweise durch die Trennung von seiner letzten Freundin vor einigen Monaten. Das hat ihn wohl sehr belastet und war ja auch mit dem Umzug nach Rheindürkheim verbunden, weil sie ihn aus der gemeinsamen Wohnung geworfen hat. Du darfst übrigens mal raten, wie die Frau aussieht. Er hat mir nämlich ein Foto gezeigt."

Wie aus der Pistole geschossen antwortete Anne: „Braune Haare, braune Augen natürlich!"

Sonja Drais lachte: „Siehst du, das habe ich erwartet. Ehrlich gesagt, ich war auch überrascht, dass er mit einer blonden Frau mit blauen Augen zusammengelebt hat. Als er sich in sie verliebte, hatte er eben andere Dinge im Kopf als sein Trauma mit der Schwester. Zum Glück für beide! Ich bin jedenfalls mittlerweile so weit, dass ich Jordan in die paranoide Schizophrenie eingruppieren würde. Da tauchen, aber das sagte ich ja schon, kaum Negativsymptome auf, dafür aber in den meisten Fällen akustische Halluzinationen. Auf die beruft er sich auch, wenn er es denn raus lässt. Dieser Mann ist ein harter Brocken. Einerseits wollte er endlich richtig Abschied nehmen von der Schwester, andererseits sollte sie nochmal genau dort sterben wie beim ersten Mal. Er sagte mir, er hätte doch gewusst, wo und wie sie gestorben sei, deshalb hätte er das diesmal nicht anders machen können, sonst wäre doch etwas nicht in Ordnung gewesen."

„Au weia", seufzte Anne, „das klingt aber ganz schön schräg."

„Das ist es auch, glaub mir! Immerhin wollte er gleichzeitig, dass seine Schwester überlebt und mit ihm weiterlebt, denn den Verlust hat er bis heute nicht verkraftet. Sie war wohl seine einzige wirkliche Vertraute."

„Deshalb hat er sich Lea so ewig im Keller gehalten? Um mit ihr zu leben?"

„Das muss ich noch genauer herausbekommen, da widerspricht er sich öfter mal. Es muss anfangs wirklich absolute Unkenntnis im Umgang mit Barbituraten gewesen sein. Es klingt komisch, aber für ihn war es dann eine Erleichterung, dass die Mädchen tot waren und nicht mehr dagegen protestieren konnten, bei ihm zu sein oder gar für seine kleinen Schwestern gehalten zu werden. Mit Joelle hat er den Tod seiner Schwester nicht ganz perfekt nachstellen können, nicht so, wie er glaubte, dass er sein musste. Und Jana ist ihm offensichtlich zu schnell für immer eingeschlafen. Er berichtete von seiner Panik, als die Leichenstarre einsetzte und er sie noch nicht für die Szene im Steinbruch hatte vorbereiten können."

Anne Mettenheimer schüttelte den Kopf und brummte: „Sorgen hat der Mann!"

Dann fragte sie: „Wie therapiert man den eigentlich, wenn du alles aus ihm rausgefragt hast?"

„Ach, weißt du, das ist schwierig. Es gibt Medikamente, aber die sind nicht wirklich die Lösung, zumal sie mit starken Nebenwirkungen einhergehen. Es kann sein, dass sein Krankheitsschub langsam ausläuft, aber dann ist er natürlich nicht geheilt. Auf jeden Fall sollten wir gut auf ihn aufpassen. Beim Abklingen eines Krankheitsschubes sind viele Patienten suizidgefährdet."

„Na, wir hatten ihn doch schon auf der Rheinbrücke!"

„Ach, Anne, das war wohl eher die Verzweiflung über das Entdecktwerden allgemein!"

„Schuldfähig ist er in dem Zustand aber auch nicht, oder?"

„Das muss der Gutachter sagen, der zweifellos demnächst beauftragt wird."

„Machst das nicht du?"

„Nein, denn ich bin ja schon vorbelastet durch die Mitwirkung bei den Ermittlungen. Das muss jemand machen, der ganz neutral und frisch an den Fall herangeht."

„Sonja, ich bin aber froh, dass du dir den Typen schon mal genauer angeguckt hast. Ich würde so einen ja nie verstehen. Was man alles haben kann! Mir liegen eher diese Fälle, wo einer eine Stinkwut kriegt, zum Messer greift, die Leiche einfach liegen lässt und abhaut. Klare Sachen, weißt du."

Sonja Drais lachte. Dann sagte sie: „Ich fand es auch sehr angenehm, mit euch Wormsern zusammenzuarbeiten. Vor allem mit dir. Ich würde den Kontakt gern aufrechterhalten. Wir können uns ja mal auf einen Kaffee treffen, meinst du nicht?"

„Das ist eine richtig gute Idee, das machen wir! Und danke nochmal für deine gute Arbeit, Sonja!"

„Gerne. Tschüs, Anne!"

„Ja, mach's gut!"

„MUTIGE KOMMISSARIN RETTET KLEINE LEA!

Tochter von Lufthansa-Manager in Sicherheit!

WORMS. Ihre Muttergefühle leiteten Kriminalkommissarin Annette Mettenheimer sicher an den unheimlichen Ort, an dem Lea vom lange gesuchten Wonnegauer Mädchenmörder wochenlang festgehalten und gequält wurde ..."

„So ein Blech!", schimpfte Anne Mettenheimer, als sie die Schlagzeilen des Boulevardblattes am nächsten Morgen vor sich liegen sah. Paul hatte den Titel beim Bäcker entdeckt und gleich mitgenommen. „Guck mal, da geht's um deine Muttergefühle!", hatte er fröhlich gerufen und die Zeitung mitsamt der Brötchentüte auf den Küchentisch geworfen. Anne hatte sich auf das Blatt gestürzt und sich bei jedem zweiten Wort aufgeregt. „Und dann haben die auch noch das Ober- unterschlagen! So mach' ich nie Karriere!"

Paul schüttelte den Kopf und begann, sich sein Brötchen zu schmieren. „Weißt du, was mich wundert?", fragte er.

„Nö", sagte Anne und biss krachend in ihr erstes Brötchen.

„Na, dass von der Verhaftung noch gar nichts in den Zeitungen steht. Das wäre doch eine viel größere Schlagzeile als die kleine Lea."

„Die Presse weiß offiziell noch gar nichts von der Festnahme. Alle Schaulustigen haben geglaubt, wir hätten's da mit einem ganz normalen Lebensmüden zu tun. Dass das der gesuchte Mörder in völliger Panik war, hat ja noch niemand mitbekommen. Um elf ist Pressekonferenz. Dann geht's erst rund."

Aus dem Kinderzimmer drangen erste Geräusche. Also verschob Anne die zweite Hälfte des ersten Brötchens auf später und ging zu Emma und Lukas. Bestens gelaunt rollten die beiden durch ihre

Betten und warfen quietschend alle Spielsachen, die sie gestern noch unbedingt hatten haben wollen, im hohen Bogen über das Gitter. Als die Kinder in frischen Windeln und Kleidern steckten, trug Anne unter jedem Arm ein schweres Bündel nach unten in die Küche. Paul hatte schon die Milchflaschen angewärmt und freute sich, dass sich ihm vier Ärmchen entgegenstreckten; ob nun aus Zuneigung oder aus schlichtem Hunger, war ihm ganz gleich. „Emmas Hose ist schon wieder zu kurz", stellte er fest.

„Hm. Die wächst explosionsartig!", bestätigte Anne. „Aber wir haben ja noch einen, der's auftragen kann. Lukas braucht immer noch mindestens eine Größe kleiner."

„Das wird schon. Der wächst halt später. Hat ja Zeit."

„Genau. Kann ich noch einen Kaffee kriegen?"

Und damit vertiefte sich Kommissarin Mettenheimer wieder in ihre Lektüre, diesmal allerdings in die der seriöseren regionalen Tageszeitung. Die wohlig schmatzenden Laute ihrer Milch trinkenden Kinder registrierte sie dennoch. So konnte ein harmonischer Tag beginnen!

„Meine Damen und Herren, wir können bekannt geben, dass wir den lange gesuchten Verdächtigen in den Mordfällen Joelle und Jana sowie in den Entführungsfällen Vanessa und Lea gestern gefasst haben."

Ein Raunen ging durch den Saal, das in Windeseile zu aufgeregtem Gebrodel anschwoll und hektisches Telefonieren auslöste.

„Der Verdächtige hat die Taten bereits eingeräumt und ist nun also in Haft."

Der leitende Kriminaldirektor Martin Sommer genoss seinen Auftritt sichtlich. Endlich konnte er Positives vermelden, endlich konnte niemand mehr bezweifeln, dass sein K1 auch diesmal wieder solide Arbeit geleistet hatte.

„Wer ist es?", rief jemand.

„Sie werden verstehen, dass wir über die Identität des Festgenommenen noch keine Angaben machen."

„Wollte er Vanessa und Lea auch umbringen?"

„Das können wir einstweilen nur spekulativ bewerten, obwohl wir natürlich davon ausgegangen sind, weshalb die Ermittlungen ja auch unter einem enormen Zeitdruck standen. Ich beglückwünsche das K1 daher ausdrücklich zu seiner schnellen und effizienten Arbeitsweise!"

„Ha! Wären die schneller gewesen, könnten die Kinder vielleicht noch leben!"

„Da muss ich Ihnen energisch widersprechen! Unsere Ermittler waren extrem schnell und haben Tag und Nacht in alle Richtungen ermittelt, da war leider gar nichts zu verhindern. Und vergessen Sie nicht, dass zwei Mädchen gerettet werden konnten!"

Anne Mettenheimer saß in der letzten Reihe und fand es ganz beruhigend, dass die Öffentlichkeit noch nicht in alle Details eingeweiht war. Das kam alles noch früh genug. Und wie fair, dass Sommer sich so entschlossen vor seine Leute stellte! Anne war sich ja nicht sicher gewesen, ob sie mit diesem Anzugträger als neuem Leitenden klar käme, aber mittlerweile fand sie, da saß genau der Richtige auf dem Chefsessel.

„Wo haben Sie den Mörder geschnappt?", rief eine junge Frau aus dem Publikum.

„Ich darf an Hauptkommissar Norbert Olmer weitergeben, der die Ermittlungen leitet. Bitte, Herr Olmer."

Norbert Olmer beugte sich etwas nach vorn, um besser ins Mikrofon sprechen zu können. Ernst sagte er: „ Wir hatten anhand der Aussage des entflohenen Kindes recherchiert, dass der Gesuchte in einem Wormser Vorort leben beziehungsweise die Mädchen dort versteckt halten musste. Dies ergab eine Übereinstimmung mit einem Fall von vor zwanzig Jahren, den wir hinzugezogen hatten, weil er ähnlich gelagert war und in den der Gesuchte eingebunden war, jedoch nicht als Verdächtiger. So kamen wir zweifelsfrei auf diesen einen Verdächtigen. Bei der ersten Inaugenscheinnahme seines Wohnhauses war der Mann nicht zugegen, konnte jedoch kurz darauf auf der Straße vor dem Haus identifiziert werden. Er konnte lückenlos verfolgt und einige Zeit später auf der alten Wormser Rheinbrücke gestellt und verhaftet werden."

„Was ist das für einer? Warum killt der kleine Mädchen?“

„Meine Damen und Herren, ich bitte um Verständnis, dass wir hier nur die Fakten berichten und nicht über das Wesen des Verdächtigen spekulieren werden“, antwortete Martin Sommer.

Natürlich hatten alle Zeitungsschreiber längst ihre Bildredaktionen losgeschickt, um in Rheindürkheim alles zu fotografieren, was irgendwie in Pixeln festzuhalten war, und möglichst auch die Nachbarin auszufragen, was sie gesehen hatte. Aufgeregt und eilig schob sich die Masse zum Ausgang, um in der Redaktion erste Texte zu tippen, den Fotografen weitere Anweisungen zu geben oder selbst vor Ort zu recherchieren, während Anne Mettenheimer still auf ihrem Stuhl verharrte. Joelle und Jana waren tot, das hatten sie alle nicht verhindern können. Vanessa hatte zu ihrem Glück fliehen und wertvolle Tipps geben können. So war wenigstens Lea noch lebend davongekommen. Seufzend erhob sich die Kommissarin dann doch irgendwann, um sich mit ihrem Chef weiter des Verdächtigen anzunehmen und seine Beweggründe herauszubekommen.

Epilog

Ach, kleine Schwester, ich habe schon wieder versagt. Ich wollte doch nur, dass du ruhig wirst und richtig Abschied von mir nimmst. Einmal noch wollte ich deinen Blick sehen. Jahrelang habe ich es geschafft, das zu verdrängen und an dir vorbeizugehen, aber nun ging es nicht mehr anders. Ich habe dich in Gundersheim gesehen, und du warst so freundlich und bist so gern mit zu mir gekommen. Da war ich mir sicher, dass du wieder mit mir leben willst. Aber du hast von Anfang an nur geschlafen, ich habe gar nicht mit dir reden können. Du lagst nur im Zimmer und hast dich nicht gerührt. Und wenn du kurz wach warst, warst du nicht mehr freundlich zu mir. Dann musste ich dir noch mehr zu trinken geben und dich weiterschlafen lassen. Tagelang bist du fast nicht mehr aufgewacht. Das habe ich alles nicht verstanden. Aber ich habe dich bei mir behalten, denn für unser Vorhaben im Steinbruch habe ich dich ja zum Glück dann nochmal in Gundersheim gesehen und dann in Westhofen mitgenommen, damit dir nichts passiert. Du warst so schön ruhig, aber dann bist du plötzlich ganz kalt gewesen. Hast du zu viel von der Limonade getrunken? Ich wollte doch nur, dass du ruhig bist und bei mir bleibst, nicht wegläufst. Und im Steinbruch ist auch alles schiefgegangen, wie vor Jahren schon. Du hast mich damals mit deinen wunderschönen braunen Augen so erstaunt angesehen, aber diesmal hast du das nicht getan. Du hast falsch herum gehangen. Ich weiß nicht warum, aber ich habe es nicht anders hingekriegt. Du hast mich einfach nicht mehr angesehen. Da habe ich dich dort gelassen. Zum Glück habe ich dich ja kurz darauf vor der Turnhalle wieder getroffen. Du warst so fröhlich wie damals, das hat mir gut gefallen. Außerdem warst du dort so ganz allein, ich musste dich einfach beschützen. Leider habe ich nicht viel Übung im Umgang mit Medikamenten, denn diesmal warst du so müde, noch viel müder als zuvor. Du bist überhaupt nicht mehr aufgewacht. Deshalb konnte ich dich auch nicht mehr mitnehmen in den Steinbruch. Ich habe dich einfach vor der alten Schule gelassen, damit du nach Hause gehen konntest, in das Haus, in dem du heute wohnst, wenn du aufwachst.

Ach, kleine Schwester, ich habe versagt. Ich traf dich im Regen auf der Landstraße, was hast du dort nur gemacht? Aber zu Hause habe ich nicht gut genug auf dich aufgepasst. Wahrscheinlich warst du nicht ruhig genug. Aber ich wollte ja nicht, dass du gar nicht mehr aufwachst, so wie vorher. Nun warst du unruhig und bist weggelaufen, das war furchtbar. Ich habe dich überall gesucht. Nie gelingt es mir, richtig auf dich aufzupassen. Ich bin ein Versager. Auch im Zimmer bist du nicht mehr, sagen die Polizisten. Sie haben dich mir weggenommen. Ich habe versagt. Dabei wollte ich doch nur, dass du mich nicht so ansiehst wie damals. Ich wollte doch nur, dass du mich anlächelst und fröhlich aus deinen braunen Augen zu mir hinüber siehst. Deinen letzten Blick von damals kann ich nicht vergessen, kleine Schwester, ich wollte dich doch nur glücklich in Erinnerung behalten.

LEICHE LAG JAHRELANG IM STEINBRUCH!

Mädchenmörder gesteht Auslöser für seine Taten

WORMS. Die Verhaftung des mehrfachen Mörders Thorsten J. vor einigen Wochen beendete die grausige Serie von Kindesentführungen im Wonnegau. Der Mann hat mittlerweile gestanden, sowohl Joelle W. als auch Jana F. entführt und mit Schlafmitteln ermordet zu haben. Beides sei unabsichtlich geschehen, gab er zu Protokoll. Auch die bei einer spektakulären Polizeiaktion befreite Lea Z. hatte er über viele Tage im Keller seines Hauses in Rheindürkheim mit Schlaftabletten ruhig gestellt. Allein Vanessa S. konnte entkommen, da die Dosis bei ihr offensichtlich geringer bemessen gewesen war. Die Gründe für das Verhalten des Täters müssen laut Staatsanwaltschaft in der unbewältigten Vergangenheit des Mannes gesucht werden. Er hatte vor zwanzig Jahren angeblich mit angesehen, wie das leibliche Kind seiner Pflegeeltern entführt wurde. Die kleine Thea tauchte nie wieder auf. Jetzt erst gestand der Mann, dass es sich damals keineswegs um eine Entführung gehandelt habe, sondern dass er diese Straftat aus Angst erfunden hatte, weil das Kind beim Spielen im Gundersheimer Steinbruch abgestürzt sei und er befürchtete, die Schuld dafür zugewiesen zu bekommen. Dennoch gaben die Eltern der kleinen Thea den Jungen damals wieder ins Heim. Am vergangenen

Mittwoch gestand Thorsten J. nach langen Befragungen endlich den wahren Hergang des Verschwindens von Thea, deren skelettierte Leiche das Wormser K1 daraufhin in einem Autowrack in einer der völlig zugewucherten Schluchten des Gundersheimer Steinbruchs „Rosengarten" fand. Der Junge hatte das Kind damals nach dem versehentlichen Absturz über die Klippen dorthin geschleppt und versteckt.

Ob der Mann voll schuldfähig ist, muss ein psychologisches Gutachten klären, das derzeit erstellt wird. Das Verfahren gegen Thorsten J. wird voraussichtlich im Frühsommer 2009 beginnen.

Beifall brandete auf, als Anne Mettenheimer ihren Mann küsste. Es war gar nicht so schwer gewesen, wie Anne vermutet hatte. Sie waren einfach so aufs Standesamt gegangen, in ungewohnt guter Kleidung zwar, aber nur die paar Schritte über die Hauptstraße hinweg und hoch zum Rathaus am Schneller. Die Ansprache der Standesbeamtin war wunschgemäß schnörkellos verlaufen, beide hatten „Ja" gesagt, und jetzt waren sie eben verheiratet. Mama Mettenheimer tupfte sich die Augen trocken, und die Zwillinge quäkten gelangweilt herum.

Nach der Gratulationscour zog die kleine Festgesellschaft wieder zurück in die Tempelgasse, wo Paul auf dem Hof übermütig die Sektkorken in den dunkelgrauen Novemberhimmel schießen ließ. Drinnen prosteten alle dem Brautpaar zu, bevor man sich um mehrere alte Holztische setzte, die den gestern ausgeräumten Wohnraum nun komplett füllten. Hermann und Käthe Mettenheimer strahlten um die Wette, und auch Pauls Eltern sahen sehr zufrieden aus, dass sie ihren Jüngsten nun unter der Haube hatten. Pauls ältere Schwestern, eine mit Mann, eine mit Freund und Kind, kümmerten sich lachend um die munter auf dem Boden herumrollenden Zwillinge. Julia Weißbach und ihr Gisbert saßen Paul und Anne gegenüber, und Mama Mettenheimer wollte gerade die Suppe servieren, als es Sturm klingelte. Paul ging durch den Flur und über den Hof. Am Hoftor stutzte er erst, lachte dann aber und öffnete das Tor weit, um die neuen Gäste einzulassen.

„Nein!“, schrie Anne aufgedreht, als sie sah, wie das gesamte K1 inklusive Sonja Drais das Haus betrat.

„Glaubst du etwa, wir lassen euch alleine heiraten?“, fragte Sonja.

„Setzt euch! Hier kommt die Suppe!“

Anne organisierte schnell ein paar zusätzliche Teller. Die gesamte Gesellschaft rückte noch etwas zusammen, um die Kollegen der Braut an den Tischen unterzubringen.

Norbert Olmer sah in die Runde und freute sich: Glückliche Kommissare ermittelten einfach ausgeglichener, und bei Anne und Paul war er sich da sicher. Doch auch er selbst war nach langer Zeit endlich wieder mit sich im Reinen: Für die kommende Woche stand tatsächlich und natürlich gut verschlüsselt ein Termin beim Kardiologen in seinem Kalender. Plötzlich fiel Norbert Olmer siedendheiß ein, dass er noch etwas vergessen hatte: „Übrigens, wir haben noch das Hochzeitsgeschenk eines zufriedenen Kunden dabei“, rief er und wedelte mit einem Umschlag.

„Zeig her!“ Anne riss das Kuvert auf und wunderte sich: „Paul, das sind Flugtickets! Zwei Personen, Frankfurt – Denpasar. Wo ist das denn?“

„Keine Ahnung. Norbert, wo ist das?“

„Also: Das ist ein Freiflug, den euch ein sehr dankbarer und glücklicher Vater Zeyer zur Hochzeit schenkt. So was hat der ja quasi in der Schreibtischschublade rumliegen. Als Beamtenbestechung gilt das übrigens nicht mehr, weil der Fall für uns abgeschlossen und endgültig der Staatsanwaltschaft übergeben ist. Also genießt die Hochzeitsreise einfach.“

„Und wo ist das nun, Denpasar?“, fragte Anne ungeduldig.

„Auf Bali.“

„Ach Gott, da ziehst du aber mal was anderes an als deine ewigen Jeans, Kind!“, rief Mama Mettenheimer.

„Das wird schon, Mama!“

Nachwort

Im vierten Fall von Anne Mettenheimer sind die Charaktere wie immer völlig frei erfunden. Auch die meisten Orte gibt es so nicht. Aber Ihre Fantasie wird da schon was draus machen!

Die Aussage des FBI-Profilers „Meiner Erfahrung nach bevorzugen geordnete, zwanghafte Menschen dunklere Autos", die Sonja Drais berichtet, begegnete mir in der Fachliteratur tatsächlich. Welche Farbe hat eigentlich Ihr Wagen?

Ich danke Axel Fries für das kritische erste Lesen und Kriminalhauptkommissar Peter Metzdorf für Tipps in ein paar Schlüsselszenen. Ursula Niggemeyer danke ich für ihr engagiertes Lektorat und Angelika Schulz-Parthu für kritische und ideenreiche Begleitung. Und was wäre die Familie Fries ohne die traditionelle Versorgung mit leckeren Backwaren durch den Verlag!

Antje Fries, April 2009